KB012712

밥만 먹고 레벨업

WISHBOOKS GAME FANTASY STORY

박민규 게임 판타지 장편소설

밥만 먹고 레벨업 9

박민규 게임 판타지 장편소설

초판 1쇄 찍은 날 | 2020년 7월 6일
초판 1쇄 펴낸 날 | 2020년 7월 13일

지은이 | 박민규
펴낸이 | 권태완 우천제

기획 | 위시북스
편집책임 | 한준만
편집 | 위시북스

펴낸곳 | ㈜케이더블유북스
등록번호 | 제25100-2015-43호
등록일자 | 2015. 5. 4
KFN | 제2-43호

주소 | 서울시 구로구 디지털로31길 38-9, 401호
전화 | 070-8892-7937 팩스 | 02-866-4627
E-mail | fantasy@kwbooks.co.kr

ⓒ박민규, 2019

ISBN 979-11-293-5973-5 04810
979-11-293-4001-6(set)

※ 파본은 구입하신 서점에서 교환하여 드립니다.
※ 저자와 협의하여 인지를 붙이지 않습니다.
※ 이 책은 케이더블유북스와 저작자의 계약에 의해 출판된 것이므로 무단 전재 및 유포, 공유를 금합니다.
※ 이 도서의 국립중앙도서관 출판시도서목록(CIP)은 서지정보유통지원시스템 홈페이지(http://seoji.go.kr)와 국가자료공동목록시스템(http://www.nl.go.kr/kolisnet)에서 이용하실 수 있습니다.

밥만 먹고 레벨업
9
박민규 게임 판타지 장편소설
WISHBOOKS GAME FANTASY STORY
Wish Books

밥만 먹고 레벨업

CONTENTS

1장
왕의 전당

발렌을 주축으로 한 팀이 던전 안으로 들어갔을 때 카이스트라는 먹던 빵을 입에 밀어 넣었다.

그리고 노인 밴도 민혁이 커피를 모두 마신 걸 확인하고 안으로 들어갔다.

던전 안으로 들어온 카이스트라와 노인 밴. 두 사람은 같은 생각을 했다.

'우리 먹을 걸 좋아하는 민혁 님이 더 강해지기 위해선 이 던전을 빨리 클리어해야겠지.'

'저들보다 빨리할 수 있을지도 모르겠군.'

카이스트라와 노인 밴은 정확하게 간파했다.

던전 공략에 발렌과 함께 들어간 분대원 둘은 실질적으로 그렇게 강하지 않다. 때문에 발렌 혼자서 던전을 도는 것과 비슷하다.

반대로 자신들은 세 사람 모두가 강했다. 민혁, 밴, 카이스트라. 이 세 사람으로 구성되어 있다는 거다.

"대형 갈치 맛있겠다!"

다음 보상이 '대형 갈치'라고 말하는 민혁.

노인 밴과 카이스트라도 제각기 다른 보상 알림을 들었다. 밴의 경우 '마계 돼지 라면 재료'였으며 카이스트라의 경우 '마계 감귤 초콜릿'이었다.

민혁을 위해, 그를 위해! 그들은 최선을 다하기로 들어오자마자 결정했다.

던전 입장과 동시에 알림이 들려왔다.

[현재 쿨타임에 따라 사용할 수 없는 모든 스킬을 사용할 수 있게 됩니다.]

번개의 맷돌을 예로 든다면, 쿨타임 시간이 자그마치 480시간인 번개의 맷돌은 게임 안에서 20일 뒤에나 사용이 가능하다. 하지만 이 안에서는 그 쿨타임 기간이 풀린 것이다.

물론 그렇다고 해서 무한정 사용할 수 있는 건 아니다. 딱 한 번 사용이 가능했다.

"카이스트라. 혹시 몹을 몰아올 수 있어?"

"네, 펜루스가 가진 능력 중에 '짙은 피의 유혹'이란 능력이 있거든요. 이 능력이라면 가는 길마다 몬스터들이 따라붙게 됩니다."

민혁이 고개를 끄덕였다.

공간을 찢고 펜루스가 나타났다. 카이스트라는 부드럽게 펜루스의 등 위로 올라탔다.

[짙은 피의 유혹]

[펜루스에게서 풍기는 피 냄새에 흥분한 몬스터들이 몰려듭니다.]

"제가 앞으로 나가며 몹을 몰겠습니다."

탓!

펜루스가 앞쪽으로 내달리기 시작했다. 그와 함께 민혁과 밴도 서둘러 앞으로 움직였다.

"키에에에엑!"

"크르르!"

앞쪽에 있던 몹들이 펜루스에게 시선을 틀었다. 그들은 짙은 피 냄새를 따라 펜루스의 뒤를 쫓기 시작했다.

그렇게 어그로 끌린 몹들을 카이스트라는 펜루스가 원을 돌게 만들어 가운데로 모으기 시작했다.

그때 민혁의 로베스의 반지가 발동되었다.

[로베스의 해일]

[7m 높이의 해일이 단숨에 적들을 집어삼키며 무효화시킬 수 없는 마법입니다.]

천장 자체가 높은 던전이었기 때문에 7m 높이의 해일이 나타나는 데 문제가 없었다.

쏴화아아아아악!

"키에에엑!"

"크라아악!"

해일에 휩쓸린 몬스터들이 비명을 질러대며 허우적거렸다.

어느덧 해일이 사라졌을 때 민혁은 번개의 맷돌을 돌렸다.

그드드드드드득-

[낙뢰지옥(落雷地獄)]

[추가 대미지 120%를 내는 강력한 번개가 무차별적으로 반경 20m 앞으로 1분 동안 내리쳐집니다.]

하늘에 생겨난 먹구름에서 낙뢰가 내리치기 시작했다.

콰콰콰콰콰콰콰콰쾅!

물에 젖어 정신을 차리지 못하던 몬스터들이 빠른 속도로 죽어 나가기 시작했다.

심지어 이 던전 자체가 레벨이 높은 편이 아니었다.

340레벨대의 유저들이 깨기에는 어려울지 몰라도 450레벨 같은 340레벨의 민혁이었다. 때문에 낙뢰지옥에 의해 몰렸던 몬스터들 모두가 죽어 나갔다.

펜루스는 다시 몰이를 시작했다. 그리고 몹이 모두 몰렸을 때, 이번에는 노인 밴의 '귀신의 춤사위'가 발동되었다.

푹푹푹푹푹푹푹!

이백여 마리가 넘는 몬스터들을 단숨에 처리한 그들은 어느덧 보스 방 앞에 도달했다.

"갈라내는 검."

"펜루스의 브레스."

"귀신의 일격."

셋이 발휘할 수 있는 가장 강력한 단일 공격이 발동되었다. 거북이 형태의 보스 몬스터는 단 4초 만에 소멸되어 사라졌다.

던전 공략이 끝난 후, 세 사람은 함께 밖으로 나왔다.

"응? 아직 발렌 교관님은 안 나오셨나 보네요. 저희는 티타임이나 가지고 있죠!"

그냥 기다리면 뭐 하겠는가? 그들은 두런두런 앉아 티타임을 가졌다.

그러다 마족 그레모리가 나타났다.

세 사람은 처음에는 경계했으나, 그녀가 이 시련을 주는 곳의 주인이라는 걸 알고 경계를 풀었다.

그녀는 말문을 잇지 못하고 티타임을 가지는 그들을 바라봤고 얼마 후 발렌이 나왔다. 그리고 역정을 내기 시작했다.

그러던 중 그레모리가 말했다.

"……던전 클리어를 너희보다 빠르게 했다."

발렌의 눈이 휘둥그레 커졌다. 믿을 수가 없는 이야기였기 때문이다.

이 시련 자체는 340레벨대의 이방인들이 겪게 되는데, 보통의 그 레벨의 유저라면 아주 운이 좋아 귀족 작위를 받았을 것이고 가신이라고 해봐야 레벨이 약 200~300 사이를 웃도는 수준일 터였다. 그런데 이렇게 빨리 클리어했다?

'미쳤군…….'

저 가신 그리고 이방인 소년이 절대 예사롭지 않다는 의미였다.

이어서 민혁에게 알림이 들려왔다.

[두 번째 시련을 완료하셨습니다.]

[추가 도전하시겠습니까?]

이 시련이 까탈스러운 이유 중 하나는 추가 도전을 시스템이 제안할 때, 그다음 도전이 뭐인지 모른다는 거였다.

하지만 이번에도 민혁은 고개를 끄덕였다.

"도전한다."

[경험치 400,000이 적립됩니다.]

['마왕의 대형 갈치'가 적립됩니다.]

[마지막 그레모리의 시련이 시작됩니다.]

[마지막 시련의 경우 가신과 유저, 본인을 포함한 인원들의 모든 스텟이 일시적으로 가장 기본으로 변경됩니다.]

[임시 상태창을 확인해 주시기 바랍니다.]

[모든 스킬이 제한되며 아티팩트의 특수 능력을 사용할 수 없습니다.]

[검신 발렌과 그가 추린 분대원 두 사람의 능력치가 시련 도전자에게 맞춰집니다.]

[1:1 PVP 대결이 진행됩니다.]

[2승을 따낸 쪽이 승리하며 가신 밴, 카이스트라, 본인의 경우 세 번의 공격만 성공해도 승리하게 됩니다.]

[시련을 통과할 시 마계 음식 재료 '마왕의 흑돼지 한 마리'를 획득할 수 있습니다.

[시련을 통과할 시 경험치 1,000,000을 보상으로 획득합니다.]

[단, 다음 시련을 진행한 후에 시련에 실패할 시 모든 보상 목록은 사라진다는 걸 유의하셔야 합니다.]

[시련을 끝내시거나 혹은 마지막까지 이르셔야지만 적립된 보상을 획득합니다.]

'……마왕의 흑돼지?'

무언가 맛있을 것 같다는 예감이 확 풍겨왔다.

그리고 이번 시련은 첫 번째 시련과 비슷했는데, 능력치는 적과 동등하게 변화되고, 그 상태에서 각 1:1로 싸워 먼저 2승을 따내야 한다.

즉, 민혁 혼자 잘한다고 해서 이길 수 있는 게 아니다. 민혁이 승리해도 카이스트라나, 밴이 패배한다면 실패인 것이다.

"네 상대는 나다."

민혁의 상대로 나온 이는, 다름 아닌 발렌이었다.

그에게선 '검신'이라는 알림이 들렸었다. 호락호락한 상대가 아니라는 의미. 민혁은 고개를 끄덕였다.

이어서 노인 밴과 민혁, 카이스트라가 나란히 섰다. 상대편도 마찬가지였다.

카이스트라와 민혁에게 동시에 알림이 들려왔다.

[시련이 시작됩니다.]

팟!

그 순간, 발렌의 검이 민혁을 노리고 휘둘러졌다.

'미안하지만 민혁아, 힘들 것이다.'

발렌은 검신이라 불렸던 이다. 물론 첫 시련에서의 민혁은 말도 안 되는 무위로 오크 전사 둘을 사냥했다. 하지만 그들과 자신은 격이 다르다.

민혁은 쇄도해 오는 검을 보며 생각했다.

'빠르다. 그렇다면…… 온 힘을 다해야겠어.'

사실 민혁도 모든 걸 보여준 게 아니었다. 오크 전사에게는 단 세 번의 공격만 시도했다. 그 세 번의 시도 안에서 민혁은 놈들을 잡아냈기에 사실 발렌은 그의 일부분밖에 보지 못했다는 거였다.

태애애애앵!

민혁이 힘껏 검을 쳐냈다. 그 순간, 발렌의 검이 민혁에게 휘둘러지려다 멈칫했다.

"끄악!"

비명 소리에 발렌의 시선이 옆으로 돌아갔다.

노인의 앞에 분대원이 쓰러져 있었다. 그리고 밴이 말했다.

"예끼 이놈! 고작 그 정도 실력으로 검이란 걸 든 것이더냐?"

'무슨 3초도 안 되어서!'

민혁을 비롯한 가신, 아프리카 소년은 분대원이나 혹은 자신들에게 공격 허용만 시켜도 승리한다. 그런데 공격 허용이 아닌 아예 눕혀 버렸다.

분대원들이 발렌보다 약한 이유는 무위가 떨어지는 것도 있었지만 마신 그레모리에게 힘을 더 적게 받았기 때문이기도 하였다. 그가 데리고 있는 분대원들은 최소한 실력만큼은 기사들만큼 된다는 거다.

발렌은 또다시 깜짝 놀랄 수밖에 없었다. 이번엔 그의 고개가 좌측으로 돌아갔다.

탱탱탱탱탱!

카이스트라가 매서운 속도로 언월도를 휘두르며 분대원을 밀어붙이고 있었다.

'날카롭다, 그리고 군더더기가 없으며 모든 동작이 효율적이야!'

발렌은 눈을 휘둥그레 떴다.

그는 몰랐지만, 아프리카 소년 카이스트라는 어려서부터 생존을 위해 사냥이란 걸 해왔으며, 마을에서도 '아프리카의 위대한 전사'가 될 것이라는 말이 있을 정도로 뛰어난 사냥꾼이었다.

또한, 그는 마을에서도 표범 한 마리를 키우고 있었는데, 표범과 함께 나무로 깎아 만든 창을 들고 사냥을 다니는 모습은 마을의 어른들도 경악할 정도였다.

어린 나이임에도 불구하고 뛰어났었는데, 그 상황에서 분대원과 힘이 동등해진다면? 힘에서도 밀리지 않는다는 의미.

'이거 이러다가 연속으로 지겠…….'

그런 생각을 하던 때였다.

쐐에에에엑!

공기를 찢으며 날카로운 검이 정확히 발렌의 급소를 노렸다.

태앵!

튕겨낸 순간, 민혁이 차가운 표정으로 말했다.

"교관님, 저를 상대로 한눈을 파시겠다는 겁니까?"

발렌은 등골이 서늘해졌다.

항상 장난기 많고 해맑게 웃던 청년이었다. 그런 청년의 눈빛이 달랐다.

그러고 보니 민혁이 허수아비를 칠 때도 그 누구보다 진지하게 임했다. 그 때문에, 그렇게 노력했기에 발렌은 민혁이란 이방인에게 빠져들었었고.

"제대로 해주마."

좌아앗.

발렌은 검을 늘어뜨렸다. 그리고 빠르게 민혁을 향해 쇄도해 오기 시작했다.

탱! 탱탱탱탱!

민혁은 그의 빠른 쾌검을 막아내며 빈틈을 찾기 시작했으나, 보이지 않았다.

'그렇다면, 만들어야 한다.'

민혁이 발을 움직였다.

타닷!

발렌도 그를 따라 뒤로 몇 걸음을 움직였다.

민혁은 일부러 허리를 공격했다.

쐐에에에엑! 태엥!

발렌이 노련하게 검을 비틀어 막아냈다. 하지만 끝나지 않고 민혁은 계속해서 그의 옆구리를 노렸다.

탱! 탱탱! 탱!

'균형을 무너뜨린다.'

계속된 공격을 시도하면 한쪽 균형이 무너지는 잠깐의 틈이 온다. 바로 그때가 기회다.

그렇게 매서운 공격을 이어갈 때였다.

퍼지익!

발렌의 검이 민혁의 어깨를 꿰뚫었다. 하지만 그는 이번에도 옆구리를 공격했다. 어차피 이 싸움은 자신은 한 번만 공격에 성공해도 이기니까.

쐐에에엑!

"미쳤군……!"

발렌이 경악했다. 어깨를 꿰뚫었음에도 파고드는 검!

그가 다급히 옆구리를 막기 위해 움직였다.

휘청.

그 순간 균형이 무너지며 그가 휘청거렸다.

틈을 놓치지 않은 민혁이 손목을 비틀었다.

쐐에에엑!

그의 검이 매섭게 움직이며 발렌을 향해 움직였다.

발렌이 서둘러 방어하기 위해 검을 움직였지만 한 발자국 늦었을 때였다.

푸지익! 뚝 뚝뚝-

2장
괴짜 미식가

개발팀 이석훈 팀장은 어젯밤의 과음으로 피곤함이 몰려와 자판기 앞에서 커피 한 잔을 뽑아 향을 음미하고 있었다. 그런데 고객 센터 직원 몇몇이 다급하게 뛰어가고 있는 것을 보고 고개를 갸웃했다.

"응? 무슨 일 났나?"

그들이 뛰어가는 곳은 바로 '특별 유저 관리팀'이 있는 곳이었는데 부장, 이사급들도 특별 유저 관리팀 쪽으로 뛰어가는 걸 볼 수 있었다.

"빨리!"

"이 순간을 놓치면 평생 후회할 거야."

고개를 갸웃하며 보고 있던 이석훈 팀장. 그는 무언가 이상함을 느끼고 커피를 대충 한쪽에 놓고 달리기 시작했다.

그리고 맞은 편에서 다급한 발걸음을 옮기는 강태훈 사장을 보고는 꾸벅 묵례를 취했다.

손을 휘휘 저으며 대충 인사를 받은 강태훈 사장이 문을 열고 들어갔다. 특별 유저 관리팀 안에 무수히도 많은 팀의 팀원들이 모여 있었다. 때마침 쉬는 시간이었기 때문이다.

모니터 앞에 앉아 있는 박 팀장이 고개를 돌려 말했다.

"……사장님."

"그, 그래. 어떻게 됐나!"

그에 모니터를 다시 돌아본 박민규 팀장. 그가 이를 드러내 웃으며 말했다.

"우리나라 처음으로 왕이 탄생했습니다."

'와, 왕……?'

이석훈 팀장의 눈이 휘둥그레 커졌다.

아테네에서 '왕'이 탄생했다는 것은 간단한 의미였다. 바로 '왕의 전당'을 의미했다.

"도대체 누가……?"

정확한 상황을 듣지 않고 이곳에 온 이석훈의 물음에 박 팀장은 턱짓으로 모니터를 가리켰다.

모니터를 본 이석훈 팀장은 알 수 있었다. 바로 민혁이었다.

연이어 박민규 팀장이 말했다.

"그리고 다행스러운 일입니다."

"어떤 게 말인가?"

사장 강태훈의 말에 박 팀장이 말했다.

“왕에 오름으로써 민혁 유저는 경험치를 대폭 획득할 것이고 더 이상 먹는 것으로 스텟을 올릴 수 없을 테니까요.”

“그건 참 달가운 소리군.”

“맞습니다. 이대로 계속 갔으면 정말 유저들이 항의하고 난리 났을지도 모르지요.”

그가 왕의 전당에 오른 건 분명 기쁜 일. 하지만 이 안의 사람들은 그의 성장이 일반 유저들처럼 더뎌졌으면 싶었다.

그러던 중, 신입 사원 이민화가 주변 눈치를 살피기 시작했다. 이 자리엔 사장님까지 계셨기 때문이다.

그녀가 눈치를 보고 있다는 걸 알아챈 박 팀장이 고개를 갸웃했다.

“왜 그래, 민화 씨?”

“그 식신 이제 새로운 직업 얻잖아요?”

그 말을 듣던 박 팀장이 고개를 끄덕였다.

민혁이 추가적으로 받을 수 있는 게 하나 더 있었다. 바로 ‘특별한 포인트’. 그걸 얻어낸다면 민혁은 이제 세계 최초의 듀얼 클래스로 거듭나는 유저가 될 것이다.

“그런데 그게 만약 식신처럼 ‘스텟’이 오른다거나 하면 어떻게 해요?”

그 말을 듣던 주변 사람들이 웃음을 터뜨렸다.

“에이, 설마.”

“우리 신입 사원, 걱정이 너무 많은 거 아닌가?”

고락의 도서를 통해서 랜덤으로 선택되는 직업은 개발팀,

특별 유저 관리팀도 알지 못한다. 심지어 사장 강태훈까지도 말이다.

그 이유는 애초에 고락의 괴짜 직업의 경우 슈퍼컴퓨터 아테네가 기획하고 만들었기 때문이며, 아테네가 비밀 열람 등급을 최고 등급으로 유지하고 있었다. 때문에 그 안에서 나타날 직업군들은 풀려야지만 알 수가 있다.

'왜, 왜 불안하지?'

이민화는 선배들의 말에도 불구하고 이상한 불안감이 몰려왔다. 그것은 여자의 '직감' 같은 것이었다.

뚝 뚝뚝-

유연한 발렌은 빠르게 옆구리를 비틀어 급소를 피해냈다. 하지만 그에 의해 옆구리가 베였다.

피가 흐르는 것을 보며 발렌은 믿을 수 없다는 표정으로 민혁을 보았다.

그들의 검은 계속 부딪쳤고, 민혁은 노련하게 발렌에게 공격 두 번을 추가적으로 성공시켰다.

'휴.'

민혁은 공격이 성공하자 안도의 한숨을 쉬었다.

발렌은 허리춤으로 검을 집어넣었다. 민혁 역시 마찬가지.

발렌은 주변을 둘러봤다. 카이스트라는 이미 분대원에게

세 번의 공격을 성공한 모습이었다.

'완패군.'

발렌은 쓴웃음을 지을 수밖에 없었다.

이어서 민혁에게 알림이 들려오기 시작했다.

[그레모리의 시련 세 가지를 모두 완료하셨습니다.]

[경험치 1,600,000을 획득합니다.]

[레벨업 하셨습니다.]

[레벨업…….]

[마계 흑돼지의 삼겹살을 획득합니다.]

[마왕의 대형 갈치를 획득합니다.]

[마왕의 흑돼지를 획득합니다.]

[검신 발렌의 검술을 익힐 수 있습니다.]

[검술을 본래 익힌 경우, 가지고 있던 스킬에 융합시키실 수 있습니다.]

'호?'

민혁은 크게 관심을 가졌다.

그는 발렌의 검술을 직접 보지 못했지만, '검신'이라 불리는 그의 검술이 예사롭지 않다는 것임은 알았다.

또한, '융합'은 기존에 가지고 있던 스킬 자체의 본질을 잊지 않으면서 더 강력하게 만들어준다.

이어, 민혁은 알림이 끝나지 않은 걸 알 수 있었다.

[SSS등급 퀘스트를 높은 점수로 클리어하셨습니다.]

[왕의 전당에 이름을 올립니다.]

[익명, 혹은 아이디로 이름을 올리실 수 있습니다.]

[왕의 전당에 따라 보상이 추가됩니다.]

[경험치 3,000,000을 획득합니다.]

[레벨업 하셨습니다.]

[레벨업…….]

[레벨 350을 달성하셨습니다.]

[식신의 진가를 이용해 더 이상 스텟이 올라가지 않게 됩니다.]

'왕의 전당?'

그 네 글자를 본 민혁의 얼굴이 와락 일그러졌다. 그 의미는 자신이 유명해진다는 것이었기 때문.

유명해진다는 즉 먹을 것에 제한받는다는 공식을 가진 민혁. 그에게는 썩 달갑지 않은 것이었다.

그에 민혁은 왕의 전당에 올릴 이름을 간단하게 설정했다.

'익명.'

자신을 감추기에는 최적화된 이름 아니겠는가?

[열 번째 왕이 세상에 탄생했습니다.]

[대한민국의 '익명' 왕에 대해 세계 전체로 뻗어 나갑니다.]

그 시각. 세계 곳곳은 놀라움에 빠져들었다.

일본.

[게임 약국이라 불리던 대한민국에서 5분 전 새로운 왕이 탄생했음을 알리는 메시지가 세계 전체에 전달됐습니다.]

미국.

[대한민국이 왕의 전당을 차지한 여덟 번째 국가로 올라섰습니다. 그 의미는 대한민국이라는 동방예의지국에 앞으로 아테네를 이끌어갈 새로운 강자가 탄생했다는 의미이겠지요.]

중국.

[새로운 왕좌에 이름을 올린 자. 그는 누구일까요, 심지어 그는 자신의 닉네임을 '익명'으로 설정한 유일한 유저입니다.]

그리고 대한민국.

[대~한 민국! 짝짝 짝짝 짝!]

[대~한 민국! 짝짝 짝짝 짝!]

[드디어 우리나라에서 처음으로 왕좌에 오른 왕이 탄생하였습니다. 아, 가슴의 떨림이 멈추지 않아요.!]

[우리나라의 새로운 역사를 쓸 게이머의 탄생입니다!]

[익명의 유저! 그는 누구일까요? 아마 이제부터 대한민국 아테네의 길드들이 움직이기 시작할 겁니다! '익명' 그를 섭외하기 위해서죠!]

[그런데 그가 '익명'으로 이름을 올린 이유는 뭘까요?]

[왕의 전당에 이름을 올렸다는 의미는 반대로는 많은 사람의 타깃이 된다는 의미이기도 하지요. 어쩌면 그는 아직 레벨이 높지 않을 수도 있지요. SSS등급 시련은 꼭 랭커들만이 진행할 수 있는 것은 아니니까요.]

[그렇다는 건 얼마 지나지 않아 그가 모습을 드러내겠다는 뜻이군요. 그 정도의 실력을 가진 유저라면 금방 랭커의 반열에 오를 테니까요.]

[맞습니다. 하하, 그런데 궁금하군요. 그는 지금 어디서 무엇을 하고 있는지 말입니다!]

[아마 가슴속 떨림이 끊이질 않고 있지 않을까요? 우리나라 최초로 왕의 전당에 올랐다는 사실에 기쁨을 주체하지 못하고 있을 겁니다!!]

그리고 민혁.

'아~ 귀찮은 거 끝냈다.'

그는 흐뭇하게 웃었다.

분명히 자신의 닉네임 그대로 올렸더라면 귀찮은 일이 생겼을지도 모른다. 오로지 먹기 위해 하는 민혁이었기에 왕의 전당은 크게 대수롭지 않았다.

그러다 그는 귀를 후벼 팠다.

"왜 이렇게 귀가 간지럽지?"

귀를 후빈 민혁. 그는 곧 빙그레 웃었다.

가슴이 떨리기 시작했다. 지금 누군가는 그가 '왕의 전당'에 오름으로써 가슴이 떨리는 것이라고 생각하겠지만, 그것 때문에 가슴이 떨리는 것이 아니었다. 바로 '마계 재료'들을 얻었기 때문에 떨리는 것이었다.

흐뭇하게 웃은 그가 요리를 시작했다.

민혁은 자신의 앞에 놓여 있는 기다란 접시를 보았다. 접시는 약 1m 길이는 될 정도로 기다랬는데, 그 위로는 다름 아닌 커다란 마계 갈치 한 마리가 떡하니 올려져 있었다. 쉽게 표현한다면 '제주도에서 먹는 대형 갈치'를 생각하면 편하다.

제주도에서 흔히 먹는 대형 갈치는 무척이나 비싸다. 2~3인분이 7만 원에서 10만 원까지 하는 경우가 허다했고 그 이상으로 인분이 늘어가면 가격은 더해지는 편이니까.

하지만 지금 이 대형 갈치는 오로지 민혁의 것이었다. 심지어 이 대형 갈치는 '마왕의 대형 갈치'라는 것이었다.

(마왕의 대형 갈치)

재료 등급: 신이 내린 명약

특수 능력:

• 특별한 포인트+300

• 체력+200

설명: 마왕이 과거에 마계의 바다에서 잡아낸 특별한 대형 갈치이다. 하지만 안타깝게도 마왕은 어류 알레르기로 인해 먹지 못해 그레모리가 얻어왔다.

참으로 불쌍한 이였다. 세상에! 이토록 맛있는 걸 먹지 못하는 자라니!

대형 갈치 옆으로는 붉은빛을 띠는 잘 볶아진 고기가 있었다. 바로 제육볶음. 그것도 마왕의 흑돼지로 만들어낸 제육볶음이다.

애석하게도 마왕의 흑돼지의 경우 '특수 능력' 자체가 없었다. 그렇지만 엄청나게 맛있을 테니 괜찮았다.

그리고 민혁은 혼자서만 먹는 게 아니었다. 이번 시련에서 밴과 카이스트라도 큰 공을 세웠다. 또한 카이스트라와 밴은 시련을 완수하고 '고기 국수 재료'나 혹은 '마계의 감귤 초콜릿' 또는 '마계의 일반 돼지' 등을 얻어 오기도 했다.

민혁은 마계의 일반 돼지를 사용해 그들에게 고기 파티를 열어줬다. 발렌과 그레모리도 그에 함께하고 있었고 말이다.

'뭐 아쉽긴 하지만 어쩔 수 없지, 내 밥상에 손대는 사람이 없다는 것에 만족하면 되지!'

그래도 이 대형 갈치와 제육볶음은 오로지 민혁의 것이었다.

서둘러 먹고 저 고기 파티에 합류할 생각을 한 민혁은 먼저 커다란 대형 갈치에 젓가락을 뻗었다. 노릇노릇한 갈치의 표면을 뚫고 젓가락이 파고들었다.

젓가락을 잘 움직여 새하얀 살점을 들어 올렸다. 모락모락 김이 피어오르는데, 살이 아주 오동통했다. 대형 갈치이니만큼 그 살점 또한 기가 막힌 것이다.

민혁은 그 큼지막한 살점을 먼저는 그냥 먹어봤다. 우물우물 씹자, 입안 가득 짜지 않으면서도 담백한 대형 갈치의 맛이 퍼져 나갔다. 씹는데, 식감이 분명히 존재했다. 일반 갈치에서는 느낄 수 없는 식감이었다.

꿀떡하고 목구멍 뒤로 넘기자 다시 한번 젓가락 충동이 이어진다. 서둘러 젓가락을 움직여 다시 그 두툼한 살점을 집어 든다. 그 살점을 모락모락 김이 피어오르는 밥 위로 올린다. 그다음 입에 넣자 쌀밥과 대형 갈치구이가 입안에서 어우러지며 즐거운 맛을 냈다.

그렇게 대형 갈치를 먹어주다가 이번에는 제육볶음에 젓가락을 뻗었다.

제육볶음을 가득 집어 들어 입에 넣었다. 매콤달콤한 제육볶음은 식감도 좋고, 채소도 풍부하게 넣으면 아삭거리는 식감도 느낄 수 있었다.

"와, 진짜 맛있네."

민혁은 제육볶음을 그렇게 먹어주다가 어느덧 제육볶음 고기가 애매하게 남은 걸 볼 수 있었다.

이럴 땐 어떻게 하느냐?

민혁은 가스 불을 켰다. 그 상태에서 프라이팬 위로 식용유를 두르고 계란 몇 개를 톡 까서 넣었다.

좌르르르르르르! 비트 있는 소리!

계란프라이 네 장이 익어가자 뒤집어준다. 그 상태에서 노른자는 익지 않게 서둘러 뒤집개로 건진 후에, 밥 위로 올렸다. 그 후에 제육볶음 고기와 양념을 수저로 퍼서 그 위로 얹어주자, 제육 덮밥이 되었다.

계란이 있는 부분을 수저로 꾹 누르자 흰자가 분리되고 그 밑의 제육볶음 고기와 쌀밥이 딸려온다.

그것을 크게 들어 올려 입에 넣고 씹는다. 밥, 제육볶음, 계란프라이 세 가지 재료가 한데 어울려 흐뭇한 미소가 감돈다.

그렇게 먹어주다가, 김을 싹둑싹둑 잘라 그 위에 뿌려준 후 먹으면 더욱더 맛 좋은 제육볶음을 느낄 수 있다.

그렇게 제육볶음과 대형 갈치를 다 먹어치우자 알림이 울렸다.

[마왕의 대형 갈치로 만든 갈치구이를 드셨습니다.]

[식신의 위대함]

[특별한 포인트 330을 획득합니다.]

[보너스 포인트로 올릴 수 없는 스텟도 투자 가능한 특별한 포인트입니다.]

[체력이 220 상승합니다.]

식신의 진가가 더 이상 효과를 발휘하지 못하는 것이지, 식신의 위대함은 달랐다. 그리고 민혁은 당연히 특별한 포인트 330개를 전부 손재주에 투자했다.

'이제 2천 개가 넘네?'

2천 개가 넘어도 특별한 게 없는 것일까? 그런 의문을 품던 때. 민혁은 갑자기 인벤토리에서 스스로 뛰쳐나온 '책'을 볼 수 있었다.

검은색으로 이루어진 책.

[고락의 도서가 인벤토리에서 빠져나옵니다.]

고락의 도서의 첫 장이 저절로 펼쳐졌다.

이윽고, 두 번째 장, 세 번째 장, 네 번째 장까지. 엄청난 속도로 바람에 젖혀지듯 스스로 장이 휘리릭 넘어가기 시작했다.

차라라라라라락!

그 기이한 풍경을 보던 민혁은 곧 알림을 들을 수 있었다.

[손재주 스텟 2,000에 도달하심에 따라 손재주 특혜를 받게 됩니다.]

[듀얼 클래스를 가질 수 있습니다.]

[고락의 도서가 스스로 반응하여 당신에게 어울리는 '괴짜' 직업을 선택합니다.]

민혁은 곧이어 스스로 넘어가던 책장이 멈춰 선 것을 볼 수 있었다. 그 책장에 적혀 있는 것, 그것이 바로 새로운 직업일 것이다.

책장을 확인한 민혁은 눈을 휘둥그레 뜰 수밖에 없었다. 다름 아닌 그림이 그려져 있었기 때문이다.

그 그림은 곧 동영상처럼 움직이기 시작했다.

마족으로 추정되는 존재가 광물을 들고 움직인다. 그리고 그 광물을 갈기 시작했다. 광물을 갈아내자 고운 빛깔의 노란 가루가 떨어져 내렸다.

그와 함께 문구들이 민혁의 앞으로 떠올랐다.

[광물을 갈아 만들어낸 MSG는 고락이 살면서 먹어본 그 어떠한 조미료보다 뛰어났다.]

민혁의 눈이 휘둥그레 커졌다.

'세상 그 어떠한 조미료보다 뛰어났다?'

이어 그림이 사르르 허공에 흩어져 사라졌다. 그다음, 책 위로 문구들이 계속 떠오르기 시작했다.

[고락. 그는 괴짜였다. 때문에 특별하면서도 강력한 많은 직업군을 만들어냈다. 정체 모를 자여, 고락의 도서는 당신에게 이 직업을 하사한다.]

사르르르르르르!

또 한 번 문구들이 허공에 흩어져 사라졌다가 다섯 글자가 떠올랐다.

[괴짜 미식가]

[이는 원숭이 골 요리 혹은 푸아그라 같은 음식을 즐기는 자를 말하는 게 아니다. 자신만의 방법으로 놀랍고 특별한 재료를 사용, 일반적인 음식을 더 맛있게 즐기는 자를 뜻한다. 또한, 고락은 괴짜 미식가를 위한 보상도 준비해 두었다.]

파아아아아앗!

고락의 도서에서 검은빛이 뿜어져 나왔다. 그 빛은 민혁의 몸속으로 빨려 들어갔다.

[전설 클래스. 괴짜 미식가로 전직합니다.]

[레벨업을 위한 필요 경험치가 2배 상승합니다.]

[직업 퀘스트: 특별한 도구를 만들어라]

등급: 직업

제한: 괴짜 미식가

보상: 고락의 특별한 스킬

실패 시 페널티: 없음

설명: 특별한 도구는 예를 들면 이러한 것이다. 활을 만드는데 아테네에서 가장 뛰어나다는 가르딘 나무. 재료 등급이 자그마치 SS등급이다. 이 나무를 이용해 숯을 만드는 것. 이것이 바로 괴짜의 도구를 만드는 방법이며 고락이 인정한 기준에 부합해야만 퀘스트가 완료된다.

[직업 퀘스트: 특별한 존재의 힘을 빌린 놀라운 요리]

등급: 직업

제한: 괴짜 미식가

보상: 마기 저항자

실패 시 페널티: 없음

설명: 세상에는 무수히도 많은 몬스터들과 신, 악마, 천사가 존재하며 전설과 신화의 몬스터 혹은 사람, 다양한 존재들이 있다. 오로지 전설과 신화. 혹은 그 이상인 존재들의 도움을 받아 맛있는 요리를 탄생시켜라. 예를 들어 수룡 발라카는 '성스러운 물'을 만들어내는 여의주를 가지고 있다. 그 여의주를 빌리거나 뺏어, 라면을 끓여 먹는 것. 그것이 바로 괴짜 미식가가 요리를 만드는 방법이며 고락이 인정한 기준에 부합해야만 퀘스트가 완료된다.

[직업 퀘스트: 특별한 조미료]

등급: 직업

제한: 괴짜 미식가

보상: 고락의 아티팩트

실패 시 페널티: 없음

설명: 세상에는 무수히도 많은 광물이 존재한다. 또한, 그 광물 중에서 신의 광물이나 혹은 용의 광물이라 불리는 것들이 존재하며 그러한 것들을 이용해 조미료를 만들어내어야 하며 고락이 인정한 기준에 부합해야만 퀘스트가 완료된다.

[패시브 스킬 괴짜 요리사를 획득합니다.]
[패시브 스킬 괴짜 미식가의 통찰을 획득합니다.]
[패시브 스킬 괴짜 미식가의 진가를 획득합니다.]
[패시브 스킬 괴짜의 위대함을 획득합니다.]

(괴짜 요리사)
패시브 스킬
레벨: 없음
효과:

• 괴짜 요리사가 자신만의 방식으로 특이하고 놀라운 요리를 만들어낸다면 괴짜 점수에 따라 스텟 및 명성을 획득할 수 있다.

(괴짜 미식가의 통찰)
패시브 스킬
레벨: 없음
효과:

• 앞에 있는 특별한 무언가가 '어떠한 방식으로' 사용될지에 대해 안내한다.

• 앞에 있는 특별한 누군가가 '어떠한 방식으로' 당신의 요리를 더 특별하게 해줄 수 있는지에 대해 안내한다.

(괴짜 미식가의 저장)
패시브 스킬

레벨: 없음

효과:

•다양한 재료, 괴짜 미식가의 방식에 따라 완성된 요리는 특별한 힘을 품게 된다. 그 요리가 가진 힘을 영구적으로 사용할 수 있다. 대신에 한 개의 것만 가능하며 새로운 요리를 먹은 후, 기존의 것을 삭제할 수 있다.

(괴짜의 위대함)

패시브 스킬

레벨: 없음

효과:

•???

다 확인해 본 민혁. 그는 '어라?' 할 수밖에 없었다. 바로 첫 번째 스킬인 '괴짜 요리사'에 수록된 내용 때문이었다.

괴짜 점수에 따라 추가 스텟 및 명성을 획득할 수 있다는 것은 마치 조금 전에 그 효력을 잃은 '식신의 진가'와 비슷해 보였다.

그 의미는 계속 스텟을 올릴 수 있다는 거였다.

특별 유저 관리팀에 모여든 이들이 모두 말문을 잃을 수밖에 없었다.

이민화는 미묘한 표정이었다.

'내 직감에 나조차도 소름이야.'

그리고 모두의 시선이 이민화에게 향했다.

"자, 자네 돗자리 펴도 되겠군."

"호, 호호."

이민화는 어색하게 웃을 수밖에 없었다.

사실 그저 웃고 넘길 수만은 없는 일이었다. 식신의 밸런스를 잡기 위해 350레벨에 식신의 진가의 힘이 사라진 것이다. 그리고 지금도 민혁 유저는 본래 개발팀의 예상을 빗나갈 정도로 엄청난 힘을 발한다. 그 상태에서, 전과는 조금 다른 방식이었지만 스텟을 올릴 수 있다. 그뿐이랴? 명성까지 올릴 수 있다는 거였다.

"몇 등급이야? 그게 중요해!"

강태훈 사장이 다급하게 말했다.

같은 직업군 내에서도 등급이 매겨지는 경우가 존재했다. 그중에 하나가 바로 '괴짜 클래스'였다.

괴짜 클래스는 고락이 만들어낸 클래스였다. 그중에서도 등급이 정해진다. 숫자가 낮을수록 더욱더 놀라운 힘을 발휘하고 총 1~3등급까지가 존재했다.

또한, 괴짜 클래스에 대해 얻기 전까지는 이쪽에서도 확인이 불가했지만 얻게 되면 어느 정도 확인이 가능했다.

"1등급입니다."

침묵 속에서 누군가 한숨을 토해냈다.

"……에휴……."

신 클래스에 이어 전설 1등급 클래스. 그게 민혁 유저가 가진 직업들이었다.

그레모리는 삼겹살을 먹으면서 감탄에 감탄을 하고 있었다. 특히나 상추와 깻잎 위로 고기와 쌈장, 마늘, 파무침, 명이나물을 척 올려서 먹으면 입안에서 정말 즐거운 맛이 났다.

그렇게 먹던 중, 그레모리는 갑자기 시련을 진행했던 인간 사내의 앞에서 검은색 도서가 펼쳐진 것을 볼 수 있었다. 그것은 바로 '고락의 도서'였다.

그녀는 놀랄 수밖에 없었다. 고락은 자신과 같은 3대 악마 중 하나였기 때문이었다.

사내의 몸을 검은빛이 휘감았다.

'새로운 힘을 얻은 건가?'

그리고 그녀는 본론에 들어가야 한다고 생각했다.

이 시련을 모두 통과한 이. 그가 한 가지 해줄 일이 존재했기 때문이다.

하지만 이는 너무나도 어렵고 힘이 들 것이다.

"너는 이제 검신의 힘을 이어받을 수 있을 거다. 그리고 내 시련 자체는 사실 한 가지 일을 하기 위해 준비되어 있었다."

민혁은 그레모리가 갑자기 말을 걸어오자 고개를 갸웃할 수밖에 없었다.

그녀가 차분히 말을 이어가기 시작했다.

"과거 아주 작은 마을에 마계와 연결된 입구가 나타났었다. 그 안에서 나타난 마족들은 사람들을 무차별적으로 죽이기 시작했지, 그리고 그때 막아낸 것이 바로 네 앞의 발렌이었다. 나는 발렌과 그 분대원에게 내 힘의 일부를 나눠줬지."

민혁은 고개를 끄덕였다.

"그리고 그 입구를 개방한 것이 바로 악마 중 하나인 '베로스'였다. 베로스는 잔혹하고 악독한 악마이다. 그리고 지금 베로스의 움직임이 심상치가 않은 것 같더구나. 하지만 이제 발렌은 더 이상 그때처럼 그들과 싸울 수 없다. 아테네 신께선 그에게 새로운 임무를 하사하셨기 때문이다. 언젠가는 분명 베로스는 다시 마족들을 보낼 것이다. 그것이 언제일지는 알 수 없다. 하나, 발렌의 검을 배울 인간. 네가 대신 그를 막았으면 한다, 그리고 그전에 필요한 게 있다."

"필요한 거요?"

"그래, 마계 광물. 마계 광물 중에서 나는 일반 광물들과 다른 생소한 광물들에 '나의 힘'들을 숨겨두고 봉인해 놓았다."

민혁은 얼추 알 수 있었다. 로베스의 신이 토끼의 간에 힘을 숨겼을 때와 비슷한 것 같았다.

"그리고 그 광물들은 얻으면 '어디에 쓰이는지 알 수 없는 신비한 광물'이라고 적혀 있지. 그 광물 중 하나를 얻어 와야 한다. 아주아주 어렵고 힘든 시련이 될 것이다."

"정말 그렇게 어렵고 힘든가요?"

"너와 같이 나약한 인간들은 해내기 힘들겠지."

그에 잠시 민혁은 머뭇거리는 기색이었다. 그레모리는 작은 웃음을 지으며 물끄러미 보았다.

곧 그가 말했다.

"만약 제가 빠르게 찾아온다면 칭찬해 주실 건가요?"

그는 해맑게 웃으며 물었다.

"……자만이니?"

"아니요, 자만이라뇨. 당치도 않습니다. 단지, 그레모리 님처럼 아름다운 분의 칭찬을 받으면 너무너무 기분 좋을 것 같아서 그래요!"

그에 그레모리는 황당하다는 표정으로 웃었다.

그가 자신이 낸 시련을 놀랍게 해낸 것은 맞다. 하지만 그 광물을 얻어내는 과정은 하나하나가 무척 힘들다. 때문에 빠르게 그걸 얻어오기가 힘들 것이다.

"그걸 빨리 가져오면 내 축복을 내려주지."

"우와, 진짜요?"

"그래."

그레모리는 내기를 꽤 좋아하는 이이기도 했다.

"3일 안에 가져온다면 말이야, 이제부터 얻는 방법을 설명해……."

그렇게 말을 이어가려던 중이었다.

앞에 있던 청년, 그가 곧 품속에서 주섬주섬 뭔가를 꺼내

더니 그것을 내밀어 보였다.

그것은 다름 아닌, 그녀가 숨겨둔 광물 중 하나인 '안타리늄' 이었다.

"짠!"

민혁은 그녀가 하는 광물에 관한 이야기를 듣고 아차 했다. 자신이 갖고 있는 안타리늄이라는 광물에 '어디에 쓰이는지 알 수 없는 광물'이라고 적혀 있었기 때문이다.

그는 방금 전 막 새로운 '괴짜 미식가'의 스킬들과 퀘스트를 얻었는데 퀘스트 중 하나의 이름은 '특별한 존재의 힘을 빌린 놀라운 요리'였다.

그레모리. 3대 악마 중 하나로 분명히 특별한 이였다.

그에 혹시 몰라 민혁은 악마 그레모리에게 '괴짜 미식가의 통찰'을 사용했다.

그 순간, 이런 알림이 떠올랐다.

[그레모리의 축복]

[그레모리의 축복은 그녀의 마기의 일부를 얻는 것이다. 그레모리의 마기는 악마임에 손색없이 마족들과 비교도 할 수 없을 정도로 강력하다. 그 강력한 마기를 '간짜장'에 불어넣는다면 세상에서 둘도 없는 맛의 간짜장을 맛볼 수 있을 것이다.]

민혁은 감탄에 또 감탄했다.

'마기가 검은색이라 간짜장인가?'

어떠한 조건에서인지는 알 수 없었다. 하지만 마기 일부를 통해 간짜장을 만든다? 정말 괴짜 미식가다운 요리 발상이었다. 하지만 그만큼 입안 가득 군침이 돌았다.

그에 민혁은 그레모리가 기분 나쁘지 않게 살살 그녀를 굴렸고, 그녀가 넘어온 것이다.

NPC들의 자유도는 일반 사람처럼 넓었고 말 그대로 그들이 '부탁'이나 '내기' 같은 걸 하면 퀘스트가 발동된다.

역시나 퀘스트 '그레모리의 축복'이 발동되었고, 귀신처럼 완료 알림이 들렸다.

[퀘스트 '그레모리의 축복'을 완료했습니다.]

[그레모리의 축복을 받을 수 있습니다.]

"어, 어떻게……."

민혁은 음침하게 그 웃음을 숨겼다.

'흐흐, 내 계획에 걸려 드셨군.'

직업을 얻자마자 곧바로 그 힘을 확인해 볼 때였다.

그레모리는 경악했다. 안타리늄은 그녀가 숨겨놓은 광물 중 가장 놀라운 힘을 발현하기 때문이었다.

물론, 아직은 아니다.

'그들이 모인다면…….'

그때, 비로소 힘이 개방될 것이다.

"그래. 야, 약속은 약속이니까. 도대체 이 광물을 어디서 얻은 건지는 모르겠다만……."

민혁이 '마물 바포메트'를 사냥했다는 사실을 모르는 그녀로서는 황당할 수밖에 없었다.

그녀가 축복을 내려주려던 때, 민혁이 말했다.

"잠시만요!"

그리고 갑자기 요리를 하기 시작했다.

그는 중화 팬으로 간짜장 소스를 볶아대기 시작했다. 그 모습을 보며 그레모리와 카이스트라, 밴, 발렌은 의아했다.

어느 정도 다 볶아졌을 때쯤 민혁이 말했다.

"자, 여기에 축복 한번 시원하게 내려주세요! 팍팍!"

"……여, 여기에?"

"넵. 그레모리 님의 마기를 머금은 간짜장은 더 맛있을 테니까요."

그레모리는 말문을 잃었다.

그녀의 손에서 마기가 흘러나오기 시작했다. 그 마기는 곧 이어 프라이팬 속 간짜장 소스로 스며들기 시작했다.

'나…… 3대 악마 중 하나인데…… 지금 간짜장에 내 마기 쓰고 있다…….'

하지만 약속은 약속이었다.

그레모리는 갑자기 중화 팬으로 앞에 있는 인간의 머리를 내려치고 싶었지만 참아냈다.

마기를 이용해 간짜장을 만들어내자 알림이 울렸다.

[직업 퀘스트 '특별한 존재의 힘을 빌린 놀라운 요리'를 완료했습니다.]

[마기 저항자를 획득합니다.]

마기 저항자 획득 알림을 들은 민혁은 고개를 갸웃하고 상세 설명을 통해 확인해 보았다.

[마기 저항자. 마기에 따른 물리 공격력 및 마법 공격력 대미지를 20% 줄여준다.]

'나쁘지 않은데?'

아직 마족들에 대한 컨텐츠가 풀리지 않은 상황이었다. 하지만 그레모리가 말했던 것에 의하면 차근차근 풀려 나갈 것으로 전망되었다.

그런 마기에 대한 물리 공격력 및 마법 공격력 대미지가 20% 줄어든다. 심지어 민혁은 마물과 싸우면서 신성력에 따른 100% 물리 방어력 효과도 보지 않는가?

알림은 거기서 그치지 않았다.

[괴짜 요리사]

[악마 그레모리의 마기를 이용한 간짜장을 만드셨습니다.]

[괴짜 점수를 합산합니다.]

[괴짜 점수 39점.]

[괴짜 점수에 따른 보너스 스텟을 획득합니다.]

[5대 스텟을 1씩 획득합니다.]

[노멀 등급 '괴짜 간짜장'이 탄생합니다.]

'……악마 그레모리의 마기가 들어갔는데도 노멀이야?'

민혁은 고개를 갸웃하며 곰곰이 생각해 보다가 아차 했다.

'아, 어쩌면…….'

괴짜 요리사는 재료뿐만이 아니라, 다양한 것에서 영향을 받는 것일지도 몰랐다.

일단은 괴짜 요리사의 도구, 또는 혹은 조미료 등이 있을 것이다. 그것들을 함께 사용한다면 괴짜 점수는 오르게 될지도 몰랐다.

민혁은 '괴짜 간짜장'을 확인해 봤다.

(괴짜 간짜장)

등급: 노멀 / 제한: 괴짜 미식가

보관일: 12일

특수 능력:

- 그레모리의 축복
- 5대 스텟+3

설명: 괴짜가 만들어낸 일반 간짜장보다 훨씬 맛있는 괴짜 간짜장이다. 먹을 시 바로 그레모리의 축복을 받은 효과가 발동되며 다른 요리를 '저장'해도 그레모리의 축복 능력은 사라지지 않고 영구적으로 적용된다.

'아…… 그래! 그래야지!'

민혁은 고개를 끄덕였다.

그레모리의 축복을 요리에 담는다. 그리고 그 요리의 능력을 민혁이 흡수한다. 헌데, 만약 다른 요리로 교체할 때 그레모리의 축복이 사라진다면? 그것은 분명한 민혁의 손해였다. 하지만 위의 설명처럼 그레모리의 축복만큼은 사라지지 않았다.

모두 확인한 민혁은 간짜장을 먹기 위한 준비에 돌입했다.

먼저 계란프라이 두 장을 부치기 시작했다.

희한하게도 간짜장 한 그릇에 계란프라이 한 장은 부족한 느낌이지 않는가? 또한, 간혹 간짜장에 아무것도 올려주지 않거나, 작은 메추리알 하나만 올려주면 그게 뭐라고 서운하기까지 할 때가 있지 않은가.

계란프라이 두 장을 부친 후에 민혁은 괴짜 간짜장 위로 올렸다. 그다음, 쓱싹쓱싹 비비기 시작했다.

간짜장은 양파와 같은 야채를 일반 짜장면보다 훨씬 더 많이 넣고 볶는다. 그리고 일반 짜장면보다 훨씬 더 짙고 풍부한 맛을 느낄 수 있었다.

잘 비벼내자 윤기를 머금은 짜장면이 보인다.

민혁은 한 젓가락 크게 집어 들고 그 상태에서 후루루룹 먹었다.

입안에 가득 찰 정도로 간짜장을 밀어 넣은 후, 볼이 빵빵할 때 젓가락으로 단무지 하나를 쏙 집어서 씹었다.

아삭아삭-

간짜장과 단무지는 빼놓으려야 빼놓을 수 없다. 심지어 그의 앞에는 잘 익은 김치 또한 있었다. 민혁은 개인적으로 간짜장에 김치 조합도 매우 좋아하는 편이었다.

"후루루루루룹!"

다시 한번 면을 흡입하기 시작한 민혁.

민혁은 이번에는 김치를 입에 쏙 넣어봤다.

아삭아삭-

새콤달콤한 김치의 맛이 느끼할 수 있는 간짜장의 맛을 잡아주고 있었다.

그렇게 면을 다 먹은 후에, 민혁은 씨익 웃었다.

그는 식품 보관 인벤토리에서 '햇반' 하나를 꺼냈다.

간짜장은 꼭 면을 다 먹고 나면 푸짐하게 남아 있는 소스와 함께 볶아진 양파, 고기가 보인다. 이러한 것을 아쉽지 않게 먹는 방법이 있다. 바로 밥을 쓱싹쓱싹 비벼 먹는 것이다.

햇반을 깔끔하게 간짜장 위로 투하한 민혁은 열심히 비벼냈다. 그다음, 간짜장밥이 된 그것을 입에 넣었다.

"맛있어……!"

간짜장면만큼은 아니었지만 간짜장밥도 나름대로 맛있다.

그렇게 다 먹어치우자 알림이 울렸다.

[괴짜 간짜장을 드셨습니다.]
[그레모리의 축복을 받습니다.]
[마기 300을 획득합니다.]
[5대 스텟을 3씩 획득합니다.]

마기는 말 그대로 '스텟'이었다. 그는 상세 설명을 통해 확인해 봤다.

[마기 스텟의 경우 100개의 마기 스텟 당 0.3%의 마계에 있는 존재에 대한 저항력 상승효과를 얻을 수 있습니다. 또한, 마기 스텟이 높을 시, 적에게 '위압감'을 줄 수도 있습니다.]

아마 마기라는 스텟도 아직 풀리지 않은 어떠한 정보가 분명히 존재할 것이었다.
그러던 중, 그레모리가 다가왔다.

[에피소드 퀘스트 '영웅의 의지'가 생성됩니다.]

민혁은 곧바로 퀘스트 정보에 대해 열람해 봤다. 하지만 아직 모든 게 '봉인'으로 되어 있었다.
"때가 된다면 정보가 스스로 나타날 거야."

"그렇군요, 그런데 궁금한 게 하나 있습니다."

"뭐지?"

"그레모리 님은 악마이신데, 왜 우리 인간들을 도와주려 하시나요."

"그냥 난 싸움이 싫어서라고 할까."

정확히 말하자면 '마신'의 자리를 노리기 때문이기도 했다.

고락은 오래전에 죽은 악마였다. 아직 그의 힘이 세계 곳곳에 남아 있기는 하였지만 말이다.

그리고 그와 다르게 베로스라는 악마는 여전히 그레모리처럼 굳건해서 실질적으로 그레모리는 악마 베로스와 싸울 무력을 가지고 있진 않았다.

하지만 인간들을 지켜준다는 '핑계'로 베로스와 싸울 수 있다는 거다. 즉, 어떻게 보면 그레모리는 가장 '영악한' 악마라고 할 수 있을지도 모른다.

그러던 중, 그레모리가 머뭇거리다 말했다.

"혹시 말이야."

"네."

"나도 네가 먹은 간짜장 먹어보고 싶은데, 어떻게 안 되겠니?"

민혁은 생각했다. 이거 잘만 하면 악마 그레모리와의 친밀도를 대폭 상승시킬 수 있을지도 모르는 일이다.

그렇게 되면 '차기 마신'일지도 모르는 그레모리와의 친분을 쌓는 일이라는 걸 민혁은 알지 못했다.

[그레모리와의 친밀도가 상승합니다.]

[그레모리와의 친밀도가 상승합니다.]

마계. 그곳에선 맛있는 음식을 찾아보기 힘들었다. 마족들은 주로 최하급 마물들을 사냥하여 식사를 해결하는 편이다.

그리고 그레모리가 인간계를 사랑하는 이유 중 하나가 바로 이것이었다. 인간계에는 정말이지 '맛있는' 음식이 많았다.

한데, 그중에서도 민혁이 만들어준 간짜장은 정말이지 특별하게 맛있었다. 민혁의 2,000개가 넘는 손재주 스텟에, 신의 요리 스킬의 결과물이리라.

친밀도가 상승하자 민혁은 흐뭇하게 웃었다.

그리고 그레모리는…….

'또 먹고 싶어……!'

민혁이 자신의 마기로 간짜장 소스를 볶을 때만 해도 '간짜장에 미친 인간'이라는 생각이 들었다. 그런데 정작 먹어보자 왜 그렇게 먹는지 이해가 갈 정도였다.

"또 요리해 주면 안 될까?"

그에 민혁은 발렌과 함께 움직이려다 멈칫했다. 그는 회장인 강민후를 아버지로 두면서 거래의 기술에 대해 잘 알았다.

"저 지금 너무 바쁜데……."

처음에는 그가 안절부절못하게 만들어라! 그레모리는 간짜장을 먹고 안절부절못하고 있었다.

그리고 그다음에, 그가 또다시 원한다면? 한 번쯤 튕기는 거다. 방금 민혁은 또 한 번 튕기지 않았는가.

"부탁이다."

세상에! 악마 그레모리가 민혁에게 부탁이란 걸 할 지경이었다. 즉, 그녀는 지금 민혁의 요리 '금단' 증상이 올 지경이었던 거다. 그레모리는 살면서 이렇게 무언가를 갈망하긴 처음이었다.

그녀는 눈망울을 빛냈다.

"그럼…… 아니다. 그건 좀 아닌 것 같아요."

"뭔데!"

"마계 중요 정보랑, 요리 하나랑 교환은 어떤가요?"

아직 풀리지 않은 마계의 중요 정보! 그것은 1급 기밀과도 같은 것이다. 그리고 역시 중요 정보라고 한다면 민혁은 '맛있는 재료'를 얻고 싶었다.

"역시 좀 그렇죠?"

민혁은 그렇게 말하며 몸을 돌렸다.

그 순간 그레모리가 말했다.

"그, 그래! 그렇게 하자!"

그리고 몸을 돌린 민혁. 그의 입꼬리가 사악하게 올라갔다.

그 모습을 옆에서 지켜보는 발렌은 마른침을 꿀꺽 삼켰다.

'나도 나지만…… 악마 그레모리를 한 손에 놓고 쥐락펴락하다니.'

민혁이란 이방인은 역시 대단하다.

"일단은 알겠습니다. 그리고 다음 요리는 탕수육을 해드리죠. 아, 그전에 발렌 님에게 검술부터 배우고 올게요!"

"……아, 안……!"

하지만 민혁과 발렌이 이미 빛이 되어 사라졌다. 그레모리의 시련의 대지로 넘어간 것이다. 그는 발렌의 검술을 배우거나 융합할 수 있으니까 말이다.

그리고 그것은 철저한 민혁의 계산이었다. 본디 사람의 애간장을 태울수록 그가 그 사람에게 느끼는 고마움은 커지는 법이지 않던가.

"타, 탕수육. 그 요리는 도대체 뭔데!"

그에 양반다리를 하고 앉아 찻잔을 기울이던 노인 밴이 말했다.

"노릇노릇 튀겨진 돼지고기에 달콤한 소스를 부어서 바삭바삭하게 먹는 것이지."

그리고 카이스트라가 말했다.

"간짜장보단 탕수육이 훨씬 맛있죠."

"그러엄, 짜장면보단 당연히 탕수육이지."

노인 밴과 카이스트라는 민혁의 서포터를 확실하게 했다.

그 요리를 상상해 본 그레모리. 그녀의 입가에 침이 사르르 고였다.

'어, 어서 돌아왔으면 좋겠어……!'

그녀가 크게 기대를 가지게 만들었으니까.

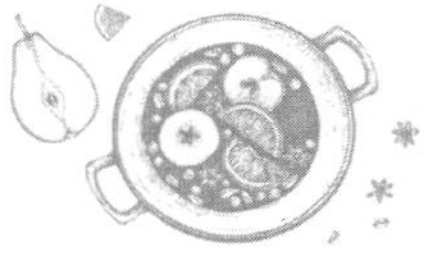

3장
빨리 먹기 대회

넓디넓은 대지에 검신 발렌과 민혁이 함께 나타났다.

"내 힘을 이을 수도 있지만, 기존에 가지고 있던 힘을 더할 수도 있다."

"전 융합하는 걸 선택하겠습니다. 교관님."

민혁은 엘레의 검술을 버리고 싶지 않았다.

엘레의 검술은 강력한 스킬이기도 하였지만, 그녀와 민혁의 '우정'을 나타내는 것이기도 했기 때문이다.

"그래, 알겠다."

파아아앗!

민혁의 앞으로 하나의 스킬북이 나타났다. 이 스킬북은 발렌의 힘 대부분이 고스란히 담겨 있었다.

본래 그레모리의 시련을 어느 정도 성과로 달성했느냐에 따라 힘을 내어줄 수 있었는데, 민혁은 최고의 성과를 이룩했다.

[스킬북 검신의 검술을 획득합니다.]

확인해 보니 레전드 등급이었다. 한데, 레전드 등급 안에서도 더 강력한 힘을 내는 축으로 보였다.

거기에 민혁이 가진 엘레의 검술 또한 만만치 않다. 광어와 우럭회를 해주고 완전체가 된 엘레의 검술은 사실상 말도 안 되는 힘을 발현한다.

그 두 개의 스킬이 하나로 융합된다면?

[엘레의 검술에 검신의 검술이 깃듭니다.]

[엘레의 검술이 한층 더 강력해집니다.]

[1장. 분노하는 검이 변화됩니다.]

[강한 찌르기에 공격력 100%가 추가되며 급소 찌르기에 성공할 시 총 140%의 힘으로 폭발하며 반경 2m 내의 적들까지도 추가 공격력 60%의 바람의 힘에 의해 갈가리 찢겨 나갑니다.]

분노하는 검. 급소 찌르기의 공격인 이 기술을 사용하고 공격에 성공할 시, 반경 2m 내의 적들까지도 찢어발긴다. 즉, 민혁이 한 대상을 공격할 때에 뒤나 옆을 공격당할 위험이 줄어든다는 뜻.

[2장. 난무하는 검의 지속 시간이 8초에서 14초로 상승합니다.]

[3장. 비산하는 검이 8번 연속 타격에서 기본 공격력의 8배 힘을 한 번에 가격하는 능력으로 변화합니다.]

난무하는 검의 경우 지속 시간이 엄청나졌고, 비산하는 검이 완전히 변화했다. 8번 연속 동일 대미지로 공격하던 그 능력이, 한 번의 공격에 그 힘을 모아 강력한 일격으로 적을 공격하게 된 것이다.

[4장. 엘레의 검술의 시전 시간이 15분으로 상승하며 모든 스텟을 25% 올려주게 됩니다.]

[5장. 피어나는 검이 전방 11m까지 범위가 넓어지고 땅에서 솟아난 검이 관통 시 폭발을 일으켜 100% 추가 대미지를 입히게 됩니다.]

[6장. 갈라내는 검의 적을 향해 날리는 붉은 검기가 두 개가 되며 공격력 110%가 추가됩니다.]

엘레의 검술은 스텟 상승률이 3% 오르고, 피어나는 검은 범위가 2m 길어지고 30% 추가 대미지가 늘어났다. 게다가 갈라내는 검은 자그마치 검기 하나가 추가되었다.

[피어나는 검과 갈라내는 검이 융합되어 하나의 새로운 스킬을 창조합니다.]

[7장. 흩날리는 검이 생성됩니다.]

[사용자의 몸 주위로 추가 공격력 110%를 가진 낙엽 수백 개가 떠오릅니다. 사용자의 의지에 따라 수백여 개의 낙엽은 적을 공격하며 이는 갈라내는 검의 검기와 비등하는 힘을 발현. 총 110%의 추가 대미지를 냅니다.]

[융합이 완료된 엘레의 검술의 등급이 새로이 책정됩니다.]

등급이 새로이 측정된다?

그 말에 민혁은 의아할 수밖에 없었다. 그 말은 레전드 등급 이상의 등급으로 거듭난다는 거였으니까.

'아직까지 레전드 등급 이상의 스킬북은 나타나지 않은 걸로 아는데…….'

그리고 그 순간 알림이 울렸다.

[엘레의 검술이 레전드 등급에서 반신 등급으로 진화합니다.]

[세계 최초로 반신 스킬을 창조하셨습니다.]

[왕의 전당에 이름이 올라갑니다.]

"……응?"

민혁은 그 알림에 의아할 수밖에 없었다.

그도 왕의 전당에 대해 알고 있다. 이제까지 SSS등급 퀘스트를 받고 깨낸 이들만이 올랐다. 그런데, 지금 '반신 등급'의 스킬 탄생과 함께 왕의 전당 알림이 울렸다.

'이게 어떻게 된 일이지?'

그리고 그는 지금 하루도 채 되지 않아 왕의 전당에 두 번 이름을 올린 최초의 유저가 되었다.

[익명, 혹은 아이디로 이름을 올리실 수 있습니다.]

"익명."

[왕의 전당에 따라 보상이 추가됩니다.]

[경험치 10,000,000을 획득합니다.]

[아테네:한국전 참가권을 획득합니다.]

[레벨업 하셨습니다.]

[레벨업…….]

민혁의 경험치가 이제는 일반 유저들보다 5배는 더 필요하다는 걸 생각했을 때 레벨이 5 오르는 것은 상당한 보상이었다.

또다시 익명을 선택한 민혁은 아테네:한국전 참가권을 보고 고개를 갸웃했다.

'응?'

그리고 그는 몰랐지만, 왕의 전당은 이처럼 '반신' 스킬을 처음 얻거나, '반신 아티팩트' 혹은 그 이상을 처음 도달해도 알림이 울린다.

이제까지 그런 이례가 없었던 이유?

간단했다. 아직까지 아무도 얻어내지 못했기 때문이었다.

유저들은 왕의 전당을 통해 나오는 아티팩트나 스킬을 '반신'이라 표현했고, 아테네에선 '반신 스킬', '반신 아티팩트'를 기획했다. 하지만 유저들이 말하는 것보다 훨씬 더 높은 수준에 이르러야 '반신'에 이를 수 있었다.

즉, 민혁은 지금 최초로 '반신 스킬'을 익힌 유저가 된 것이다.

또한, 아테네:한국전 참가권은 예선전을 무시하고 바로 본선 진출을 의미한다. 그 과정에서 주최 측에서 꼼꼼한 심사를 거친 후, 승인이 나지만 다른 이들보다 편하게 출전할 수 있음을 의미한다. 물론 민혁은 아직까지 참가할 생각이 전혀 없었다.

민혁은 흩날리는 검을 상세 확인했다. 대미지가 뛰어난 만큼 시전 시간이 5초가 걸렸다. 또한, 이틀에 한 번 사용할 수 있을 정도로 쿨타임이 꽤 긴 편이었으며 잡아먹는 마력량이 자그마치 3,000에 이르렀다.

"한번 시험해 봐야지 않겠나?"

발렌이 손뼉을 짝 마주치는 순간이었다.

쿵쿵쿵쿵쿵쿵쿵-

바로 앞으로 수백 마리의 몬스터들이 나타났다. 그리고 민혁과 발렌이 있는 곳을 향해 달려오기 시작했다. 레벨 350~400 사이를 웃도는 녀석들이었다.

'얼마나 잡으려나.'

발렌은 민혁이 기존에 가지고 있던 엘레의 검술에 대해 알지 못하고 있었다.

민혁에게 알림이 들려왔다.

[그레모리의 시련의 대지에서 사용한 스킬 쿨타임은 밖으로 나가면 적용되지 않습니다.]

민혁은 고개를 끄덕였다. 즉, 이 안에서 사용한 스킬들의 쿨타임은 밖으로 나가면 원상 복귀된다는 의미다.

그는 여러 가지 스킬 중에서 흩날리는 검이 제일 궁금했다.

수백 마리의 몬스터가 그 위압감을 뽐내며 쿵쾅거리며 달려오기 시작했다.

"키에에에에!"

"캬하아아아아악!"

"흩날리는 검."

민혁의 주위로 작은 바람이 불기 시작했다. 그 바람은 검에서 불기 시작하는 것이었다.

쇄아아아아-

허공에 수백여 개의 은빛으로 번쩍거리는 낙엽이 나타났다. 낙엽들은 나무에서 떨어지듯 살랑살랑 떨어져 내렸다.

흩날리는 검의 시전 시간은 약 5초. 발렌은 흥미롭게 바라봤다.

곧 5초가 지나 민혁이 검을 움직였다. 그 순간, 땅에 사르르 내려앉으려던 낙엽들이 허공에 떠올라 빛과 같은 속도로 몬스터들을 향해 날아가기 시작했다.

쐐에에에에에엑!

핏- 핏핏핏핏핏핏핏핏!

바람이 무언가를 찢고 지나가는 소리가 들렸다. 수백 개의 낙엽이 몬스터 무리를 훑고 지나갔다.

그리고 정적이 지났을 때.

털썩 털썩 털썩 털썩 털썩!

몬스터들이 쓰러져 내리기 시작했다. 그 자리엔 단 한 마리의 몬스터도 남지 않았다.

생성되었던 낙엽들이 회오리가 되어 허공에 흩어져 사라졌다.

'역시 반신 스킬이라 엄청 세네.'

민혁은 흡족하게 고개를 끄덕였다. 그리고 예상외로 옆이 조용하자 의아한 표정으로 돌아봤다.

발렌이 경악한 표정으로 민혁을 보고 있었다. 실감할 수 없었기 때문이다.

'이, 이게 도대체 뭐야?'

자신이 가진 스킬을 그에게 주면서, 민혁이 기존에 가지고 있었을 스킬이 끽해봐야 유니크, 에픽이라고 생각했다. 검신 발렌의 앞에선 한없이 가소로운.

한데, 아니었다. 자신의 힘과 그 힘이 융합되자 말도 안 되는 결과를 초래해 버렸다. 말이 나오지 않을 정도.

저 자리에 있던 몬스터 약 1/3 정도만 죽었어도 발렌은 박수를 쳤을 것이다. 발렌은 민혁이 조금 뛰어난 340레벨대의 이방인이라 여겼다. 실제로 민혁과 검을 부딪친 건 그와 자신의 모든 힘이 평등해졌을 때니까. 그 때문에 실제론 450 이상의 힘을 낸다는 걸 모르기에 경악할 수밖에 없는 거다.

"어때요?"

"나, 나쁘지 않구나."

발렌은 자신이 왠지 괴물을 만들어낸 것만 같았다.

"다른 스킬들도 보자꾸나. 또한, 그 힘들을 잘 다스리는 방법도 가르쳐 주마."

민혁은 발렌과 다시 그레모리가 있는 곳으로 돌아와서 그녀에게 요리를 해줬다. 그리고 그 요리를 해줄 때마다 정보를 얻어냈다.

"우물우물, 마계 88구역에 가면 말이야, 안다니스라는 마족이 있는데, 그 마족을 통해서 '가여운 영혼' 퀘스트를 받을 수 있어."

"우물우물, 와. 이 짬뽕이란 거 정말 맛있네? 마계 74구역엔 마계 지렁이가 있는데, 놈은 자그마치 전설 몬스터로……."

민혁은 곧 오픈될 마계의 정보를 싹쓸이해 버렸다. 추후 오픈될 마계의 정보는 민혁의 먹자 인생에 분명 도움이 되어줄 것이었다.

그리고 카이스트라, 밴과 함께 그레모리의 신전을 나섰다.

그들이 나서고 얼마 후.

"……그렇게 다 알려줘도 되는 거냐?"

"뭐, 어때. 내가 3대 악마인데."

발렌은 황당하단 표정으로 그녀를 보았다. 그리고 빛이 되어 다시 교관의 삶으로 돌아갔다.

청산유수처럼 1주일이란 시간이 흘렀고 아테네:한국전이 개막되었다.

알리샤와 카인, 루시아가 함께 VIP 관중석에 앉아 있었다. 그리고 일반 관중석에는 수십만 관중들이 기대감 어린 표정을 짓고 있었다.

알리샤와 카인은 두터운 친분을 가진 것만큼 항시 친하게 지냈고 루시아는 여차여차하다 보니 이 자리에 앉아 있었다.

"선발되는 MVP는 총 열두 명."

"그리고 그 열두 명의 유저가 아테네:세계전에 갈 수 있는 티켓을 따낸다."

MVP. 각 종목 우승자들에게 주어지는 어마어마한 칭호였으며 일종의 금메달 개념이라고 보면 된다. 이 아테네:한국전의 경우 동메달, 은메달의 개념이 없다고 보면 된다. 오로지 각 종목의 우승자들만이 금메달과 비슷한 MVP를 거머쥘 수 있었다.

또한, 유저들은 경우에 따라 여러 가지 대회에 참가할 수 있었고 딱 한 명만 뽑는 아테네:한국전 첫 번째 '최고의 MVP'는 막대한 보상이 주어진다고 알려져 있지만, 아직도 그 정보는 베일에 감춰져 있었다.

"기대되네."

"오늘 치러지는 경기가 뭐지?"

알리샤의 물음에 카인이 대답했다.

"빨리 먹기 대회."

"아. 그렇지, 참."

알리샤는 고개를 주억였다.

"생산직 클래스들의 종목이지?"

그에 카인이 고개를 끄덕였다. 빨리 먹기 대회는 생산직 클래스들이 싸우는 것을 볼 수 있는 대회였다.

루시아가 말했다.

"세계적으로 봤을 때, 우리나라는 전투직 클래스들도 약한 걸로 통계가 나오지만, 생산직 클래스들도 마찬가지죠. 우리나라 생산직 클래스 MVP 유저들이 세계전을 치른다고 해서 선방할 수 있을지는 의문이네요."

알리샤의 고개가 돌아갔다.

"그렇지, 힘들겠지."

카인은 고개를 끄덕였다. 그러면서 빨리 먹기 대회 참가자 명단을 확인했다.

[선수 명단]

1조: 헤파스스의 후예 혜민아빠, 노가다의 신 하이.

2조: 그림의 군주 브하드, 폭탄의 마법사 파비앙.

3조: 황혼의 조각사 루켄, 바드 마스터 케네디.

4조: 함정 설치사 발카란, 붕대감기의 왕자 하르쓰.

…….

후보 선수: 전설 낚시꾼 케리.

"후보 선수는 뭐지?"

루시아의 물음에 카인이 대답했다.

"빨리 먹기 대회는 총 10팀이 2인 1조로 참가해서 스무 명이 진행해, 그런데 혹시 모를 때를 대비해 한 명이 추가된 거야. 만약 선수 중 누군가 출전하지 않으면 차질이 생기니까."

"그런데 그럴 확률이 더 희박한 거 아닌가?"

"그렇지, 말 그대로 전설 낚시꾼 케리는 뭐랄까……."

카인은 씁쓸한 웃음을 지을 수밖에 없었다.

"이도 저도 아닌 분이시지, 더 안타까운 건 예선전 때도 아슬아슬한 격차로 대회 참가 자격을 못 얻었다고 하더라고."

그러던 중 카인은 문득 얼마 전 울렸던 알림이 생각나 말했다.

"얼마 전에 왕의 전당 알림을 두 번 울리게 한 '익명' 그 사람은 결국 아테네:한국전에 참가하지 않는 건가?"

"……그런 것 같네."

새로운 바람이 불 것이라 예상했다.

왕의 전당 알림이 두 번 울렸을 때, 국내가 뜨겁게 달아올랐다. 왕의 전당에 오른 이는 '예선전'을 무시하고 아테네:한국전의 참가권이 주어진다는 소문 때문이었다.

하지만 참가자들은 모두 카인이나, 알리샤가 아는 이들. 그들 중, 왕의 전당에 오를 만한 인물이 없었다.

그러던 때였다.

[아테네 올림픽! 지금부터 최고의 춤꾼 '펫' 찾기가 시작됩니다!]

[최고의 춤꾼 '펫' 찾기요?]

[예, 아직 아테네:한국전의 공식 마스코트가 정해지지 않았기 때문에 ㈜즐거움 측에서 이벤트식으로 마스코트를 뽑는다더군요! 미국의 경우 아이언 푸우가 아테네:미국전에서 미국 마스코트로 발탁되었죠. 그리고 일본은 '시바의 왕'이 마스코트가 되었고요. 이번 춤꾼 '펫' 찾기를 통해 바로 지금 우리나라의 마스코트가 정해질 예정입니다.]

[오, 그거 정말 재밌겠군요.]

[심사위원들과 이 자리에 있는 관중들의 투표에 따라 '마스코트'가 정해지며 '펫'의 경우 아테네:한국전 참가 선수의 펫만 가능합니다. 아, 물론 1등 한다고 MVP를 가져가는 건 아닙니다.]

[그래도 여기 보니 마스코트가 되면 주어지는 혜택이 명약인 3천 년 장어네요?]

[그렇습니다. 3천 년 장어. 아, 생각만 해도 힘이 불끈불끈 솟아요. 먹으면 와이프한테 사랑받을 수 있을 것 같아요!]

커다란 콜로세움 안으로 음악이 흘러나오기 시작했다.
싸인의 깡촌 스타일이었다.

[오빤, 깡촌 스톼일, 깡촌 스톼일~♪]

한때 말춤으로 세계를 강타했던 노래였기 때문에 관객석의 유저들과 선수들은 긴장을 풀어갔다.

그리고 콜로세움에서 마스코트가 되겠다는 의지로 백여 마리가 넘는 펫들이 나와 춤을 추기 시작했다.

"푸하하하, 저게 뭐야. 난리도 이런 난리가 없네."

"재밌네."

카인이 피식하고 웃었다. 알리샤도 푸하하하고 웃었다. 어떠한 펫들은 자존심이 상하는 건지, 유저들이 고래고래 소리쳐도 미동도 하지 않았다.

[저기 보이는 불곰은 굉장히 춤추기 싫은 표정이네요.]

[아, 저 같아도 싫을 것 같아요. 저런 커다란 몸집에 날카로운 발톱을 가지고 깡촌 스타일이라니요.]

[참, 귀여운 이벤트네요. 어? 그런데 저기 지금 입장하는 저 존재는 뭔가요?]

[어어? 서, 선글라스으으으?]

[와, 선글라스가 정말 잘 어울리네요. 마치 깡촌 스타일의

싸인을 보는 것 같아요!]

갑작스러운 해설자의 놀람에 가득 찬 목소리에 알리샤와 카인, 루시아의 이목이 집중되었다.

곧이어 화면에 한 존재가 잡혔다. 바로 검은색 선글라스를 낀 아기 돼지가 뛰어가는 장면이었다.

정체 모를 아기 돼지는 자신의 머리만큼 커다란 선글라스를 끼고 거만스럽게 중앙으로 향하고 있었다.

곧 노래의 하이라이트가 다시 시작되었다.

[아름다워, 큐티스러워~]

[바로 그건 너지 hey, 그건 바로 너지 hey.]

[이제부터 할 때까지 해볼까아까아까아까아~]

[오빤 깡촌 스톼일!]

그 순간 콜로세움 내의 조명이 번쩍이기 시작했다. 그와 함께 스피커에서 퍼지는 방대한 소리!

[오빤 깡촌 스타일!]

동시에 싸인의 말춤을 추기 시작한 정체 모를 아기 돼지! 무아지경(無我之境)에 빠진 아기 돼지의 춤 솜씨는 현란함 그 자체였다. 그에 관중석에서 뜨거운 환호가 쏟아져 나오기 시작했다.

"와아아아아아아아!"

"귀엽다!"

"저 출렁거리는 뱃살 좀 봐!"

"저 거만한 표정은 또 어떻고. 너무 귀여워!!"

짧은 다리에 팔, 그리고 주먹만큼 아주 작은 몸으로 싸인만큼이나 거만한 표정으로 입꼬리를 씨이익 올린 채 선글라스를 끼고 깡촌 스타일을 추는 모습!

"귀, 귀여워……."

"와."

그에 알리샤와 루시아는 절로 빠져들고 있었다. 어찌나 귀여웠던지 두 사람의 볼에 홍조가 떠올랐다.

'저 통통한 볼 한 번만 손가락으로 눌러보고 싶다.'

'안고 자면 푹신푹신하겠지?'

루시아와 알리샤는 차갑고 카리스마 있는 여인이었으나 결국에 귀여운 것엔 무너지고야 말았다.

그러다 카인이 말했다.

"근데 저 아기 돼지 주인이 누구지? 마스코트는 선수의 펫만 가능한데."

[아, 지금 들어온 정보네요. 현재 춤을 추고 있는 저 아기 돼지는 '콩이'라는 펫으로 민혁이란 유저의 펫입니다. 민혁이란 유저는 빨리 먹기 대회 후보로 오늘 급하게 등록되었네요.]

[이상하군요. 현재 모든 정보가 아테네에서의 정보를 제외

하고는 모두 비공개입니다. 이게 우리나라 MVP를 뽑는 대회에서 가능한 일인가요?]

"미, 민혁이라고……?"
"민혁?"
알리샤와 루시아의 눈이 동시에 커다래졌다.

아테네:한국전 주최 하루 전. 사장 강태훈은 의아할 수밖에 없었다.
'어째서 민혁 유저는 출전하지 않는 거지?'
얼마 전 왕의 전당에 오른 민혁 유저. 그에게는 거의 프리패스 이용권이나 마찬가지인 '아테네:한국전 참가권'이 주어졌다. ㈜즐거움 측에서 심사를 거치는데, 민혁 유저면 충분히 조건이 충족된다. 한데, 어째서 그는 오지 않는 것일까?
바로 그때 누군가 노크했다.
똑똑.
"들어오지."
안으로 들어온 건 다름 아닌 박민규 팀장이었다.
박 팀장은 다급해 보였다.
"민혁 유저로부터 연락이 왔습니다."
"……드디어 왔군!"

강태훈의 입가에 작은 미소가 감돌았다.

이어 박 팀장이 말했다.

"그런데 문제가 생겼습니다."

"문제?"

"예."

"……뭔데?"

"가상 세상에서 얼굴을 밝히는 건 가능하나 현실에선 아니랍니다."

"그 무슨……."

강태훈의 얼굴이 와락 일그러질 수밖에 없었다.

세계적인 대회에서 얼굴을 밝힐 수 없다? 그 의미는 현실 정보를 비공개로 가겠다는 거였다. 말이 안 된다. 또한, 대회 규정 내에도 그런 것은 불가하게 되어 있다.

"저희가 마련한 현실 선수 대기실에도 오지 않겠다는 입장입니다."

㈜즐거움 측에서 마련한 선수 대기실은 국내 대회 참가자들이 한자리에 모여 얼굴을 익히는 곳으로, 그곳에서 기자 회견 진행 후 ㈜즐거움 측의 서포트를 받으며 대회에 임한다.

거기에 더해져 현실 속 실제 아테네 유저들과 얼굴을 익힘으로써 친목도 도모할 수 있는 자리다. 그런데 그것도 싫다?

"……황당하군, 무슨 그런!"

강태훈의 얼굴이 붉게 달아올랐다.

아테네:한국전은 장난이 아니다. 혹시 숫기가 없어서, 또는

자신을 밝히기 싫은 것이라면?

"그런 식이라면 참가 못 하지!"

아무리 민혁 유저가 MVP가 될 수 있는 여력을 가진 유저여도 그건 안 되는 일이었다.

"이와 관련해 저 또한 통화에서 참가 불가 의사를 밝혔습니다. 그런데 그쪽 변호사의 연락이 왔었습니다."

그에 강태훈은 콧방귀를 뀌었다.

장난치는 것도 아니고 변호사라? 돈이 좀 있는 유저였나?

강태훈은 지금 아테네 올림픽을 장난으로 치부하는 민혁 유저에게 실망하려는 때였다.

한데, 곧 이어진 말에 눈을 크게 떴다.

"그 변호사가 다름 아닌, 일화그룹 회장 직속 법무팀장이었습니다."

"지, 지금 뭐라는 건가, 자네."

"생각하시는 게 맞습니다."

박 팀장이 고개를 끄덕였다.

"민혁 유저가, 강민후 회장의 외동아들이었습니다. 물론 이에 대한 정보도 비공개를 요청해 왔습니다."

강태훈의 눈이 크게 떠졌다. 우리나라 명실공히 1위의 기업 아니던가? 아니, 우리나라뿐만이 아니었다. 세계적인 기업이다. 물론 ㈜즐거움도 일화그룹에 밀리는 것은 아니지만, 자신들이 알고 있던 유저의 아버지가 강민후 회장이라?

"또한, 법무팀 측에서 정확히 한 부분을 콕 집어 말하였습니다."

"어떤 거지?"

"참가 항목에 있는 여러 가지 이유에 따라 현실 정보 비공개를 설정할 수 있다. 대신 게임 속 아테네의 정보를 오픈한다."

강태훈의 표정이 심각해졌다.

아테네:한국전은 가상 세상에서의 대회였기에 실제 올림픽 같은 대회보다는 규정이 훨씬 더 느슨한 편이지만, 그래도 현실 정보를 비공개하기는 어렵다. 그런데 참가 항목에 있는 여러 가지 이유 중 하나를 충족한다고? 그 이유는 대부분 말도 안 되는 것투성이로 실질적으로는 형식적인 것일 뿐이라 충족할 수 없을 텐데!

"희귀병이더군요."

"희귀병?"

그에 강태훈 사장이 심각한 표정으로 깍지를 꼈다.

희귀병은 그 여러 가지 이유를 충족할 수 있었다. 하지만 이는 굉장히 까다로운 절차를 거쳐야만 했다. 아테네는 ㈜즐거움 측에서 개최하지만, 주최 위원회의 승인도 필요하다. 때문에 그 '희귀병'을 정확히 알아야만 한다.

"그래서 제가 한번 만나보려고 합니다."

강태훈이 고개를 끄덕였다.

대회 당일.

박민규 팀장은 바로 어제 민혁이 살고 있는 저택으로 방문해, 그를 확인했다. 그리고 말문을 잃을 수밖에 없었으며 주치의가 내미는 소견서를 보고는 알 수 있었다.

'폭식 결여증? 이런 병이 있어?'

이에 대한 설명은 의사 이진환이 대신해 주었다. 몇 년 전엔 세 명 중 한 명이 죽은 병으로 생각보다 심각한 병이었다. 또한, 현실 정보 비공개 설정에 대한 조건에 어느 정도 충족한다.

민혁은 아테네에선 얼굴을 공개하겠다고 입장을 표했으며 이름과 나이를 밝히겠다고 했다. 그 외의 정보들이 비공개되는 것이다.

또한, 주최 위원회를 설득할 수 있는 이유도 있다. 이 아테네는 분명히 재밌기 위해 하는 게임이었다. 그런데, 현실 속 자신의 희귀병을 밝히면 분명히 이슈가 될 것이다. 그 이슈를 정신적으로 감당할 수 있는 유저가 몇이나 될까?

'심지어 이런 몸이라면…….'

말도 안 되는 일이다. 자신이라고 하였어도 비공개 설정으로 갔을 거다.

사장 강태훈에게 이에 대한 확실한 답을 표한 박민규 팀장에겐 하나의 지시가 떨어졌다. 바로 민혁 유저의 곁에서 대회가 끝날 때까지 함께 있으라는 것이었다. 다른 이들은 선수 대기실에서 ㈜즐거움의 지시 사항에 따르지만 민혁 유저는 그럴 여건이 안 되었기 때문.

남은 건, 사장 강태훈이 주최 위원회로부터 승인을 받는 것.

물론 ㈜즐거움 측에서 막무가내로 밀어붙일 수 있지만 국민의 '납득'이 되지 않을 확률이 높았다. 갑자기 뚝 하고 나타난 유저가 모든 걸 비공개로 참가한다면 국민들은 항의할 것이다.

하지만 국민의 '대표들'이라고 할 수 있는 이들로 구축된 '주최 위원회' 간부들의 승인을 받는다면 이야기는 달라진다.

민혁은 방울 토마토를 먹고 있었다.

"오늘 내로 빨리 먹기 종목에 참가할 수 있도록 사장님께서 노력하실 겁니다. 일단은 후보로 등록은 되었습니다. 왕의 전당에 의한 참가권도 있으시기 때문에 오늘 등록한 것도 문제없을 겁니다."

"네, 감사합니다."

"그보다 한국전 개최 전에 참가 의사를 밝히신 건 많은 고민을 하신 것 같은데, 이유를 물어도 될까요?"

그 말에 민혁은 말없이 작은 미소를 지었다.

민혁은 빨리 먹기 종목이 발표된 후에 많은 고민을 했다.

맛있는 시장 먹거리. 쫄깃쫄깃한 찹쌀도넛를 베어 물면 그 안에 가득 든 달콤한 팥의 맛을 느낄 수 있다.

또한, 설탕 묻힌 꽈배기는 어떠한가? 베어 물자마자 달콤한 맛과 함께 쫄깃한 빵의 식감 또한 느낄 수 있다.

그뿐만이 아니었다. 시장 통닭은 항상 뜨끈뜨끈하고 양이 무척이나 많았으며 빈대떡과 김치부침개, 각종 전은 더할 나위 없이 맛있다.

물론 그것 때문이냐, 그것만은 아니었다.

"돌아가신 어머니하고 어렸을 때, 자주 시장에 갔어요. 제가 시장 먹거리를 좋아해서요."

민혁은 쓴웃음을 머금었다.

시장 먹거리는 분명히 먹고 싶은 음식이었다. 하지만 많은 고민을 거듭했다.

참가한다면 나의 정체가 세상에 알려질지도 몰랐다. 그에 처음엔 참가를 포기하기로 결정하려 했다. 하지만 이를 안 아버지가 법무팀을 통해 참가할 방법을 확인하셨다.

그뿐만이 아니었다. 민혁은 계속 밤마다 시장 먹거리 생각이 났다. 거기에 함께 갔던 어머니의 모습까지도.

"어울리지는 않는군요."

재벌 2세가 시장 먹거리라? 박 팀장은 작게 웃었다.

그에 민혁이 말했다.

"상상해 보세요. 팀장님."

민혁은 차분한 목소리로 말했다.

"정말 한 끼도 먹지 않고 피곤한 날에 녹초가 되어 집으로 돌아가요. 팀장님은 어떤 가게의 음식이 당기나요? 값비싼 캐비어를 파는 고급 레스토랑? 아니면 푸아그라 같은 진미를 요리하는 곳?"

"사람들이 소주 한잔 기울이는 순대국밥 집이 좋겠군요. 거기에 공깃밥 하나를 추가하고 저도 소주 한잔하면 최고겠지요."
"그거하고 비슷한 거 아닐까요?"
그 말에 박 팀장은 고개를 끄덕였다.
듣고 보니 그랬다. 새벽 1시에 먹는 스테이크보다 라면이 맛있는 것처럼. 부자라고 어쩌면 다른 사람들과 입맛이 다를 것이 없을지도 몰랐다.
그에 박 팀장이 빙긋 웃으며 말했다.
"어떻게 보면 음식이란 건 정말 놀랍습니다. 부자든, 가난한 사람이든. 모두가 행복하게 하는 힘을 가졌으니까요."
그 말에 민혁이 작게 웃음 지었다.
곧이어 박 팀장이 손목시계를 확인했다.
"이제 입장하시죠. 제가 옆에 함께 있겠습니다. 비록 현실 선수 대기실은 아니지만, 게임 내에 마련된 선수 대기실로 안내하겠습니다."
"네."
두 사람이 함께 아테네에 접속했다.

아테네에 접속한 민혁과 박 팀장이 선수 대기실로 걸음을 옮기고 있던 바로 그때.

[아테네 올림픽! 지금부터 최고의 춤꾼 '펫' 찾기가 시작됩니다!]

그러한 외침과 함께 관중석에서 환호 소리가 퍼졌다.

잠시 민혁과 박 팀장도 걸음을 멈췄다.

그러던 때에, 한 부분이 민혁의 이목을 끌었다.

'3, 3천 년 장어?'

장어구이.

숯불 위에서 모락모락 익어가는 장어구이가 싹둑싹둑 잘린다. 그리고 노릇노릇 익어진 그것을 상추 위로 올린다.

희한하게 장어구이 가게에선 공깃밥이 아닌, 햇반을 많이 주는 편.

상추 위로 밥을 얹고 그 위로 장어구이 하나를 얹는다. 거기에 얇게 썬 생강과 마늘을 쌈장에 푹 찍어 얹는다.

그 상태에서 입에 넣으면? 담백하면서도 힘이 불끈불끈 솟는 장어의 맛에 미소가 감돌지 않던가?

바로 그때.

[콩이가 소환을 요청합니다.]

콩이가 스스로 소환의 방을 비집고 나타났다.

민혁의 어깨 위에서 나타난 콩이가 그를 '비장한' 표정으로 바라봤다.

"꿀!"

비장한 표정의 콩이는 '나만 믿어'라고 말하는 듯했다. 그리고 박 팀장의 포켓에 걸쳐져 있는 선글라스를 가리켰다.

"꿀꿀!"

"응?"

박 팀장이 고개를 갸웃하며 선글라스를 건네자 콩이는 당차게 앞으로 나가 춤을 추기 시작했다.

콩이의 현란한 말춤!

녀석은 말춤을 몇 번 춰본 적이 있었다. 아테네는 '노래 듣기' 기능도 있었는데, 한 번씩 민혁이 음악을 들을 때면 콩이는 엉덩이를 씰룩이며 리듬을 타곤 했다. 그에 아예 싸인의 말춤 동영상을 보여준 적이 있던 것이다.

"와아아아아아아!"

"귀엽다!"

"저 뱃살 봐, 모찌모찌해!!"

사람들은 즐거워했지만, 해설자들은 의문을 표했다.

[아, 지금 들어온 정보네요. 현재 춤을 추고 있는 저 아기 돼지는 '콩이'라는 펫으로 민혁이란 유저의 펫입니다. 민혁이란 유저는 빨리 먹기 대회 후보로 오늘 급하게 등록되었네요.]

[이상하군요. 현재 모든 정보가 아테네에서의 정보를 제외하고는 모두 비공개입니다. 이게 우리나라 국가 대표를 뽑는 대회에서 가능한 일인가요?]

곧이어 해설자들이 말했다.

[확인 결과 아직 '후보'일 뿐이라고 합니다. 대회 참가 여부 자체는 아직 심사 중이라고 합니다. 현재 모든 정보가 비공개로 설정된 것은 '정보 보호 요청을 동반한 참가'를 신청했기 때문이라고 합니다. 승인이 난다면 대회에 정식 참가할 수 있겠죠.]

[아직 후보일 뿐인데 마스코트 이벤트에도 참가 가능한가요?]

[예, 가능하다고 합니다. 그 이유는 일단 마스코트를 뽑는 것 자체가 선수에 속하기만 하면 되기 때문입니다. '후보'도 선수라는 사실은 변함이 없으니까요. 단지, 출전이 불확실한 거니까요.]

그리고 춤이 끝나자 아기 돼지 콩이가 민혁을 향해 달려왔다.

선글라스를 끼고 해맑게 달려가는 콩이! 그를 보며 해설자들이 다양하게 반응했다.

[아, 저 뒤뚱거리는 다리 좀 봐요!]

[크! 정말 귀엽게 생겼군요!]

[정말 소유하고 싶게 생긴 귀여운 펫입니다!]

[아, 잘 때 안고 자면 정말 따뜻할 것 같아요. 또 저 통통한 엉덩이는 또 어떤가요!! 만지면 기분이 좋아질 것 같아요!]

이어 콩이는 민혁의 품에 안겨들었다.

그리고 콩이의 주인을 본 관중들이 웅성거리기 시작했다.

"뭐, 뭐야?"
"엄청 잘생겼다……."
"와……."
"키 봐…… 185㎝는 될 것 같은데? 다리도 엄청 길어……!"
"비율 봐. 꺅! 오빠, 여기 좀 봐요!"
"……네가 한 스무 살은 더 많을 것 같은데, 언제부터 오빠야?"
"잘생기면 다 오빠야, 꺄아아아악!"
그 환상적인 비율과 얼굴 때문이었다.

[심지어 콩이의 주인인 민혁 선수마저 잘생겼습니다!]
[세상에, 우리나라에 저런 미남이 있었나요? 어지간한 배우들보다도 낫군요.]
[키도 모델에 준할 만큼 크고 비율도 좋네요. 경기는 시작되지 않았지만, 최소한 비주얼로는 어떠한 선수도 따라올 수 없을 것 같습니다.]
[만약 '멋있는 참가자' 상이 있었다면 MVP는 떼어 놓은 당상이었겠네요.]
[예, 저기 아기 돼지도요.]

웅성거림이 계속 이어졌다.
카메라는 민혁과 콩이를 비추고 있었다. 콩이는 민혁의 어깨 위에서 배를 쭉 내밀고 있었다.

[콩이가 자신만만해합니다.]

“그런데 제가 출전할 수 있을까요?”

이미 스무 명의 선수들은 다 찼기 때문에 하는 우려였다.

“일단 등록은 하긴 했습니다. 그리고 민혁 유저께서 ‘왕의 전당’에 두 번 오른 유저이기 때문에 참가하실 수 있습니다. 대신 혼자 참가하셔야겠죠. 그렇지만 그렇게 되면…….”

박 팀장은 말끝을 흐렸다.

“왕의 전당에 오른 유저라는 게 명명백백 밝혀지겠죠.”

사람들은 눈치챌 것이다. 혼자서 출전하는 그가 ‘왕의 전당’에 오른 이임을. 그리고 민혁은 그것을 원치 않았다.

“……맛있는 게 먹고 싶은데, 잘 안 되네요. 시장 먹거리. 상상만 해도 기대되는데 말이죠.”

그러던 때, 옆쪽에서 목소리가 들려왔다.

“시장 먹거리? 그런 천박한 시장은 냄새나고 역겨울 텐데? 그런 곳의 먹거리가 나온다고? 우웩! 정말 대회 한번 × 같게 만들어놨군! 생각만 해도 토가 나올 것 같아!”

민혁의 표정이 천천히 굳어졌다.

그에게는 상당한 추억이 깃든 곳이 시장이었다. 또한, 이는 명백한 조롱의 말이었다. 자신의 이야기를 듣고 일부러 이러한 언행을 한 것이 분명했다.

그의 고개가 돌아갔다. 그곳에 한 남성이 들으라는 듯 토를 하는 시늉을 하고 있었다.

박 팀장이 말했다.
“빨리 먹기 종목의 가장 큰 우승 후보 브하드입니다. 성격이 개차반인 걸로 유명하죠.”
그리고 민혁은 몰랐지만 브하드는 ‘고작 후보’ 선수를 조롱하는 것이었다.
민혁은 부드럽게 웃으며 물었다.
“혹시 빅 엿이라고 드셔보셨어요?”
“빅 엿이라…….”
브하드가 재밌다는 듯 웃었다.
그에 민혁의 눈이 차갑게 식으며 말했다.
“오늘 빅 엿을 배 터지게 먹여 드리죠.”
“퍽이나.”
그에 브하드는 짙은 비웃음을 흘리고 걸음을 옮겼다.
“브하드는 개차반이지만 실력만큼은 확실한 선수죠. 그런데 또 의문입니다. 굳이 이런 식으로 시비를 건 이유가 뭔지…….”
박 팀장이 말끝을 흐리며 고개를 갸웃했다.
브하드가 걸음을 옮기자, 그의 옆에 있던 파비앙이 질문했다.
“브하드님, 굳이 저 선수를 도발한 이유가 뭡니까?”
“……그냥?”
브하드는 그렇게 말했지만, 사실은 아니었다.
‘빌어먹을 새끼, 이번 빨리 먹기 대회의 관심은 모두 내가 살 것이라 생각했건만.’
그는 처음 콩이라는 펫과 얼굴로 오로지 국민의 관심을 사지 않았는가? 그게 마음에 안 들었다.

특히나, 저놈은 후보 선수일 뿐이었다. 후보 선수라는 것은 실력이 애매한 이라는 거다. 반대로 생산직 클래스의 우승 후보 '그림의 군주'가 바로 브하드였다. 그는 그림을 그림으로써 언데드처럼 몬스터를 부린다.

그는 곧 자신이 오늘 빅 엿을 배 터지게 먹게 될 거라는 것을 상상조차 하지 못하고 있었다.

콜로세움으로 하나의 커다란 풍선이 떠오르기 시작했다. 바로 아테네 올림픽의 마스코트가 된 거대한 콩이 풍선이었다.

선글라스를 끼고 말춤을 추던 동작 그대로 제작된 콩이 풍선! 뿐만이 아니었다. 대장장이 길드에서는 빠른 속도로 마스코트가 된 콩이 인형을 찍어내기 시작할 것이다.

[이제 첫 번째 종목인 빨리 먹기 대회가 시작되기 5분 전입니다.]

[빨리 먹기 종목의 룰에 대해서 설명해 주시죠.]

[각 출전 선수들의 앞으로 250개의 촛불이 떠오르게 될 겁니다. 이 촛불은 일반적인 바람에는 절대 꺼지지 않는 촛불입니다. 이 촛불을 끌 시에 몬스터가 나타나게 됩니다. 먼저는 200레벨 몬스터들 무리가 나타나기 시작합니다. 그리고 촛불을 많이 끈

다면 더 많은 몬스터, 더 강한 몬스터들이 나타나게 되지요.]

[아, 그렇다면 촛불을 많이 끄고 한 번에 잡아낸다면 빠르게 점수가 올라가겠군요?]

[그렇습니다. 하지만 촛불이 꺼질수록 더 강해지기 때문에 짧은 시간 안에 얼마나 더 많이, 또 얼마나 많은 촛불을 껐느냐가 중요하다고 할 수 있으며 제한 시간은 2시간 30분입니다. 그리고 이번 종목이 빨리 먹기인 만큼, 몬스터들을 사냥할 때마다 시장 먹거리가 '양피지'로 떨어지기도 합니다. 이 시장 먹거리는 포션의 역할 등도 하고 다양한 힘들이 숨겨져 있기 때문에 사냥 틈틈이 먹어주면 좋겠네요.]

[말씀드리는 순간, 선수들이 입장합니다.]

[선수들 하나하나가 긴장한 기색이 역력하네요.]

"와아아아아아아아아!"

[강력한 우승 후보 브하드가 등장하자 환호성이 터져 나옵니다!]

[브하드는 사냥한 몬스터를 그려내 소환수로 부릴 수 있는 '네크로맨서' 계열 생산직 클래스인 그림의 군주이지요.]

[예, 맞습니다. 소환수의 경우 조금 전 죽은 몬스터를 그려내야 하는 것이기 때문에 초반엔 느릴 수 있지만, 장기적으로 봤을 때는 엄청난 활약을 보일 것으로 예상됩니다.]

[어? 그런데 잠시만요. 팀원들 숫자가 이상하네요. 열 팀이

아니라, 열한 팀입니다!]

[아, 확인된 바에 빠르면 조금 전 민혁 유저의 출전이 승인되었다고 합니다. 그는 '정보 보호'를 요청했는데요, 정보 보호 자체가 '비밀'이기 때문에 그 이유는 정확히 밝힐 수 없다고 합니다. 하지만 주최 위원회에서 승인을 내렸다는 의미는 충분히 합당한 이유가 있다는 것이겠지요.]

[아, 그에 따라 본래 후보로 등록되어 있던 전설 낚시꾼 케리도 함께 올라가는군요.]

[대회 내용의 일부가 변경된 것 같습니다. ㈜즐거움 측에선 후보 선수를 두지 않기로 결정했답니다. 그에 자연스레 두 사람이 함께 참가하게 된 것이지요.]

"후보? 후보 선수면 가장 약해서 일단은 선수 자격 배제하고 기다리고 있는 유저 아니야?"

"프로 게이머로 치면 1군 뒤에 있는 2군이지."

유저들이 웅성거리기 시작했다.

[아테네:한국전의 경우 어떻게 보면 국가 대표를 선발하는 대회입니다. 때문에 ㈜즐거움 측에선 더 많은 자격을 갖춘 유저들이 그 힘을 발휘해 보는 게 좋을 것 같다고 하는군요. 또한, 주최 위원회의 승인도 떨어진 상황이기에 큰 문제는 없을 것으로 보입니다.]

[하지만 갑자기 팀 하나가 늘어났다는 건, ㈜즐거움의 이번

대회 아테네:한국전의 준비성이 미흡했다고 볼 수 있는 부분이 지 않을까요?]

[한편으론 저도 그렇게 생각이 드는군요. 어, 그런데 잠시만요. 지금 막 민혁 유저의 레벨을 확인했는데…….]

해설자가 당혹함을 금치 못했다. 국내 최고의 대회인 만큼 생산직 클래스들도 레벨이 매우 높은 편에 속했다. 대부분이 400을 넘는다.

[레, 레벨이 355입니다…….]

[아, 정말 이 말로밖에는 설명이 안 됩니다. '걱정됩니다'. 말 그대로 걱정밖에 들지 않는군요. 355레벨의 후보 선수 한 명과 오늘 사실 출전이 불확실했던 후보가 함께 만나 팀을 이루다니요!]

그에 관중석 유저들이 웃기 시작했다.

"하하하, 이거 완전 덤 앤 더머 아냐?"

"무슨 바보들의 행진도 아니고."

"하자 있는 사람들끼리 모여서 하자 있는 대회를 한다? 볼 것도 없겠네."

"㈜즐거움은 어쩌자고 저런 사람들을 무리해서 끼워 넣는 거야? 이해할 수가 없네."

"뭐, 한 팀 정도는 '유머'를 담당해 줘야 하지 않겠어?"

15분 전. 강태훈은 주최 위원회의 도장이 찍힌 출전 허가서를 들고 나섰다.

주최 위원회는 우리나라 아테네 최고의 길드장들, 혹은 해외 지부의 지부장들로 구축되어 있다. 해외 지부장들도 아테네:한국전에 관심을 두고 주최 위원회로 참여한 것이다.

그들은 갑작스러운 선수 등록과 심지어 비공개 설정을 하려 한다는 유저에 대한 이야기에 의아할 수밖에 없었다. 더 황당한 사실은 강태훈 사장에게 그 이유가 무엇인지 물었음에도 그는 밝힐 수 없는 정보라고 했다. 단지, 내부적으로 검토한 결과 충분히 승인할 만한 이유였기에 도장을 찍어달라는 것이었다.

처음 의아해하며 황당해하던 주최 위원회는 결국에는 도장을 찍어줬다. ㈜즐거움이 이끌어가는 이 아테네라는 게임에서 사장 강태훈이 이렇게 '명목'을 만드는 것도 어느 정도 예의를 보인 것이기 때문이었다.

또한, 강태훈 사장은 새로운 팀을 하나 넣는 게 나을 것 같다고 하였었다.

"강태훈 사장의 입장도 이해는 됩니다. 사실 더 많은 유저들의 힘을 확인하고 국가 대표가 발탁되어야 나중에 아테네:세계전에 갔을 때 우리나라가 힘을 발휘할 테니까요."

"그건 맞는 말 같군요. 그래서 저희도 흔쾌히 새로운 '11팀'을 만드는 것에 수긍한 것 아니겠습니까? 하하하!"

"그렇죠. 큭!"

"크흐흐!"

그들의 웃음에 카인과 알리샤는 심기가 불편해졌다.

새로운 팀을 만들어 출전시킨다에 승인했지만, 그 이유가 ㈜즐거움의 새로운 인재 발굴을 위해 기회를 주자가 아니라 비웃기 위함인 것을 알았기 때문이다.

"웃기신가요?"

알리샤가 차갑게 웃으며 말했다.

"아뇨, 그저 후보라는 꼬리표를 붙이고 있는 유저들이 어찌나 재밌는 결과를 보여줄지 상상되어서요."

그에 알리샤가 싱긋 웃었다.

"저도 상상되네요."

곧 있을 민혁이 활짝 지을 미소가.

그는 항상 알리샤의 예상을 벗어난 강함을 보여주었으니까.

케리는 가슴이 크게 떨려왔다.

예선전에서 그는 정말 종이 한 장 차이로 패배했다. 그때의 그 실수. 그 실수만 아니었다면 당당하게 아테네:한국전에 참가할 수 있었을 것이다.

한데, 그 실수로 후보 선수가 되어버렸다. 때문에 참가 기회는 없다고 여겼다. 그런데, 지금 참가 기회가 생겼다.

그는 기뻤다. 하지만 한편으론 걱정되었다. 민혁이란 생소한 유저와 함께 출전하기 때문이었다.

그러면서도 케리는 가슴속 뜨거움을 느꼈다. 모두가 꿈꿔볼 국내 최고의 유저의 이름 MVP! 그 기회가 다가왔으니까 말이다.

그리고 혜민아빠는 케리와 개인적인 친분이 있었다.

“그러고 보니 자네는 민혁 선수에 대해 모르지?”

“……아시는 분이신가요?”

“알다마다. 아주 잘 알지, 그러고 보니 케리 자네는 기적이란 단어를 믿지 않는다고 했지?”

“……그런 건 없죠.”

“이렇게 기적처럼 대회에 참가하게 되었는데도?”

“이건 그냥 운이죠. 운!”

“하하, 뭐 그래. 하지만 이제 곧 자네는 첫 번째 기적을 볼 수 있을 거라고 난 생각하네.”

“예?”

혜민아빠는 더 이상 그 이후의 말은 해주지 않았다. 단지, 빙긋 웃을 뿐이었다.

때마침 민혁이 선수 대기실로 들어왔다.

사실 케리는 민혁이 미덥지 못했다.

‘……내가 잘해야 해. 나를 믿자, 케리!’

민혁은 예의 바르게 꾸벅 인사해 왔고 케리도 대충 상체를 숙여 인사했다.

그리고 곧 해설자의 목소리가 들려왔다.

[선수들 입장해 주시기 바랍니다.]

케리와 민혁이 입장을 시작했다. 그와 함께 관중석에서 비웃음 소리가 들려오기 시작했다.

그 비웃음에 케리는 딱딱하게 굳어질 수밖에 없었다.

하지만 곧 옆에 있는 민혁이 말했다.

"히야, 시장 먹거리. 상상만 해도 기대돼요, 님도 그렇죠?"

이 이상한 사람과 자신이 할 수 있을까?

의문이 들었다.

[30초 후에 경기가 시작됩니다!]

해설자의 목소리와 함께 콜로세움이 커다란 크기의 대지로 바뀌었다.

허허벌판 위로 대회에 참가한 수십 명의 유저들이 있었다.

이 빨리 먹기 대회는 유저들이 서로 공격할 수 없게 투명한 막이 사이 사이에 쳐져 있었다. 그리고 각 팀의 유저들이 선 곳은 넓이가 100m는 될 정도로 커다랬다.

곧 유저들의 등 뒤로 250개의 촛불이 떠오르기 시작했다.

케리는 긴장감에 침을 꿀꺽 삼켰다.

"히야, 상상만 해도 너무 행복하네요. 식용유가 뿌려진 평평한 불판 위로 시장 아주머니께서 빈대떡 하나를 부쳐서 앞에 놔주는 거예요. 그걸 간장에 콕콕 찍어서 먹으면? 와, 진짜 맛있겠네요."

꿀꺽- 군침을 삼키는 소리가 들린다.

케리는 그에 그를 사납게 바라봤다.

'제발 긴장 좀 하자!'

민혁과 비슷한 나이 또래의 케리.

그가 기적을 믿지 않는 이유는 하나였다.

그는 병마로 돌아가신 아버지와 함께, 자주자주 낚시를 다니고는 했다. 생존률이 극악이라는 '췌장암'에 걸리셨던 아버지. 그런 아버지는 그럼에도 호탕하게 웃으며 '어서 나아서 너와 다시 낚시를 다녀야지!'라고 하시곤 했다.

워낙 병과 다르게 정정하셨기에 케리는 그런 날이 올 거라 믿었다. 하지만 아버지는 결국 싸늘하게 식어갔다.

케리는 이번 종목에서 우승하여 MVP를 받는다면, 아버지께 그 영광을 바치고 싶었다. 그런데 그 꿈을 비장하게 품고 있는데, 앞에 사내는 전혀 달라 보였다.

이어 민혁이 쓴웃음을 지으며 말했다.

"사실 전 어머니가 돌아가셨어요. 그리고 어렸을 적에 어머니 손을 잡고 함께 자주 시장에 갔어요. 아직도 머릿속에 잊히지 않아요. 부침개 한 장을 입에 넣어주시던 어머니 모습이요. 참, 행복했는데."

민혁은 부드럽게 웃음 지었다.

왜 이런 말을 하는지는 자신도 몰랐다. 그저 그때의 그 기억이 머릿속에 떠올랐고 누군가에게 말해주고 싶었다.

케리는 순간 그를 돌아봤다. 그는 자신과 비슷한 슬픈 웃음을 머금고 있었다.

"이제야 다시 '시장'에 온 기분이에요."

"……뭐라는 거야, 짜증 나게."

하지만 케리는 그가 여전히 못 미더웠고 이상해 보였다.

화르르르르륵!

수백 개의 촛불에 붉은 불꽃이 타오르기 시작했다.

[빨리 먹기 대회 시작합니다!]

케리는 촛불 하나를 입김으로 '후!' 하고 불어 껐다. 이 촛불은 오로지 선수의 의지대로 입김을 불거나 하는 행동으로 개수가 꺼진다.

그 순간, 몬스터 세 마리가 나타났다. 200레벨대의 몬스터 레키였다. 레키는 이족 보행의 쥐로 창을 주로 사용하는 몬스터였다.

"일단은 같이 협공하죠."

그렇게 말하며 케리는 달려가려다 멈칫하며 고개를 돌려 민혁을 보았다.

이윽고 해설자들의 목소리가 울려 퍼진다.

[아, 모든 출전자가 촛불을 3~5개씩 끕니다!]

[와, 3조 황혼의 조각사 루켄은 조각칼을 들고 몬스터들을

학살하기 시작하는군요. 시작과 동시에 다섯 개의 촛불을 끄고 몬스터를 한 번에 잡아냅니다!]

[경기 시작된 지 1분 만에 벌써 촛불을 3개 이상 끈 팀이 세 팀이 넘습니다. 그런데 아직 사냥조차 하지 못한 팀도 있군요?]

[11조는 아직 사냥조차 하지 않고 있군요.]

[이상한 일입니다. 심지어 11조의 옆은 강력한 우승 후보 브하드가 있네요. 이거 비교 대상이 될 것 같은 불길한 느낌이군요.]

그때 이변이 일어났다. 민혁이 검을 들어 올린 것이다.

쑤우우우우웅!

이어진 광경에 케리와 해설자들은 눈을 크게 뜰 수밖에 없었다.

그가 촛불 위로 검을 가로로 그었다. 그 순간, 촛불 위의 불꽃들 70여 개가 꺼져나갔다.

[아아!! 11조!! 지금 뭐 하는 건가요!!!]

[설마 70여 개의 촛불을 다 끄고서도 깰 수 있다고 생각하는 건가요?]

[아, 무리수입니다. 무리수!]

[국민의 비웃음이 들려오네요. 도대체 어떤 생각으로 저런 짓을 벌인 걸까요!]

[끝입니다. 끝이에요! 한 선수의 오만함이 11조를 나락으로 몰고 갑니다.]

[후보 선수라는 걸 탓하면 안 되지만 지금 그들은 애초에 출전하지 않았을 게 나아 보이는군요!]

“당신, 미쳤어?”

케리가 서둘러 민혁에게 다가가 그를 밀치려 했다. 그때 뺨을 스치는 무언가가 느껴졌다.

‘바람?’

일산에 위치해 있는 작은 호프집.

루크토의 무덤에서 민혁의 뒤통수를 치려고 했다가 죽었던 유저 자빈, 현실 이름 유지민은 친구들과 앉아 아테네:한국전을 보고 있었다.

그러던 중, 나타난 아기 돼지에 눈을 크게 떴다.

‘저, 저 아기 돼지!’

분명히 프라이팬 살인마의 펫이었다.

그녀는 아테네 공식 홈페이지에 들어가 봤다. ‘아기 돼지’라고 검색하자 곧이어 수백여 가지의 검색어가 떠올랐다.

‘아기 돼지 졸귀 ㅠㅠ’, ‘아기 돼지 갖는 법’, ‘산타 할아버지한테 아기 돼지 달라고 하면 줄까요?’, ‘콩이 인형 발매는 언제?’ 등이 떠올랐다.

그 틈에서 이목을 끄는 글이 있었다.

[저 아기 돼지 프라이팬 살인마가 데리고 다니는 아기 돼지 아닌가요?]

프라이팬 살인마가 아기 돼지를 데리고 다닌다는 것은 몇몇 유저들이 알고 있다. 결정적으로 바크란 길드의 길드원들이 알고 있었다.

곧 속속들이 그에 관련한 증언들이 쏟아져 나오기 시작했다.

'뭐야, 내가 글 올릴 필요 없겠네.'

어차피 프라이팬 살인마가 대회에 참가한다는 건 간단한 의미였다. 자신의 정체를 밝히겠다는 것.

그러던 때였다. 선수 교체가 이뤄지자 친구들이 욕을 하기 시작했다.

"와, 뭔데 11조 팀을 결성하냐, 무슨 바보 듀오야?"

그 말을 듣고 있던 지민이 말했다.

"결성할 만했으니까 했겠지. 사실 이번 대회의 주목적이 아테네:세계전 선수 선발이니까."

"……뭔 소리야? 너 왜 그래?"

"너희들은 어떤 팀이 MVP가 될 것 같아?"

지민의 물음에 친구들이 말했다.

"당연히 브하드가 있는 팀이지."

"맞아, 저 재수 없는 복학 미대생 같이 생긴 놈이 세긴 진짜 세. 예전에 올라온 즐투브 영상 봤는데, 쩔더라."

그에 지민이 지갑을 열어 5만 원짜리를 꺼내 테이블 위에 올리곤 손가락으로 톡톡 두들겼다.

“난 11조.”

그녀가 빙긋 웃었다.

“와, 진짜지? 무르기 없기다? 나도 5만 원. 난 브하드 팀!”

“나도 브하드!”

친구들은 이때가 기회다 싶어 5만 원을 걸었다. 자신들이 공돈을 얻을 수 있을 것이라고 믿고 있었다.

하지만 자빈은 곧 피식 웃었다.

‘아니, 저 사람이 승리로 이끌 거야.’

자신도 뒤통수를 치려고 할 땐, 그런 결과가 초래할 거라고 전혀 예상하지 못했었으니까.

그때, 화면 속 그가 촛불 70여 개를 꺼뜨렸다.

그리고 엄청난 비웃음을 사기 시작했다.

시원한 바람이 불어오기 시작했다. 그리고 등 뒤로 몬스터들의 울음소리가 들려온다.

쇄에에에에-

서서히 불기 시작한 바람이 앞에 있는 민혁의 검에서 살랑이기 시작했다.

이윽고 그 바람은 더 강력하고 매섭게 불기 시작했다.

쇄아아아아아아-

주변에 있는 모든 풀과 나무들이 흔들리기 시작했다.
갑작스러운 바람에 곳곳의 선수들이 민혁을 보았다.
은빛으로 번쩍이는 수백여 개의 낙엽이 떨어져 내리는 장관이 펼쳐졌다. 그것은 마치 낙엽으로 이루어진 눈 같았다.
"예, 예쁘다."
"와아아아아아. 낙엽이 눈처럼 내리는 것 같아."
스크린을 통해 관중석에서 보고 있던 한 유저가 넋을 놓고 내뱉은 말이었다.
그리고 수백 마리의 몬스터들이 케리의 등을 노리고 달려오기 시작한다.
거대한 하피가 팔을 휘저었다. 바람의 칼날이 만들어지며 케리의 등을 노린다.
"다, 당신……."
케리가 눈을 크게 떴다.
하피의 바람의 칼날을 보며 민혁은 발렌에게 바람을 다스리는 법을 배우면서 들었던 말을 떠올렸다.
발렌은 항상 이렇게 말하곤 했다.

'바람은 그렇게 다스리는 것이 아니란다.'

그러면서 발도 자세를 취하며 순간적으로 검을 뽑아냈다.
민혁이 발렌을 따라 천천히 입을 열었다.
"바람은 그렇게 다스리는 게 아니란다."

쐐에에에에에엑!

민혁의 검이 움직인 순간이었다. 검에 밀집되었던 바람의 힘이 수백여 개의 낙엽에 스며들었다.

그리고 그 낙엽이 케리의 등 뒤의 몬스터들을 향해 빛보다 빠른 속도로 움직였다.

핏핏핏핏핏핏핏핏핏핏-

케리는 등 뒤에서 들리는 소리를 들으며, 천천히 고개를 돌렸다. 그곳의 모든 몬스터들이 쓰러져 내리기 시작했다.

곧 전광판에 점수가 나타나기 시작했다.

점수는 촛불을 꺼뜨리고 꺼진 촛불에 의해 나타난 몬스터가 죽은 만큼 점수가 나온다.

그리고 케리는 기적을 보았다.

[2위 3조 6개.]

[1위 11조 71개.]

식신의 레벨이 너무 낮다는 둥, 후보 선수 둘을 모아 팀을 결성한 것에 바보 듀오냐는 둥 했던 관중석과 해설자들이 침묵했다. 해설자 이성훈은 지금 무슨 말을 해야 할지 몰라 입을 꾹 다물었다. 야유와 비난으로 가득했던 관중석 내가 침묵으로 물들어 있었다.

그는 가슴이 격하게 떨려오는 걸 느끼며 자리에서 벌떡 일어나 소리쳤다.

[아!! 11조오오오오오! 민혁 선수가 71개의 촛불을 끄고 단 한 번에 수백 마리의 몬스터들을 초토화시켰습니다!]

[보셨습니까? 저 스킬? 말도 안 되는 광역 스킬입니다!]

"와아아아아아아아!"

"우와아아아아아아!"

해설자들이 중계를 시작했다.

[아, 지금 말도 안 되는 일이 일어났습니다. 오만하다고 생각했던 민혁 선수는 오만했던 게 아니었습니다!]

[보셨습니까? 수백여 개의 낙엽이 보이지도 않을 빠른 속도로 날아가 단숨에 적들을 유린했습니다.]

[압도적입니다! 너무도 압도적입니다. 지금 다른 선수들의 표정이 보이십니까? '내가 뭘 봤지?' 하는 표정입니다!]

[생산직 클래스 대회에서 이런 전투 능력이라니요? 저 선수가 정말 생산직 클래스가 맞다는 겁니까?]

[도대체 저 스킬은 뭡니까? 국내에 저런 강력한 힘을 드러내는 스킬이 있었단 말입니까?]

이어서 한국전 진행 스태프 중 한 명이 서둘러 다가왔다.

"무슨 일이야?"

"지금 인터넷이 난리 났습니다."

"인터넷? 당연히 난리 났겠지. 지금 저 선수가 보여준 저력이 얼마나 대단한데."

"……그게 아닙니다."

"그럼?"

"저기 저 유저가 프라이팬 살인마랍니다."

이성훈은 다소 놀란 표정을 지었다가 고개를 끄덕였다. 그리고 관중석이 웅성거리는 걸 들을 수 있었다.

"프라이팬 살인마?"

"진짜?"

그들도 막 현실에 있는 이들로부터 메시지를 받은 때였다.

"와…… 저 사람이…… 근데 프라이팬 살인마 전투직 클래스 아니었어?"

"뭔 소리야, 요리로 발카스 왕국 구했었잖아."

"프라이팬 살인마……. 매일 투구 쓰고 다녀서 엄청 추남일 거라고 했던 사람 누구냐…… 미친 듯이 잘생겼는데……."

그리고 관중석에서 한 무리가 외치기 시작했다.

"팅! 팅팅팅! 탱 탱탱탱! 팅팅! 탱탱! 프라이팬 살인마!"

"팅! 팅팅팅! 탱 탱탱탱! 팅팅! 탱탱! 프라이팬 살인마!"

"와아아아아아아!"

이날. 프라이팬 살인마의 팬카페 '프사모'가 결성되었다.

세계 공식 랭킹 5위인 미국 선수 파간은 흥미롭다는 듯 TV를 바라보고 있었다. 현재 아테네:한국전은 전 세계에 생중계되고 있었다.

그리고 그 옆에는 그의 길드원 중 한 명이 함께 있었다.

"놀랍군요."

길드원의 말에 파간은 어깨를 으쓱였다.

"뭐가 말입니까?"

"저 사람이 생산직 클래스라는 게요. 어떻게 저런…… 이제껏 살면서 보지 못한 광역 스킬입니다."

그 말에 파간은 그의 어깨에 손을 올리며 한숨을 턱 쉬었다.

"그렇죠. 놀랍죠. 그리고 저 선수는 보아하니, 신 클래스입니다. 그런데 한번 생각해 보세요. 저 유저는 더 이상 힘을 쓸 수 없을 겁니다."

"힘을 쓸 수 없어요?"

"예, 생산직 클래스가 가지는 한계죠. 어떻게 저런 능력을 가진 것인지는 모르겠지만 쿨타임이 매우 길겠죠. 두 번 다시 저 능력을 사용하지 못할 겁니다. 그뿐이 아닙니다."

파간은 침착한 목소리로 스크린을 보며 말했다.

"저 능력 말고 뭐가 있겠습니까?"

"아……."

"브하드는 몬스터가 죽은 후에 그려내면 소환수로 부릴 수 있습니다. 장기적으로 봤을 때 지치지 않겠죠. 하지만 저 유저는 이제 그 어떤 스킬도 남지 않았다는 겁니다."

그렇다. 파간은 그가 운이 좋아 저런 스킬을 얻었고 운이 좋아, 하나의 스킬이 다른 스킬보다 뛰어나다 여겼다.

하긴, 생각해 보면 당연했다. 생산직 클래스가 얻을 수 있는 스킬은 명확했으니까.

"그럼 파간 님의 말대로라면 이제 뒤처지겠군요."

"그렇죠. 그리고 뒤처지지 않으려고 이제부터 이를 악물고 달리려고 할 겁니다."

볼 것도 없다는 듯 몸을 돌린 파간.

그러던 중 떨리는 길드원의 목소리가 들려왔다.

"……뒤처지지 않으려고 이제부터 이를 악물고 달린다고요? 아, 아닌데요?"

"예?"

파간이 고개를 돌렸다. 그러자 보였다.

"……미친!"

달리긴 개뿔? 그는 해맑게 웃으며 뭔가를 줍고 있었다.

그것은 '음식 양피지'였다.

[이제부터 11조는 점수가 좁혀지지 않게 하려면 이를 악물고 달려야 할 겁니다.]

[초반 기세는 매우 놀라웠습니다. 하지만 저 스킬 하나만을 보유하고 있었다면 이제 격차를 빠르게 좁힐 겁니다.]

[응? 그런데 민혁 선수 뭐 하나요?]

"야호!"

놀라워하는 케리를 뒤로하고 민혁은 빠르게 움직이고 있었다.

수백 마리의 몬스터들이 죽으면서 떨어뜨린 '음식 양피지'.

이 종목은 '빨리 먹기'이다. 그렇기에 음식 양피지라는 게 드랍되는데, 드랍된 음식 양피지를 찢으면 해당 음식이 곧바로 앞에 나타난다.

[서, 설마…… 초반에 기선 제압한 이유가…….]

[다른 유저들 쫓아올 시간에 맛있는 걸 먹으려고 하는 건 아니겠죠?]

[마, 맞는 것 같은데요. 그런데 저 선수. 지금 정말 행복한 미소이지 않습니까?]

[예……. 정말, 어린아이처럼 해맑은 미소네요.]

민혁은 자신의 앞에 수십 장 놓여 있는 양피지를 보고 그중에 하나를 북 찢었다. '찹쌀도넛' 양피지였다.

한바탕 소란을 만들어낸 민혁은 자리에 주저앉아 자신의 앞에 나타난 찹쌀도넛을 보며 감탄했다. 설탕이 발라져 있는 찹쌀도넛에는 기름기도 가득 묻어 있었다.

설탕이 묻은 손가락을 쪽쪽 빤 민혁은 흐뭇하게 웃으며 그것을 막 입에 가져가려 했다.

“대, 대회 안 해요?”

“빨리 먹기 대회잖아요!”

“아, 아니……. 그거 이름만…… 빨리 먹기지…….”

케리가 당혹한 목소리로 물어왔다.

실제로 이 양피지 음식들은 떨어진 MP를 채워준다거나 혹은 HP 회복, 또는 운영자들이 말했듯이 간혹 특별한 힘을 담긴 것들도 있다고 했다.

하지만 실제로 누가 먹겠는가? 그 먹는 시간에 유저들은 빠르게 좁혀올 것이 분명하지 않은가.

“그 시간에 다른 선수들이 치고 올라온다고요! 봐요, 지금 옆에 저놈들이 치고 오잖아요!”

“에이, 다 먹고 살자고 하는 건데. 님도 앉아봐요. 이 설탕 가득 묻은 도넛 한 입 먹어봐요.”

“난 몰라! 저는 계속 촛불 끄고 사냥할 거예요!”

민혁은 앉은 자리에서 드디어 만난 찹쌀도넛를 입에 넣었다.

입에 들어간 찹쌀도넛의 겉에 묻은 달콤한 설탕 맛이 느껴진다. 베어 물고 쭈우욱 당기자 입안에서 쫀득쫀득 씹히는데, 그 안에 가득 든 뜨끈뜨끈한 팥이 입안을 달콤하게 만들어냈다.

그리고 이번엔 ‘속초 닭강정’ 양피지를 찢었다.

속초 시장의 명물! 속초 닭강정.

땅콩이 뿌려져 있는 속초 닭강정은 뜨끈뜨끈해 보였다. 그것을 포크로 콕 찍어서 입에 집어넣었다.

바삭바삭-

씹히는 질감이 아주 좋다. 바삭바삭하고 매콤달콤한 튀김옷 부분을 지나면 이제 씹히는 것은 부드러운 살코기이다.

그 살코기를 먹어주다가, 이번엔 또 다른 양피지를 찢었다. '콜라'였다.

콜라를 꼴꼴꼴 따라준다.

치이이이익-

안에 있는 이산화탄소가 터져 나가며 들리는 경쾌한 소리.

식품 보관 인벤토리에 얼려두었던 얼음을 꺼내 잔에 담았다.

태르르르르- 촤아아아-

기포가 더 많이 생성된다.

그리고 그 컵을 들어 올려 목을 축인다.

꿀꺽꿀꺽꿀꺽-

"크-!"

목이 따가울 정도로 시린 콜라에 감탄이 터져 나온다.

그리고 한 해설자가 낸 소리가 퍼졌다.

그것은 침 삼키는 소리였다.

[꿀꺽-]

콜로세움을 중심으로 펼쳐져 있는 관중석. 수많은 사람이 커다란 스크린에 집중하고 있었다. 해설자가 침을 삼키는 소리처럼, 유저들의 입에 침이 가득 고였다.

유저들은 침을 꿀꺽꿀꺽 삼켰다. 그러다 드는 의문.

"뭐지? 나 왜 보는데 먹고 싶어지지?"
"이상하게 마음이 편안해져."
"저 선수 얼굴 좀 봐. 세상 모든 것을 가진 것처럼 행복해 보여."
"야, 나 아빠 미소 짓고 있는 거 실화냐?"
관중석의 유저들은 흐뭇한 미소를 지으며 넋을 잃고 그 모습을 바라보고 있었다.
그리고 기대되었다. 다음엔 어떤 음식을 먹을지.
이어서 스크린 속의 민혁이 또 다른 양피지를 찢었다.
"라, 라면 김밥 조합……!"
"지, 진리다. 이것은 진리야……!"
마치 김밥헤븐의 필수 조합 같았다. 시장 안에서도 김밥과 라면을 파는 곳은 흔하게 찾아볼 수 있었다.
외국인 해설자들은 세계에 실시간 생방송 되는 걸 빠르게 해설하고 있었다.

[한국의 민혁이란 유저가 처음 보여주었던 저력은 정말 말도 안 되는 것이었습니다.]
[모두가 비웃던 후보 선수가 보여낸 그 힘. 그 힘은 아직 저 또한 세계에서 한 번도 보지 못했을 정도로 강력한 광역 스킬이었습니다.]
[저 유저의 정체는 뭘까요?]
[아, 그런데 저 유저는 정말 맛있게 먹습니다. 모르는 음식인데도 불구하고 입가에 침이 고입니다.]

[이거 한국행 비행기표가 매진될 것 같은 분위기군요. 지금이 생방송을 보고 있을 시청자들이 한국행 비행기표를 끊고 저걸 먹으러 갈 테니까요.]

그리고 다시 한국 해설자.

[저, 정말 보면서 침을 안 삼킬 수가 없군요. 빨리 먹기 종목이 어떤 것인지 명명백백 보여주는 민혁 선수입니다.]

[아아! 들었습니다. 민혁 선수가 젓가락을 들었습니다.]

[한 젓가락에 다 먹어버리겠다는 듯 엄청난 양의 면을 들어올렸습니다!]

[그가 먹는 모습에 많은 세계인이 관심을 가지고 있습니다.]

[이제 그가 김밥과 라면을 먹는 모습을 볼 수 있겠죠. 그는 전 세계인이 보는 앞에서 어떻게 먹을까요?]

커다랗게 집어 든 라면!

온종일 한 끼도 먹지 않고 배고플 때, 집에 돌아와 냉장고를 열어보니 있는 건 잘 익은 김치와 계란뿐. 그럴 때 사람들이 가장 많이 찾는 음식. 바로 라면이다.

게다가 참기름이 가득 발라지고 그 위로 솔솔 깨가 뿌려져 있는 김밥은 참으로 먹음직스러웠다.

심지어 빨리 먹기 대회에서 만들어낸 김밥은 환상의 비율이었다.

'단무지는 작고 햄은 크구나!'

간혹 별로인 김밥헤븐에 가면 단무지는 엄청나게 큰데, 햄은 무척이나 작은 것을 볼 수 있다. 김밥을 먹으면 내가 단무지를 먹는 건지, 김밥을 먹는지 모를 때가 있는 것이다.

하지만 여기 김밥은 햄이 아주 커다랗고 계란도 풍성하게 들어 있었다.

'듣기론 수십 년 동안 시장에서 음식을 만드신 할머님들이나, 아주머니들이 이번 대회의 요리를 만들었다지?'

국내 최고의 대회인 만큼 아테네는 요리도 결코 호락호락한 걸 준비하지 않았다. 오랜 시간 한 가지 음식만 만들어낸 장인분들의 음식이다.

면을 한가득 크게 들어 올린 상태.

항상 허기가 진 민혁은 그 어떤 때보다 배고픈 모습이다. 그 상태에서 김을 모락모락 피워내는 면발을 '후! 후!' 하고 불어준다. 그리고 지체하지 않고 입안 가득 단숨에 밀어 넣는다.

"후루루루루룹!"

매콤하고 쫄깃쫄깃한 면발이 입으로 들어온다.

다시 젓가락을 이용해 면을 먹어준다.

"후루루루루룹!"

젓가락은 저절로 민혁이 식품 보관 인벤토리에서 꺼낸 잘 익은 김치로 향한다.

아삭아삭-

새콤하게 씹히는 김치 맛이 라면에 감칠맛을 더해준다.

김밥 하나를 입에 넣는다. 안에서 단무지, 계란, 햄, 시금치, 오이, 우엉 등이 씹힌다. 그리고 식욕을 돋우는 고소한 참기름 냄새에 흐뭇한 미소가 감돈다.

목이 조금 메면 라면 그릇을 통째로 들어 올려 '후루루루룹' 얼큰한 국물을 먹어준다.

"허어, 좋다!"

감탄사를 뱉어내다가 라면과 함께 잘 익어진 계란을 들어 올린다. 계란을 입에 넣자, 담백하면서도 얼큰한 라면 국물을 빨아들인 계란의 맛에 빙긋 미소가 감돈다.

"정말 맛있다."

그리고 그 앞에선 케리가 민혁을 이해하지 못한 채 사냥에 열중하고 있었다.

케리는 이해할 수가 없었다.

'어떻게 저 유저는 저렇게 태평할 수가 있는 거지?'

인생이 걸린 대회일지도 몰랐다. 또한, 그에게는 꼭 MVP를 따서 돌아가신 아버지에게 바친다는 이유가 존재하지 않던가?

그것은 케리가 추구하고 목표하는 것은 대회 우승이지만, 민혁의 행복은 먹는 것이기 때문이었다.

민혁에게는 먹는 것이 그 어떤 것보다 중요하고 행복한 일이었다. 돌아가신 어머니와 함께 갔던 시장의 그 향기. 그 추억을, 지금 다시 느끼고 있었으니까.

[그림의 군주 브하드가 부리는 소환수의 숫자가 어느덧 서

른이 넘었습니다.]

브하드와 파비앙의 포지션은 간단했다.

파비앙은 폭탄의 마법사가 직업이었다. 그는 많은 것을 이용해 폭탄을 만들 수 있었다. 나무나 흙, 바위 몬스터의 부산물 등 다양했다.

그는 초반엔 빠르게 나무, 흙, 바위 등으로 폭탄을 만들어 몬스터들을 사냥했다. 그다음엔 몬스터들의 부산물을 이용해 폭탄을 제조해 냈다.

몬스터들은 다양한 속성을 가지고 있다. 바람, 불, 흙, 번개 등 다양한데, 그러한 속성에 따라 폭탄의 힘이 달라졌다.

그리고 파비앙이 몬스터들을 사냥하면 죽은 그 몬스터의 살아생전의 모습을 브하드는 그려냈다. 브하드의 스킬 '그림 지배'는 무조건 죽은 몬스터를 그려내야 부릴 수가 있었다.

그 숫자도 제한이 분명히 존재했다. 그렇기에 말도 안 되는 숫자를 그려서 부릴 수 없었지만, 촛불이 꺼질수록 강한 몬스터들이 나타나 수하가 되어주기 때문에 갈수록 그들의 사냥 속도는 빨라질 수밖에 없었다.

어느덧 브하드가 50번째 촛불을 꺼냈다.

[브하드 선수가 50번째 촛불을 끕니다. 빠른 속도로 2위로 올라섭니다.]

[강력한 우승 후보다운 모습이군요.]

[심지어 브하드가 부리는 소환수들은 생전의 80%의 힘을 내는 놀라운 소환수들이지요!]

[민혁 선수는 언제까지 먹기만 할 건가요.]

케리는 빠르게 추격하는 브하드를 돌아봤다. 공교롭게도 브하드는 그들의 바로 옆에서 투명한 벽 사이에 있었다.

브하드는 케리를 보고 짙은 웃음을 지었다. 그것은 명백한 조롱의 웃음이었다.

하지만 케리는 신경 쓰지 않았다.

'이제…… 슬슬…….'

케리 또한 우리나라를 대표하는 선수를 뽑는 선발전 선수였다. 현재 그가 혼자서 끈 촛불의 숫자가 일곱 개였다.

그가 촛불의 앞으로 다가갔다. 그리고 '후!' 하고 불어 촛불을 꺼뜨렸다.

촛불 열 개가 사르르륵 꺼져 나갔다. 이젠 레벨 380~420대의 몬스터들이 나타난다.

몬스터들이 나타나자 케리는 자신의 낚싯대를 움직였다.

[낚아 올리기]

[수십 개의 낚싯바늘이 표적을 낚아 올립니다.]

허공으로 수십 개의 가느다란 낚싯줄이 생겨났다. 낚싯줄 끝에는 날카로운 낚싯바늘이 있었다.

"크헤에에에!"
"키헤에에에엑!"
수십 개의 낚싯바늘이 달려오는 몬스터들의 몸 곳곳을 관통했다.
펏펏펏펏펏펏펏펏-
관통당한 몬스터들이 마치 미끼를 문 물고기처럼 허공으로 들어 올려졌다.

[아, 케리 선수! 이제까지 숨기고 있던 스킬을 사용합니다!]
[케리 선수도 생산직 클래스들을 대표하는 선수라는 걸 잊어선 안 됩니다.]
[미끼에 걸린 몬스터들이 마치 물고기 같군요.]

케리는 낚싯줄을 감는 제스처를 취했다. 그가 낚싯줄을 감을 때마다 몬스터들은 더 높이 더 멀리 올라갔다.

[장관입니다!]
[허우적거리는 몬스터들이 어느덧 30m 높이까지 올라갑니다.]

이어서 케리는 검지와 중지를 가위 모양으로 만들어냈다. 그리고 자신의 앞에 있는 낚싯줄을 잘라내는 듯한 제스처를 취했다.
그 순간 허공 높이 떠올랐던 몬스터들이 지상으로 추락하기 시작했다.

퍼짓! 퍼짓!

높은 곳에서 떨어져 내린 몬스터들이 토마토처럼 터지며 모두 즉사했다.

[와, 케리 선수가 순위 방어를 위해 엄청난 선전을 하고 있습니다.]

[예상외의 선전입니다. 11조의 촛불이 어느덧 100개를 향해 달려갑니다.]

하지만 거기서 끝이 아니었다.

'내가 숨겨둔 힘……!'

[낚시꾼의 유혹]

[낚싯줄에 머리가 관통당한 몬스터들을 지배합니다.]

케리는 촛불을 다섯 개 끈 상태에서 그치지 않고 낚싯대를 들고 춤을 추기 시작했다. 그러자 기다랗고 가느다란 낚싯줄들이 몬스터들의 머리를 뚫고 지나갔다.

그리고 그들이 마치 꼭두각시 인형처럼 부려지기 시작했다.

[노, 놀라운 광경입니다!]

[낚시꾼 케리에게 저러한 능력이 있다는 건 처음 밝혀지는군요]

[예상외의 복병입니다. 팽팽합니다. 4조와 11조의 격차가 좁혀지질 않고 있어요!]

브하드는 흥미롭다는 표정을 지었다.

'딱 보기에도 저 능력은 많은 몬스터들을 지배할 순 없군.'

그리고 고개를 끄덕였다.

소환수를 부리기 위해선 '통솔'이라는 스텟이 필요한데, 그 통솔 스텟에는 한계가 존재한다.

브하드는 그 통솔 스텟이 한계에 다다르자 이제 자신도 크게 터뜨리자고 생각했다. 브하드가 이제 부리게 된 몬스터는 총 50여 마리.

눈짓 신호를 받은 파비앙이 고개를 끄덕였다.

파비앙이 30개의 촛불을 껐다. 그 순간, 더 강력해진 몬스터들이 나타났다.

그 강력해진 몬스터들 사이에, 브하드가 그려낸 소환수 스무 마리가 뛰어들었다. 그리고 뒤엉켜 싸우기 시작했다.

브하드가 그림 한 장을 꺼내 들었다. 몬스터들과 소환수들이 뒤엉켜 싸우는 그림이었다.

그 그림에 지우개를 가져다 대자 순간적으로 그림 속 스무 마리의 소환수들이 사라졌다.

그리고 스킬이 발동되었다.

[지워진 소환수들의 발악]

[소환된 소환수가 사라지기 전 마지막 힘을 발현합니다.]

콰 콰콰콰콰콰콰콰!

소환수들이 일제히 폭발을 일으키며 몬스터들을 집어삼켰다. 서른 개의 촛불의 점수를 따내는 순간이었다.

"……!"

케리는 당혹한 표정이 역력했다. 순식간에 거리를 확 좁히고 들어온 것이다.

이제 민혁의 도움이 절실하다고 생각한 케리가 민혁을 돌아봤다.

"인제 그만 좀 먹고 어서 빨리……!"

그리고 그가 뒤를 돌아보았다가 말문을 잃었다.

"어, 어깨 위의 그 존재는 뭐, 뭐예요?"

그것은 해설자들도 비슷한 반응이었다.

[지, 지금 민혁 유저의 어깨 위에 나타난 저 존재는 뭔가요?]

[검은색 피부에 양의 머리를 가지고 있군요. 그리고 하체는 말과 닮아 보입니다. 그런데 콩이만큼이나 아주 작은 크기군요.]

[어? 저는 저 존재에 대해 한 번쯤 들어본 것 같습니다.]

한 해설자가 말했다.

[바포메트 미니어처 버전 같지 않습니까?]

관계자들과 함께 선 박민규 팀장의 옆에는 다른 경기에 참가할 선수들이 함께 앉아 이야기를 나누고 있었다.

"아무리 빨리 먹기 종목이지만 사실상은 몬스터 사냥 아닙니까?"

"그렇죠. 근데 민혁 선수는 멍청하게도 진짜 먹기만 하는군요."

"쯧, 대회가 장난도 아니고."

그리고 그 말을 듣는 박민규 팀장은 피식 웃음 지었다.

'멍청한 건 당신들이지.'

빨리 먹기 종목. 분명히 운영자들은 공표했었다. 음식을 먹으면 HP 회복, MP 등을 회복할 수 있다. 그 외에 간혹 더 특별한 힘도 얻을 수 있다.

다른 관계자들의 말도 일리는 있다. 그 사람이 먹는 시간 동안 다른 선수들과의 격차가 좁혀질 테니까.

하지만 ㈜즐거움 측은 정말 그렇게 된다면 빨리 먹기 종목의 '의의'를 잃지 않을까 했다.

그것은 슈퍼컴퓨터 아테네도 마찬가지였다. 그렇기에 아테네는 먹을수록 정말 '특별한' 힘을 숨겨두었다. 그 특별한 힘은 정말이지 놀랍고 대단하다.

그리고 민혁 유저는 자신 있는 것이다. 다시 따라잡혀도 역전할 수 있는 자신이.

그런 이가 먹으면서 '특별함'까지 찾아낸다면? 말도 안 되는 놀라운 일이 벌어진다는 거다.

때마침, 민혁 유저는 또 다른 먹을 것 양피지를 들었다.

그 양피지에는 '시장 족발'이라고 적혀 있다.

'저 양피지는…….'

소환석을 가지고 있다면 사용할 수 있는 힘을 줄 음식이었다.

아테네에선 간혹 보스 몬스터를 사냥하면 소환석을 얻는다. 이 소환석은 아주아주 희귀하게 얻을 수 있는데, 민혁 유저는 '마물 최초 사냥 보상'으로 소환석을 획득했다.

소환석은 언급했듯 아주 희귀하며 사실상 민혁이 가진 '나약한 바포메트 소환석'은 역대급으로 가장 강한 존재를 소환시킬 수 있는 소환석이다. 그것이 마물 최초 사냥 보상이었다.

사실 이 음식을 통해 얻는 소환석 보상으로 선수들이 큰 힘을 발휘하지 못할 거라 생각했다. 사실상 300레벨 이상의 몬스터를 부리는 소환석을 가지는 유저는 흔치 않았기 때문이다.

그런데 민혁은 지금 훨씬 약해졌다고는 하지만 400레벨이 훨씬 넘는, 거기에 더해져 마물이라는 존재의 소환석을 가지고 있다는 거다.

'뜻하지 않게 엄청난 소환수가 나타나 버렸다.'

그리고 그의 생각과 함께 미니어처 모습의 바포메트가 모습을 드러냈다.

해설자들이 의문의 목소리를 토해냈다.

민혁은 스크린 안에서 음식을 우물거리며 뭐라고 중얼거리기 시작했다. 그리고 '아~ 어서 끝내고 밥 먹어야지!' 하는 표정으로 몸을 일으켜 촛불 서른 개를 껐다.

그 순간, 또다시 몬스터 수백 마리가 나타나고, 미니어처 바포메트의 주변으로 수십 개의 마법이 떠올랐다.

그 마법은 단숨에 몬스터들을 집어삼키기 시작했다.

콰콰콰콰콰콰콰콰쾅!

순식간에 몬스터들을 집어삼키는 엄청난 양의 마법 공격들!

자욱해진 흙먼지를 바라보는 브하드의 표정. 그 표정은 빅엿을 배불리 먹은 것처럼 일그러져 있었다.

[시장 족발을 드셨습니다.]

[빨리 먹기 대회의 음식에 숨겨진 소환석 1회 사용권을 획득합니다.]

족발을 들고 야무지게 뜯다가 민혁이 들은 알림이었다.

이 대회에선 일반적인 포션이나, 혹은 소모용 아티팩트와 같은 것이 금지되어 있다. 단, 민혁은 음식을 먹으면서 HP 회복과 MP 회복 등의 알림에 대해 들었었다.

'소환석이라면…….'

아직 민혁은 나약한 바포메트를 '유혹의 요리' 스킬을 이용해서 수하로 만들지 않았다. 대회가 끝나면 슬슬 '무한 리필 양고기'의 힘을 맛볼 생각이었다.

바포메트 소환석의 소환 가능 시간은 3시간이었다. 그중 대회가 끝날 때까지 남은 시간은 약 1시간 남짓이었다.

민혁은 소환석을 사용했다. 기존보다 레벨과 능력이 훨씬 하향된 녀석이 나타난다.

그리고 곧 공간이 찢어지며 나타난 존재를 볼 수 있었다.

[펫 형태의 바포메트가 나타납니다.]

[원할 시 본래 모습의 바포메트로 부릴 수도 있습니다.]

[펫 형태의 바포메트와 일반 바포메트의 무력은 차이가 없습니다.]

콩이만큼이나 아주 작은 바포메트였다. 그 때문인지 저번에 보았을 때는 한없이 무섭게 보였던 그 바포메트가 귀여워 보일 정도였다. 앙증맞게 솟아 있는 뿔과 콩이만큼 작은 손과 발, 거기에 들고 있는 아주 작은 스태프까지.

"메에에에에에-"

바포메트는 민혁의 어깨로 응차응차 기어 올라왔다. 그러더니 어깨 위에서 그대로 벌러덩 배를 까고 드러누웠다.

'……개냥이?'

강아지처럼 활발하고 말썽꾸러기들을 개냥이라고 부른다. 그만큼 친근하다는 거다. 그런데 지금 미니어쳐 바포메트는 개냥이처럼 행동하고 있었다.

'음…… 무한 리필 양고기를 위해서 내가 너를 열심히 키워 주지!'

민혁은 그런 음침한 생각을 하며 손가락으로 살살 녀석의 배를 만져줬다.

"메에에에~"

녀석이 기분이 좋은 듯 웃었다.

하지만 지금은 바로 해야 할 일이 있지 않은가?

민혁이 흘끗 브하드를 돌아봤다. 브하드는 갑자기 등장한 존재를 경계하는 표정이었다.

민혁은 얄밉게 웃어 보였다.

"아까 말했죠?"

"……."

"빅 엿을 배 터지게 먹여 드린다고."

바포메트는 이런 모습이라고 할지라도 마계의 마물이었다.

민혁은 이미 바포메트의 상태창을 열람해 녀석이 부릴 수 있는 힘들을 확인했다. 비록 힘이 약해진 녀석이었지만 5클래스 마법까지도 무리 없이 부릴 수 있었다.

다시 촛불을 꺼뜨리자, 수백 마리의 몬스터가 나타났다.

민혁은 바포메트에게 디버프를 지시했다.

[마물의 찬가]

[마물의 울음소리를 들은 몬스터들의 방어력이 60% 하락합니다.]

[마물 바포메트의 마법 공격력이 50% 추가됩니다.]

"메에에에에에!"

바포메트의 귀여운 울음이 퍼져 나갔다. 그리고 허공에 두둥실 떠오른 녀석의 주변으로 수십 개의 마법이 떠올랐다.

녀석의 스킬 중에는 '대용량 저장'과 일반 '저장'이 있었다.

일반 저장은 민혁이 흡수해서 스킬로 전환시킨 그 능력이다. 그와 다르게 '대용량 저장'은 엄청난 양의 마법을 완드나 스태프에 저장하는 것처럼 체내에 저장해 적들을 향해 난사할 수 있었다.

쾅쾅쾅쾅쾅쾅쾅쾅쾅!

바포메트의 마법 공격이 몬스터들을 집어삼켰다. 심지어 방어력이 60% 하락했기 때문에 마법 난사를 견뎌낼 수 있는 몬스터는 흔치 않아 보였다.

민혁이 힐끗 브하드를 돌아보았다. 그의 표정은 정말 말로 표현할 수 없을 정도로 일그러져 있었다.

"저, 정말 님은……."

놀란 표정의 케리를 보며 민혁은 뒤로 물러날 것을 말했다.

그가 뒤로 물러서자 민혁은 다시 촛불 스무 개를 껐다. 그리고 몬스터들 틈으로 '바람 같은'을 사용해 단숨에 뛰어 들어갔다.

그 순간, 민혁의 주위에서 거대한 검은 불의 토네이도가 생성되기 시작했다.

[다크 파이어 스톰]

[반경 6m 안에 들어온 적들을 검은 불의 폭풍이 집어삼키며 초당 마법 공격력 600~1,000의 피해를 입힙니다.]

화아아아아아악!

불의 토네이도를 소환한 뒤에 민혁은 다시 빠르게 물러났다.

거대하게 생성된 다크 파이어 스톰이 몬스터들을 집어삼켜 소멸시켜 버렸다.

하지만 소멸되지 않은 몬스터들이 있었다.

민혁과 바포메트가 함께 앞으로 나섰다.

바포메트는 스태프를 들었고 민혁은 프라이팬을 들었다.

전설의 프라이팬에는 2클래스 마법을 캐스팅 없이 시전이 가능하다고 적혀져 있었다.

마법 공격력은 '지력' 스텟의 영향을 받는다. 현재 먹어서 스텟을 올린 민혁의 지력 스텟은 250레벨 마법사 이상이었다. 또한 'MP'의 주축이 되는 지혜 스텟도 350레벨 이상으로 높았다. 그러한 존재가 마법을 캐스팅 없이 난사한다면?

"파이어 볼! 아이스 볼트! 라이트닝! 윈드 커터!"

쾅! 콰콰쾅! 파지지지직! 쐐에에에엑!

심지어 그 옆에선 바포메트가 지원을 나섰다.

녀석도 엄청난 양의 마법을 쏟아내기 시작했다.

콰콰콰콰콰콰콰쾅!

마지막 남은 몬스터까지 깔끔하게 정리한 후에 민혁은 다시 서둘러 뛰어갔다.

그리고 여느 때처럼 음식 양피지를 주웠다.

이번에 찢은 건 '전주 남부시장 순대국밥'이었다.

검도 부문 올림픽 금메달리스트 이다울. 스무 살의 그는 런던 올림픽에서 신화를 만들어낸 이였다.

그러한 이다울은 며칠 전, 한 공식 석상을 통해서 아테네에서의 자신을 밝혔다. 자신이 레벨 499 검의 황태자라고. 비공식적으로 활동하고 있었으나, 아테네:한국전을 앞두고 공식 기자 회견을 연 것이다.

그에 무수히도 많은 사람의 관심을 받았다. 올림픽 금메달리스트가 아테네:한국전에 참여한다. 심지어 레벨은 499에 검의 황태자라는 이름으로 불리기까지 한다!

특히나 그의 레벨 499는 비공식 랭킹 1위라고 알려진 카이스트라보다 높은 수준이었다.

비공식이란 무엇인가? 자신들의 정보를 비밀로 한 이들이었다. 그 때문에 사실 비공식 랭킹 1위, 2위라고는 해도 아직 밝혀지지 않은 이들까지 감안한다면 그는 표현할 수 없을 정도로 많았다.

"곧 있으면 '세계수 대전'이군."

세계수 대전. 아테네:한국전의 한 종목이었으며 전투직 클래스들이 겨루는 종목으로, 현재 가장 많은 사람들이 관심을 크게 가지고 지켜보고 있었다.

세계수 대전은 엄청나게 커다란 '세계수 나무'를 주축으로 벌어진다. 스토리는 썩어버린 '세계수 나무'에 생기를 불어넣는다는 것이었는데, 거대한 땅 위에서 모두가 시작한다.

우리나라 최고의 전투직 클래스들이 참여하는 만큼 가장 높은 시청률이 예상되는 중이다.

그때 한 사내가 들어왔다. 같은 국가 대표 검도 선수였다.

"왜?"

"넌 한국전 안 봐?"

"빨리 먹기 대회?"

그 말에 이다울은 실소를 머금을 수밖에 없었다. 전투직 클래스 최상위에 위치해 있는 이다울에게는 볼 필요도 없는 것이었다.

"눈 버리게 그딴 걸 왜 봐?"

그리고 이다울은 다소 건방진 성격의 소유자였다. 어린 나이의 성공이 그를 거만하게 만든 것이다. 또한, 그 지기 싫어하는 특유의 성격은 주변 사람들도 질릴 정도였다.

"지금 대박 재밌는데, 민혁이란 선수가 출전했는데, 브하드가 완전히 쪽도 못 쓰고 있다니까?"

"……민혁?"

이다울의 미간이 꿈틀거렸다.

그는 싸한 불길함을 느끼며 서둘러 걸음을 옮겼다.

그리고 친구를 따라 벽걸이 TV 앞에 설 수 있었다.

[말이 나오지 않을 정도입니다. 프라이팬에서 뻗어 나간 마법들이 단숨에 몬스터들을 집어삼킵니다.]

[점수가 순식간에 150개로 올라갑니다. 압도적입니다. 압도적이에요!]

[아, 민혁 선수 표정이 마치. '열심히 일했으니까 맛있는 거 먹어야지!' 하는 것 같군요. 도대체 저 선수 정체가 뭡니까!]

그리고 이다울의 몸이 부들부들 떨리기 시작했다.

"다울아?"

옆에 있던 친구의 목소리가 들렸다.

스크린 속에서 해맑게 웃으며 젓가락을 들고 기대감 어린 표정을 짓고 있는 놈.

"너, 너……."

처음으로 이다울에게 패배를 안겨주었던 이였다. 갑작스럽게 세상에서 자취를 감추기는 했지만, 한때 우리나라 올림픽을 이끌어갈 유망주라는 이야기가 다분했던 이였다. 바로 강민혁.

이다울의 입가가 짙게 찢어지기 시작했다.

이제 맹수였던 사자는 이빨이 모두 빠져 버렸다. 그와 다르게 자신은 올림픽 금메달리스트가 되었다.

반대로 저놈은.

'가난한 집 자식이지. 검도를 안 하니, 요새는 뭘 하려나?'

그는 기억했다. 경기가 끝났을 때, 패배한 자신에게 손을 뻗어 보인 그.

그때 이다울은 그것이 명백한 조롱이라고 생각했었다. 그에 이를 아득바득 갈고 그를 잡기 위해 노력했다. 하지만 그는 사라졌었다.

그런데, 지금 다시 나타났다.

[대회 끝났습니다.]

[가장 최하위를 기록할 거라 예상했던 11조가 모두의 예상을 깨고 당당하게 MVP를 달성합니다!]

[아, 지금 보이십니까? 케리 선수가 감격에 물들었습니다.]

[저 같아도 그럴 것 같군요. 후보 선수라 모두가 무시하고 있던 케리 선수는 민혁 선수만큼은 아니었지만 다른 생산직 클래스 선수들한테 절대 뒤처지지 않는 모습이었습니다.]

[뒤처지지 않는 모습이란 말보다는 애초에 그는 더 뛰어났다는 말이 어울리지 않을까 합니다.]

[예선전에서는 그 힘을 낱낱이 드러내지 못했던 것으로 보이는군요.]

[아, 지금 이 순간 케리 선수가 뜨거운 눈물을 흘리며 많은 관중께 절을 하고 있습니다.]

"으아아아아!"

케리는 한 손에 들린 'MVP'라고 적혀져 있는 트로피를 들고 열광하고 있었다. 그리고 카메라를 향해 절을 한 뒤 뜨거운 눈물을 쏟으며 말했다.

"하, 하늘에 계신 우리 아버지께 이 영광을 바칩니다아아!"

"와아아아아아!"

"멋지다!"

짝짝짝짝짝짝짝!

[아, 눈시울이 붉어지네요. 사전 인터뷰에서 케리 선수는 2년 전 '췌장암'으로 아버지를 여의었다고 하였죠.]

[케리 선수는 아버지가 좋아하시던 낚시를 기억하고 아테네란 세상에서도 매일 혼자 낚시를 다녔다고 합니다. 그래서 '전설 낚시꾼'이 되었지요.]

[가슴이 정말 따뜻해집니다.]

[어? 케리 선수 어디를 보는 건가요?]

[민혁 선수를 보는군요.]

케리는 이 기적적인 순간을 자신에게 선물해 준 민혁을 돌아봤다. 그리고 후다닥 그에게 다가갔다.

케리가 말했다.

"처음에 무시했던 거 죄송해요."

"괜찮아요. 저 같아도 그럴 텐데요. 뭐."

케리는 그 웃음에 자신도 쾌활하게 웃었다. 그리고 이내 그를 꽉 껴안았다.

[브, 브로맨스인가요?]

[흠흠, 이제 많은 BL 독자들이 민혁과 케리라는 두 사람을 두고 많은 이야기를 써 내려갈 것으로 보입니다.]

케리가 그를 안은 후에 트로피를 흡수했다.

[MVP 트로피를 흡수합니다.]

[아테네:세계전 참가 자격을 획득합니다.]

[100플래티넘을 획득합니다.]

[생산직 MVP 칭호를 획득합니다.]

[업적 포인트 10,000을 획득합니다.]

[명성 500을 획득합니다.]

케리는 흐뭇한 미소를 지었다.

'100플래티넘이면 5억으로 현금화 할 수 있으니까, 이걸로 낚시 가게를 차려야겠어!'

그런 생각을 하며 민혁을 돌아봤다. 그도 트로피를 확인할 거라고 생각했다. 그런데 그는 서둘러 그것을 품속에 넣었다. 그리고 대회 진행 스태프와 이야기를 나누기 시작했다.

[무슨 이야기를 하는 걸까요?]

[민혁 선수 이제까지 볼 수 없었던 정말 심각한 표정입니다.]

[아, 지금 민혁 선수가 한 말이 들어왔습니다. 근데…… 음……]
[왜 그러시죠?]

관중들이 의아해하며 해설자의 말을 기다렸다.
해설자가 말했다.

[그…… 촛불 더 끌 테니까…… 계, 계속 먹어도 되냐고 물었다네요.]
[참, 저 선수답네요.]

이어 해설자들이 말했다.

[㈜즐거움 측에서 특별히 촛불을 끄지 않아도 '시장 먹거리'를 먹을 수 있게 도와줄 거라고 하는군요.]
[음……? 그런데 지금 보이시나요? 그 말을 들은 민혁 유저 MVP 트로피를 받았을 땐 시큰둥한 표정이더니, 지금 그 말을 듣고 어린아이처럼 기뻐합니다.]
[에이, 설마요.]
[아니요, 정말입니다. 거의 날아갈 듯이 행복한 표정이에요.]
[때마침 트로피를 받았을 때의 영상을 다시 한번 틀어주네요.]

화면 속 민혁이 MVP 트로피를 받았다. 그리고 뾰로통한 표정으로 뭐라 뭐라 중얼거리다가 홱- 하고 구석에 던지듯 인벤토리에 넣었다.

해설자가 그 입 모양을 해석했다.

[입 모양이 마치. '에잇, 맛있는 거나 주지, 왜 이런 걸 준대!' 같았는데, 아, 아니겠죠?]

[에이, 세상에 그런 사람이 어딨겠습니까. 하하하.]

[그, 그렇죠? 하하하하!]

진실은 민혁만이 알고 있을 것이다.

4장
세계수로 숯 만들기

"에잇, 맛있는 거나 주지, 왜 이런 걸 준대."

라고 투덜거렸던 민혁. 그는 곧 뛸 듯이 기뻐하기 시작했다. 주최 측에서 시장 음식을 계속 먹을 수 있게 도와준다고 했기 때문이다.

그뿐만이 아니었다.

"이번 빨리 먹기 대회 운영에 도움을 주신 시장 상인분들께서 직접 만들어주신다네요. 민혁 선수가 먹는 모습이 너무 행복해 보인다고. 마치 손자 같다고 좋아하시더군요."

"와아. 정말이요?"

"네, 대신에 조건이 있습니다."

"조건이요?"

"네, 민혁 선수께서 스스로 자신이 먹는 모습을 '생방송'이라고 말씀하시면 생중계로 현재 다음 종목을 기다리는 전 세계 시청자들에게 전파될 겁니다. 우리나라 시장 먹거리를 알리자는 취지가 있는 만큼 나쁘게 생각하시지 않았으면 좋겠군요."

나쁘지 않은 조건이었다. 이미 민혁의 경우 대회 진행을 통해 얼굴이 다 알려진 상황이었으니까.

민혁이 고개를 끄덕였다.

"그러면 세팅 완료되면 불러 드리겠습니다."

"넵!"

민혁은 그렇게 기다리는 김에 선수 대기실로 이동해 MVP 트로피를 흡수했다.

획득한 것은 케리와 동일했다. 1만 업적 포인트를 비롯한 100플래티넘과 생산직 MVP 칭호.

(생산직 MVP)

다중 칭호

칭호 효과:

- 손재주+100
- 모든 스텟+1%

설명: 아테네:한국전에서 MVP를 따낸 유저만이 가질 수 있는 칭호이며 아테네:세계전 출전 자격을 증명한다.

칭호 효과 자체는 나쁘지 않았다. 일단 모든 스텟+1%의 경우 말 그대로 %의 개념이었다. 그렇기에 민혁이 스텟을 올릴수록 그 효과는 더 상승할 것이다.

"자, 이제 가시죠."

얼마 지나지 않아 스태프가 들어왔다. 그를 따라 한 방문을 열고 들어갔다.

그리고 민혁은 눈을 휘둥그레 뜰 수밖에 없었다.

"……헙!"

그가 놀란 이유는 하나였다. 그 앞으로 펼쳐진 것은 눈에 익숙한 '시장'의 모습이었기 때문이다.

아테네는 말 그대로 게임이었다. 때문에 원한다면 빠르게 하나의 세상을 구축할 수도 있었다. 그들은 세상에 대한민국의 '시장'을 알리고자 하는 마음에 서둘러 이러한 곳을 만들어 낸 거다. 그 냄새마저도 똑같았다.

한쪽에선 김을 모락모락 피우는 두부와 막 구운 듯 보이는 김을 팔고 있다. 또 한쪽에선 생선을 파는 듯 보이는 남성이 있었다.

민혁은 한국전 스태프의 이끌림에 따라 자신이 먹을 곳이 어디인지 알았다.

'여기다……!'

민혁은 감탄했다. 먼저는 바로 '부침개' 가게였다.

"안녕하세요!"

"어여, 앉아."

나이 지긋이 드신 할머니가 민혁에게 앉을 것을 권했다.

의자에 앉자 할머니가 노릇노릇 전을 구워주기 시작하신다.

지글지글지글-

익어가는 소리가 황홀하다. 또한, 보는 재미까지 있으니 일석이조다.

먼저 끝낸 김치부침개를 떡 하니 내려놓으신다.

“히야, 할머니. 끝부분이 노릇노릇 잘 익었어요.”

“내가 시장에서 부침개만 20년을 팔았거든.”

“잘 먹을게요.”

“그려.”

할머니가 흐뭇하게 바라본다. 정말 손주를 보듯 따뜻한 미소였다. 그러면서도 빈대떡, 메밀전병, 감자전 등을 부치신다.

민혁은 막 부쳐져 뜨끈뜨끈한 김치부침개를 젓가락으로 크게 찢어 모락모락 김을 피우는 그것을 입에 가져갔다.

“허으뜨.”

막 기름에 부쳤기 때문에 뜨끈뜨끈한 그것을 ‘허어-’ 하면서 굴려주다가 씹어본다. 노릇노릇하게 구워진 밀가루와 아삭아삭한 김치가 함께 씹힌다.

그 감칠맛에 흐뭇한 미소가 감돌던 때에 또 다른 전을 앞에 놔주신다.

부추전.

부추전도 크게 찢어 간장에 콕콕 찍어 먹어봤다. 몸에 좋고 맛도 좋다는 부추의 맛에 눈을 감고 씹으며 음미해 본다.

전을 먹으면서 그 입술에 발라진 기름기가 그가 부드럽게 짓는 웃음이 더 간드러지게 만든다.

세계인들의 반응은 제각각이었다.

[저도 모르게 넋을 놓고 보고 있었군요. 저 음식은 부침개라는 음식으로써 밀가루 반죽에 물과 계란, 다양한 재료를 넣어 기름에 부치는 요리입니다.]

[입안에서 김치부침개를 살살 굴리는데, 저도 모르게 군침이 도는군요.]

[예전에 저 또한 김치부침개를 접한 적이 있었습니다. 그때, 하얀색의 술을 마셨던 기억이 있는데, 아직도 잊지 못합니다. 그 이름이…….]

"크! 여기에 막걸리 한 잔 걸쳐주면 끝인데!"

[아, 그렇죠. 막걸리입니다. 막걸리도 한국 고유의 술이죠. 그것보다 저 민혁이란 선수가 먹는 모습에 저도 모르게 마음이 따뜻해집니다.]

[어떻게 사람이 저렇게 지치지 않고 먹을 수 있는 걸까요?]

[잘생긴 사람이 저렇게 잘 먹기까지 하니 밉진 않네요.]

[지금 실시간 검색어 1위가 '부침개'로 떠올랐네요.]

[저도 오늘은 한식당에서 부침개와 막걸리를 찾아봐야 할 것 같습니다.]

"안녕히 계세요. 할머니!"

[저 선수는 예의까지 바르네요.]

[많은 여성 팬이 앞으로 배고프면 그의 영상을 찾아볼 것 같습니다.]

민혁이 이번에 향한 곳은 만둣집였다.

만둣집 주인이 커다란 뚜껑을 들어 올리자 솨아아아아아- 하고 김이 커다랗게 피어오른다.

그 안으로 잘 쪄진 고기만두와 김치만두가 있다. 그 옆 가마솥엔 찐빵도 있다는 거다.

스티로폼으로 만들어진 포장지로 그것을 옮겨 담은 주인이 그것을 민혁의 앞으로 척 놔줬다.

나무젓가락을 뚝 뜯어서 간장에 찍어 먹어본다.

"허어어어-"

입에서 뿜어지는 입김.

씹는 순간, 뜨거운 즙이 흘러나오는데 아주 맛있는 즙이다. 씹을수록 고기의 풍부한 맛이 느껴지고 갖은 채소 맛이 느껴진다.

그다음엔 김치만두. 김치만두를 입에 넣고 씹자, 아삭아삭하면서도 매콤한 김치만두의 맛이 느껴진다.

그리고 찐빵을 집어 양손으로 쭈우우욱 찢었다.

모락모락-

김을 피어 올리는데, 그 안의 팥이 한가득이다. 그것을 베어 물자 혀가 뜨거워진다.

"으, 뜨거. 그래도 너무 달콤해!"

입안에 퍼지는 달콤한 맛에 부드럽게 웃어준다.

그렇게 민혁의 시장 먹거리 탐방은 계속되었다.

그가 내보낸 영상은 추후 '아테네 최고의 영상' 중 하나로 뽑히고 세계 5위의 동영상 중 하나가 되어 많은 이들을 우리나라로 불러 모으게 된다.

그리고 한국 여행을 한 번 다녀온 세계 각지의 사람들은 이런 말을 하곤 했다.

"부침개에 막걸리를 안 먹어봤으면 한국에 다녀왔다고 말할 수 없지."

시장 먹방을 생중계로 내보낸 민혁은 할머님들이 바리바리 싸주신 음식을 품에 한 아름 안고 나왔다. 그리고 그 앞에서 대기하고 있었던 박민규 팀장과 함께 로그아웃했다.

로그아웃한 박민규 팀장은 일화그룹에서 마련해 준 캡슐방에서 나와 민혁의 방으로 향했다.

민혁은 헤죽헤죽 웃고 있었다.

'당신은 생산직 클래스 MVP로는 너무 아깝습니다. 민혁 유저.'

그 말이 목구멍 끝에 걸려 간질거리고 있었다.

민혁 유저라면, 그라면 모른다. 전투직 MVP까지 따낸다면 그는 당당히 세계에서 진행될 아테네:세계전에서도 활약을 보일 테니까.

그는 돌려서 말했다.

"당신에겐 아직 대회에 참가할 기회가 더 존재하지요. 특히나, 왕의 전당에 의한 참가권은 대회 도중 참가도 가능합니다. 물론 경기에 따라 다르지만요. 그리고 이번 생산직 클래스 빨리 먹기 대회의 경우 '왕의 전당' 특혜가 아닌 주최 위원회의 승인을 받아 추가로 1팀을 넣은 것이기에 한 번 더 예선을 무시하고 참가할 수 있기도 하지요."

대회 도중에 참여한다. 이는 대부분의 경기가 더 늦게 참가할수록 압도적으로 불리해지기 때문에 가능한 조건이었다. 점수를 따내거나 하는 종목들이 대부분인 상황에서 후발 주자는 당연히 밀리니까.

그 말에 민혁은 시큰둥했다.

"흐음, 그렇겠죠? 하지만 전 이번에 팔라디 마을이란 곳에서 어마어마하게 맛있는 황금 소가 있다는 정보를 얻어서요!"

정보꾼 아벨이 민혁에게 '버프 요리'를 해주는 조건으로 알려준 귀한 정보였다.

그에 박민규 팀장은 빙긋 웃었다.

민혁은 오로지 '맛있는 것'을 위해서 게임을 하니까. 이번에도 '시장 먹거리'라는 컨텐츠 때문에 그는 움직였던 거다.

박민규 팀장이 몸을 일으켰다.

"함께했던 시간 즐거웠습니다. 그리고 전 영원히 무덤까지 비밀로 가지고 갈 겁니다. 왜냐, 일화그룹을 건드리면 제 목이 날아갈 테니까요."

박민규 팀장은 목을 긋는 시늉을 하며 부드럽게 웃음 지었다. 그는 정말 이 사실을 그 누구에게도 말하지 않을 생각이다. 이민화에게도.

"읏차! 배웅 가드릴게요."

"불편하실 텐데, 괜찮습니다."

"아니요, 그건 예의가 아니죠."

정말 완벽한 사람이다. 그는 거만해도 되는 위치에 있는 사람이었다. 하지만 그러지 않았다. 민혁은 땀을 뻘뻘 흘리면서도 직접 배웅 나왔다.

"조심히 들어가세요! 혹시……."

그리곤 주변을 둘러보곤 귓가에 작게 속삭였다.

"맛있는 정보 같은 거 있으면 저한테 좀……."

"안 됩니다."

"……단호박이신 줄."

민혁이 시무룩해지자 박 팀장이 빙그레 웃었다.

민혁은 차에 오른 박 팀장에게 손을 흔들어 보였고, 박민규 팀장은 차를 타고 본사로 향하기 시작했다.

입가에 씁쓸함이 감돌았다. 그리고 곧 한숨이 터져 나왔다.

"이렇게 우리나라 최고의 강자를 잃는구나."

하지만 어쩔 수 없는 일.

그는 쓴웃음을 지으며 진심으로 민혁의 '먹자 인생'을 응원했다.

'앞으로도 맛있는 거 많이 드세요. 민혁 유저.'

국내에 있는 실력자들은 각자에게 걸맞은 MVP 칭호를 획득하여 아테네:세계전에 갈 수 있는 영광을 획득했다.

그리고 마지막 경기 전날 밤, 현실 선수 대기실로 기자 한 사람이 들어왔다. 바로 고은아 기자였다.

그녀는 세계수 대전의 참가자들과 인터뷰를 진행할 수 있는 영광을 누리게 되었다. 다만, 선수들이 번잡한 걸 원하지 않는다는 요청에 따라 그녀가 빠르게 그들 모두를 인터뷰해야 했다.

'와, 로크 씨는 영상 속 모습처럼 머리가 크시네.'

고은아는 지수와 석태가 나란히 앉아 있는 것을 볼 수 있었다. 대회 규정상 한 종목에 같은 길드원 두 사람 이상은 참여할 수 없었다.

고은아는 차분히 주변을 돌며 인터뷰를 시작했다. 자리에 앉아 팔을 긁적이던 로크. 그는 곧이어 들리는 목소리를 들었다.

"5년 전인가? 중학생 비공개 검도 전국체전에 갑자기 혜성처럼 나타난 녀석이 나를 꺾고 우승을 했지."

로크의 고개가 천천히 돌아갔다. 공교롭게도 로크의 옆에는 바로 '이다울'이 앉아 있었다.

"그리고 그곳에 그 녀석을 응원하러 온 세 사람이 있었어. 그리고 그때 있던 뚱뚱한 여자는 어디 있는지는 모르겠지만 너희 둘은 똑똑히 기억나."

지수는 말이 없었다.

"그때 나는 많은 걸 조사했지, 그리고 당신은 중학교 때 왕따였다지?"

지수의 고개가 돌아갔다. 그랬다. 그는 왕따였다.

다울의 입꼬리가 올라갔다.

못생긴 지수였지만 그는 요즘 전성기를 맞이했다. 팬클럽 '못로찬양'이라고 존재했다. 바로 '못생긴 로크 찬양'의 줄임말이다. 물론 안티팬들도 상당히 있었다.

하지만 확실한 것은 분명히 있었다. 지수는 지금 인생에서 가장 중요한 시기를 맞이했다는 거다.

"당신의 과거가 드러나면 어떻게 될까?"

"……뭐야?"

지수의 미간이 찌푸려졌다.

다울은 고개도 돌리지 않고 어깨를 으쓱거렸다.

"그냥. 그때 그 기억이 떠올라서. 그리고 민혁. 그 녀석 얼마 전에 대회에 나왔더라고."

지수의 얼굴이 일그러졌다.

"아테네에서 나하고 마주치지 말라고 해, 내가 무한 PK를 할 거니까."

그것은 일종의 협박이자 조롱이었다. 그리고 민혁에게 보내는 경고였다.

이다울은 지수가 과거가 들춰지는 걸 얼마나 무서워할지 알고 있었다. 사람이란 무릇 다 그런 것이다.

그 말처럼 지수는 두려웠다. 중학교 1학년 때 왕따를 당했던 그는 힘없는 학생이었다. 그리고 지금은 그때의 그 사실이 드러날 것이 두려웠다.

고은아는 어느덧 다울의 인터뷰를 시작했다.

"런던 올림픽에서 금메달을 딴 이다울 군에게 많은 이목이 집중되고 있는데요, 이에 대해 한 말씀 부탁드리겠습니다."

그에 이다울은 가식적인 웃음을 지었다.

"과찬입니다. 아테네는 게임이니까요. 하하, 물론 현실 반영이 꽤 큰 게임이지만 저를 너무 과대평가하는 것 같아요. 저는 그렇게 대단하지 못한데요. 하하."

"역시 듣던 대로 겸손하시네요."

고은아가 싱긋 웃었다.

지수는 말없이 있었다.

왕따. 외톨이. 과거. 이것이 밝혀지면 사람들은 각종 인터넷 사이트에서 낄낄거리며 조롱할 거다.

이어 지수 차례가 되었다.

"지수 님은 근래 가장 핫한 유저 중 한 분이시죠. 또한, 힐러임에도 불구하고 엄청난 딜러이시기도 하셔서 많은 이목을……"

그때 지수가 손 하나를 들어 올렸다.

"잠시만요."

"네?"

고은아가 고개를 갸웃했다.

지수가 얼굴을 찌푸리며 코를 막았다.

"옆에서 향수 냄새가 너무 지독히 나서 인터뷰를 진행할 수 없네요. 토 나올 것 같아요."

고은아의 눈이 크게 떠졌다.

지수가 자리에서 벌떡 몸을 일으켰다. 그리고 짧고 굵게 이다울 쪽을 향해 제스처를 취했다.

"우웨웩!"

지수는 어려서부터 남들보다 키가 작은 편에 속했다. 심지어 얼굴은 못생겼고 머리는 큰 편이었기에 '가분수'라는 말을 들으며 살아왔다.

공부도 잘하지 못했고 운동조차 잘하는 것이 없었다. 또 여드름도 득실거리고 내성적인 성격에 친구도 한 명 없었다.

그가 그나마 잘하던 것은 '게임'이었다. 주말이면 친구들끼리 모여 노래방을 가거나 PC방을 가도 지수는 집에서 혼자 게임을 하기 일쑤였다. 자신에게는 오로지 '게임'만이 있을 거라고 그는 생각했다.

어느 날, 지수는 이성민과 그 친구들 무리로부터 돈을 뜯기게 되었다.

그때 학생회장이었던 자신과는 너무도 멀고 멀다고 느껴졌던 친구가 있었는데, 그 친구가 그 말을 듣고 곧바로 그들을 찾아갔다. 그리고 얼굴이 곤죽이 되어 교실로 돌아왔다.

다음 날도, 다음 날도, 다음 날도, 그는 계속 그 무리를 습격했다.

그러던 어느 날. 그가 손에 돈을 꾹 쥐고 나타나 말했다.

'이제 더 이상 너한테 돈 달라고 안 할 거야.'

'으, 응. 고마워.'

지수는 그가 짓는 부드러운 웃음에 고마움을 느꼈다. 그리고 그게 끝일 거라 여겼다. 그와 자신은 너무도 거리가 있었으니까.

그런데 그가 말했다.

'오늘 학교 끝나고 뭐 해?'

'응? 나? 나야 뭐…… 게임하지.'

'오, PC방 콜?'

'코, 콜!'

처음으로 생긴 친구였다. 그리고 자연스레 그와 함께 다니던 석태와 멧돼지 장군이라는 지혜가 함께했다.

'아, 민혁이 겜 존나 못해!'

'와, 민혁아 겜 접어라.'

'너랑 같이 맨날 겜 하면 지잖아! 그러니까, 라면 사줘. 크하하핫!'

'크하하하하! 날 이기려면 10년은 더 멀었도다!'

어느새 웃게 되었으며 친구라는 것을 알게 되었다. 그런 그에게 이다울이 '그'를 욕했다.

지수는 잠시 생각했다. 그로 인해 내가 잃을 것들. 그런데 계산을 해보니, 까짓거 그런 것쯤 잃으면 어떤가 싶었다. 자신에겐 그보다 더 값진 게 있는데.

"우웨웩!"

토를 하는 시늉에 이다울이 벌떡 몸을 일으켰다.

"이, 이런 미친……!"

"쪽팔리게 열등감에 찌들어서, 5년도 더 지난 일로 그러냐? 어휴, 한심한 놈아."

지수가 차갑게 말하며 목을 긋는 시늉을 했다.

"경기에서 뒤통수 조심해라."

그리고 그 말을 끝내고 나가 버렸다.

인터뷰 녹화를 중지했던 고은아는 의아한 표정이었다.

그리고 주변에서 다른 선수들이 웅성거리기 시작했다.

"와, 로크 진짜 개념 없네."

"뜬금없이 왜 저래?"

"매너가 없어도 너무 없는 거 아닌가?"

"아하하, 전 괜찮습니다. 여러분."

이다울은 가식적이게 웃었으며 석태 또한 몸을 일으켰다. 그러곤 이다울을 보며 피식 웃고는 나가 버렸다.

'……이 새끼들 봐?'

이다울은 피식 웃었다. 어차피 경기에서 밟힐 놈들이었다.

세계수 대전 대회 당일.

박민규 팀장과 이민화 사원은 눈코 뜰 새 없이 바빴다.

아테네:한국전의 마지막 날. 그리고 가장 많은 선수가 출전하는 '세계수 대전' 때문이었다.

세계수 대전의 경우 우승자는 'MVP'라는 트로피뿐만이 아닌 특별한 보상 하나도 받게 된다.

한데, 짓궂은 슈퍼컴퓨터 아테네는 아직 그 보상에 대해 밝히지 않았다. 경기 직전 밝힐 예정이라 하였다. 그에 무수히 많은 유저들이 관심을 가지고 있었고 ㈜즐거움 측도 마찬가지였다.

곧이어 해설자가 소리쳤다.

[아테네:한국전 마지막 날입니다!!]

관중석에서 뜨거운 함성이 터져 나왔다.

[세계수 대전에는 총 서른 명의 유저들이 참가하게 됩니다. 하나같이 우리나라 최고의 전투직 클래스들로 구성된 인원들이죠.]

[맞습니다. 우리나라 랭킹 10위 권 내의 유저들이 다수 있군요. 심지어 이제까지 랭킹에서 보이지 않았던 선수들의 경우

비공식 랭커들일 테니, 새로운 그들의 힘을 보는 게 재밌을 것 같습니다.]

[경기 시작 전에 룰을 설명해 주시겠습니까?]

[예, 세계수 대전은 커다란 땅에서 시작합니다. 이 땅은 '이케아'라는 땅으로 한때 아주아주 풍요로운 땅으로 불렸지요. 씨앗을 뿌리면 씨앗이 풍성한 열매를 맺었으니까요. 하지만 바로 지금. 그 이케아 땅을 지탱하던 세계수 나무가 '흰개미'들에 의해 갉아 먹히기 시작했습니다.]

[흰개미요?]

[예, 고대의 흰개미들은 세계수 나무의 뿌리부터 갉아 먹기 시작하고 있지요. 그리고 차츰 세계수 나무는 그 힘을 잃어가고 있다는 설정입니다.]

[아, 그렇다면 선수들이 해야 할 일은 간단하게 좁혀지는군요?]

[맞습니다. 선수들은 흰개미들을 사냥해야 합니다. 녀석들을 사냥하게 되면 '세계수의 생기'가 담긴 병을 얻을 수 있게 됩니다. 이 병을 세계수에 주입해야 하며 가장 많은 주입에 성공한 유저가 MVP의 자리에 오를 수 있을 것입니다.]

[그렇다면 흰개미를 사냥했다는 것만으로는 점수를 올릴 수 없다는 것이겠군요. 선수들은 흰개미 사냥을 많이 한 선수가 '생기'를 주입하는 걸 방해할 테니까요.]

[맞습니다. 사냥만으로는 우승할 수 없을 겁니다. 또한, 흰개미들은 호락호락하지 않은 존재라는 것 또한 알아야 합니다.]

이어서 커다란 스크린 창이 떠올랐다. 그곳에 흰개미에 대한 정보가 있었다.

[와…… 흰개미들의 레벨이 자그마치 440~470 사이를 웃도는군요!]

[맞습니다. 또한, 흰개미들은 각자의 타입에 맞는 다양한 속성을 띕니다. 빙(氷), 화(火), 수(水), 독(毒) 등 다양하죠. 이러한 속성을 가진 녀석들은 결코 쉬운 상대가 아니라는 걸 명심해야 합니다.]

[그리고 설명에 보면 '세계수의 축복'이라는 항목도 명시되어 있네요?]

[네, 세계수는 자신을 살리기 위해 고군분투하는 선수들을 위해 단 한 차례. 자신의 힘을 발현시킬 겁니다. 그때 모든 선수의 힘이 똑같아지며 흰개미들의 힘도 마찬가지입니다.]

[모든 선수, 그리고 흰개미들의 힘이 똑같아진다고요?]

[예, 아테네는 가상현실게임인 만큼 현실에서의 능력도 매우 중요하다고 평가받고 있습니다. ㈜즐거움과 아테네 신이 만들어낸 이 '축복'을 통해 선수들은 능력치가 균등해지는 만큼 그들의 컨트롤 능력에 따라 실력이 좌지우지되겠지요. 어떻게 보면 이제까지의 스텟빨, 운빨, 템빨 등에 의해 밀리고 있던 선수들이 폭발적으로 치고 나갈 기회일지도 모릅니다. 그리고 흰개미들도 선수들과 비슷하게 능력치가 평균화되지만, 선수들보다는 조금 더 약하게 하향됩니다.]

[어떻게 보면 '축복'이 내렸을 때는 이다울 선수. 즉, 카르 선수에게 유리한 상황이 펼쳐질지도 모르겠군요?]

[그렇습니다. 아, 말씀드리는 순간 선수들이 하나둘 입장하기 시작합니다.]

"와아아아아아아아아아!"

[카르 선수가 입장하니 환호성이 장난이 아니군요.]

[그럴 수밖에 없지요. 런던 올림픽 금메달리스트인 카르 선수가 아테네를 한다고 밝혔을 때는 정말 큰 주목을 받았죠.]

[이어서 크레이지 프리스트 로크가 입장합니다.]

"우우우우우우우!"

"꺼져라!"

"로크, 이 싸가지 없는 놈아, 카르 선수에게 사과해라!"

[관중들이 야유하네요.]

[어제저녁 로크 선수가 카르 선수에게 토를 하는 시늉을 하며 욕을 하고 나갔다는 사실이 기사에 실렸었죠.]

[심지어 많은 선수가 목격하여 '로크 선수의 무례함'을 지적해 이슈가 되고 있습니다.]

[그런데, 로크 선수는 전혀 기죽지 않네요.]

[오히려 신났네요.]

관중들의 야유에 로크는 양팔을 들어 올리며 포효를 터뜨렸다.

"우어어어어어어어!"

크레이지 프리스트 로크! 그다운 모습이었다.

옆에서는 칸이 함께 걷고 있었다.

"야, 좀!"

"아, 왜~"

"넌 지금 이 상황에 그러고 싶냐?"

"지금 상황이 어떤데."

그 말에 칸은 잠시 입을 닫았다.

전 국민이 너를 싫어하는 것 같다는 점 그리고 카르가 분명히 자신들에게 견제를 가할 거라는 점이었다. 카르는 강력한 우승 후보. 그 사실을 잊어선 안 된다.

하지만 칸은 할 말이 없었다. 왜냐, 사실 로크가 잘했다고 생각하니까.

"우우우우, 저 칸이라는 사람도 싸가지 없을 거야. 분명해!"

"맞아, 끼리끼리 논다고. 레전드 길드 의외로 다 싹수없을지도 몰라!"

그에 칸도 하늘을 향해 양팔을 들어 올리고 소리쳤다.

"우워어어어어어어어!"

에라, 모르겠다였다. 자신이 로크였다면 침을 뱉고 나왔을 테니까!

그리고 경기 시작 1분 전이었다.

[보시면 아시겠지만 땅 곳곳에는 개미굴이 가득합니다. 그 개미굴 속에서 녀석들은 뿌리를 갉아 먹고 있지요. 개미굴은 일종의 던전이죠.]

[네, 그리고 땅 위에도 흰개미들이 아주 바글바글 하군요.]

[아! 때마침 이번 세계수 대전 우승자에 대한 추가 보상에 대한 정보가 오픈됩니다!]

[세계수 대전의 추가 보상은 바로 '세계수'입니다!!!]

[세계수! SSS등급, 아니, SSS등급이지만 그 이상의 효과를 내는 아티팩트 재료!! 그게 바로 이번 세계수 대전의 보상입니다!!!]

[지금 선수들의 랜덤 워프가 시작됩니다!]

선수들이 입장을 시작했다. 땅 위에서 나타난 선수들도 있었고 땅속에서 나타난 선수들도 있었다.

그리고 그중 한 명인, 칼로는 미간을 구겼다.

칼로는 레벨 442의 '태양의 기사'였다. 그런 그는 지금 무척 심기가 불편했다.

'로크와 같이 나타나다니.'

로크와 그가 같은 개미굴 안에서 나타났기 때문이다.

하지만 칼로는 신경 쓰지 않기로 했다. 아직 '생기'를 얻은 이는 없었다. 초반부터 적과 싸울 바에는 차라리 생기를 먼저 습득하고 올리는 게 낫다.

그리고 칼로는 로크를 무시했다.

'크레이지 프리스트'.

본래 힐러였다는 것에 대해선 줄곧 들어왔기에 그를 현저히 무시하고 있었다.

전투직 클래스 대회 중 최고인 '세계수 대전' 참가 자체가 그가 강하다는 방증이지만 신경 쓸 필은 없다고 여겼다.

그리고 칼로는 드디어 앞에 나타난 흰개미를 볼 수 있었다.

녀석은 마치 사람 같았다. 새하얀 흰개미는 이족 보행이었고 등 뒤로 날개가 달려 있고 창을 들고 있었다.

놈이 날갯짓을 한 순간.

팟-! 탱!

"크읍!"

칼로는 눈살을 찌푸릴 수밖에 없었다.

'미, 미친……!'

레벨 440~470대 사이라는 말은 들었다. 그렇지만 조금 전 그 공격은 너무 어마어마한 수준이었다.

칼로는 눈살을 찌푸렸다.

파지지지지직!

놈의 주변에서 스파크가 튀기 시작하며 HP를 깎기 시작했기 때문이다.

'미친……!'

다양한 속성에 주의해야 한다.

그리고 해설자들이 빠르게 설명했다.

[아, 곳곳에서 흰개미들과 맞닥뜨린 선수들이 당혹감을 감추지 못하고 있습니다.]

[생각보다 흰개미들은 무척 강력합니다! 우리나라 최고의 랭커들이 당혹함을 금치 못합니다!]

[바로 그때. 강력한 우승 후보 카르가 한 마리를 사냥합니다. 놀랍습니다. '검의 황태자'라고 직업을 밝힌 그가 손을 휘젓자 수십여 개의 검이 하늘에서 나타나 흰개미들을 꿰뚫습니다!]

[원 킬! 더블 킬! 트리플 킬!! 세 개의 '생기'를 획득! 압도적입니다!]

그리고 한 해설자가 말했다.

[어……? 그런데, 지금 로크 선수의 손이 붉게 물들기 시작합니다.]

[로크 선수에게서 흘러나오는 기세가 예사롭지 않습니다.]

칼로는 고개를 돌렸다. 그의 손이 붉게 물들어 있었다. 그리고 만만치 않은 위압감이 풍겼다.

'그러고 보면…….'

레전드 길드에서는 어째서 로크를 출전시켰는가?

레전드 길드에는 암살자 중 하나인 아벨이나 혹은 전장의 신 아스갈 등이 있다. 그런데, 왜 굳이 로크가 나왔는가?

'그러고 보니 도대체 어째서지……?'

물론 전장의 신 아스갈이나 아벨 등 그들은 다른 종목에 참가했다. 하지만 가장 빛을 발할 수 있는 종목은 바로 이 '세계수 대전'이었다는 거다. 그런데 어째서? 레전드 길드는 그렇게 아둔하지 않지 않던가?

그 순간 로크가 있는 힘을 다해 붉은 기운이 감도는 주먹을 땅에 힘껏 꽂았다.

콰아아아앙!

팔라디의 마을에서 소고기를 마음껏 취했던 민혁은 현실로 쉬기 위해 돌아와 있었다.

그는 지혜와 통화를 했다.

"그래, 알았어."

전화를 끊은 민혁은 씁쓸한 웃음을 지었다.

그의 휴대폰에는 조금 전까지 그가 보았던 기사 내용인 '로크 선수의 무례함. 네티즌 비난'이 적혀 있었다.

그리고 TV에서 시끄럽게 떠들어대고 있었다.

[이번 세계수 대전 MVP에게 주어지는 보상은 말 그대로 '세계수'입니다. SSS등급의 아티팩트 재료인 이 세계수는…….]

민혁이 침을 꿀꺽 삼키며 웃었다.

"세계수로 숯 만들어서 3천 년 장어구이 해 먹으면 맛있겠는데?"

그가 몸을 일으켰다.

콰아아아아아앙!

개미굴뿐만이 아닌, 땅 전체가 흔들릴 정도의 굉음이었다.

로크는 땅속에서 손으로 무언가를 꽉 움켜쥐었다.

그것은 그물이었다.

[지프리트의 그물]

[반경 5m 내에 존재하는 모든 적을 붉은 그물이 끌어당기며 이는 사물, 땅, 그 어떤 것도 관통하고 끌어옵니다.]

반경 5m 내. 로크의 위 또는 아래의 벽, 그 안에 숨어 있는 모든 흰개미. 그 흰개미들이 이어서 붉게 펼쳐지는 그물 안에 갇혔다.

그리고 땅속에 박아 넣은 손을 빼낸 로크. 그의 손에는 붉은색 그물이 들려 있었다.

그가 땅과 연결된 그물을 힘껏 끌어당겼다.

그 순간.

패애앵-

붉은 그물이 순식간에 축소되었고 그 안으로 열 마리가 넘는 흰개미가 바글거리고 있었다.

로크가 아직 꺼내지 않았던 또 다른 도끼를 꺼내 들었다.

하나만 해도 휘두르기 묵직해 보이는 도끼를 두 개나 가뿐히 들고 있는 로크. 그가 온 힘을 끌어모아 세로로 두 개의 도끼를 내려쳤다.

그 순간, 흰개미들을 포박했던 그물이 사라지고 녀석들이 자유로워졌다.

하지만 이미 때는 늦었다.

콰콰콰콰콰콰콰쾅!

커다란 두 개의 도끼에서 뻗어 나간 붉은색 기운이 흰개미들을 집어삼켰다.

그리고 자욱한 흙먼지가 걷히고 모습을 드러낸 것은 완전히 풍비박산이 나버린 흰개미들의 모습이었다.

"……따, 딸국!!"

그를 무시하는 기색이었던 칼로는 깜짝 놀랄 수밖에 없었다.

[여, 열 한 마리! 로크 선수가 열 한 마리의 흰개미를 사냥하고 압도적으로 나아가기 시작합니다.]

[아, 그 순간, 로크 선수의 두 개의 도끼에 붉은색 기운이 넘실거리기 시작합니다.]

[이제까지 대중에 알려졌던 로크 선수와는 전혀 다른 모습입니다!]

[이게 바로 대회의 묘미이겠지요! 선수들은 제각각 이제까지의 성장을 대회를 앞두고 숨겨왔을 테니까요!]

얼마 전, 로크는 2차 전직을 했다. 이름은 크레이지 프리스트와 동일했다.

하지만 그 힘은 어지간한 신 클래스 못지않았다. 그것이 그가 '레전드 길드'를 대표해 참가한 이유였다.

로크가 빠르게 떨어져 있는 '생기'를 습득했다. 그리고 달리기 시작했다.

그의 좌측 상단에 지도가 떠올라 있었다. 지도는 현재 굴속 자신의 위치와 세계수 나무의 위치를 보여준다.

"끼에에에에에!"

"캬아아아아아아!"

콰지이이익! 콰아아아아아앙!

두 마리의 흰개미를 빠르게 처리한 로크는 빛과 같은 속도로 내달렸다.

그리고 어느덧 빠르게 세계수 나무에 도착했다.

[세계수 주입기를 사용하실 수 있습니다.]

있는 힘을 다해 세계수 나무에 커다란 주입기를 꽂았다.

펏! 꿀럭꿀럭-

투명한 액체가 세계수 나무를 타고 흘러 들어가기 시작했다.

그와 함께 로크는 볼 수 있었다.

[1위. 로크. 11개의 생기 주입]

[2위. 카르. 5개의 생기(미주입)]

[3위. 칸. 2개의 생기(미주입)]

압도적인 차이에 로크는 활짝 웃었다.

'나도…….'

아테네의 MVP가 되고 싶었다.

"와아아아아아아아!"

"로크! 로크! 로크!"

"크레이지! 크레이지!"

관중석에 앉아 있는 레전드 길드원들이 환호성을 터뜨렸다.

"큰 바위 얼굴 로크. 멋져!!"

에이스가 벌떡 몸을 일으켜 박수를 쳤다. 하지만 그중엔 몇몇 유저들이 심각한 표정이었다.

그중 한 명인 지니가 말문을 열었다.

"앞서 나간다는 것은 분명 좋은 거야, 하지만……."

모두의 타깃이 될 확률이 높았다. 특히나, 이 세계수 대전은 포션과 같은 걸 절대 사용하지 못한다. 그렇기에 치명상을 한 번이라도 입는다면 큰 문제가 생긴다. 또한, 로크의 저 능력들은 엄청난 마나를 갉아먹는다. 심지어 이 대회는.

'세계수의 축복이 발동해…….'

세계수의 축복이 발동되는 순간 모든 유저들은 자신들의 컨트롤 능력을 믿고 싸워야 한다.

가장 큰 결정적인 문제는.

'카르가 가만히 있지 않을 거야.'

지니도 어제 있었던 일에 대해서 들은 게 있었다.

이어서 지니의 눈에 스크린 속 한 장면이 들어왔다.

'뭐야, 저 사람들은?'

비공식 랭커들이었다. 전혀 얼굴이 알려지지 않은 몇몇 유저들. 그 유저들이 빠르게 걸음을 옮기고 있었는데 그곳엔 칸이 있었다.

"어째서……?"

칸도 빠르게 생기를 모으고 있었다. 하지만 그들이 경계할 만큼은 아니라는 거였다.

그런데, 어째서 칸을 향해 움직이는가? 또한, 두 명의 비공식 랭커의 움직임을 보았을 때, 그들은 경기에 관심이 없어 보였다.

"……설마."

지니의 눈이 휘둥그레 떠졌다.

"블랙스톤?"

대한민국의 경기를 지켜보는 남자. 그가 짙은 웃음을 머금었다.

얼마 전 카이스트라가 블랙스톤을 등졌다는 것에 적지 않게 놀랐다.

파라오의 사자 또한, 프라이팬 살인마를 어쩌지 못했다. 아니, 오히려 역풍을 맞았다. 검의 대제 엘레. 그녀가 그를 보호했기 때문이다.

'황제가 보호하는 유저라…….'

그것은 매우 흥미로운 것이었다.

하지만 딱 거기까지였다. 대항한 자들이 더 이상 아테네에서 활보를 치게 할 생각이 없었다.

[아! 칼린 선수와 이지스 선수가 칸 선수를 공격하기 시작합니다!]

현재 저곳에 있는 두 사람도 블랙스톤의 멤버였다. 그리고 카르도 마찬가지였다.

경기를 지켜보던 그는 곧이어 한 승인서에 사인을 했다.

사인에 적은 이름 '라우쉬'. 그리고 위에 적혀 있는 가문. 바로 로스차일드였다.

세계적인 귀족 가문. 금융권을 통해 막대한 재산을 축적하고 있다는 그 가문. 그 가문에서도 가장 높은 서열에 있는 사람. 그것이 바로 켄라우헬이자 라우쉬였다.

세계인들이 추정하는 가문의 재산 5경. 물론 가문의 재산이다. 하지만 라우쉬가 세계 최고의 대부호 중 하나라는 것은 변함없는 사실이었다.

그는 몸을 일으켜 아테네에 접속했다.

'경기는 보지 않아도 해결될 테지.'

세계수의 축복도 문제없었다. 이번 경기는 카르가 우승한다.

올림픽 금메달리스트 카르가 있다. 심지어 그는 카이스트라보다 아테네에서도 뛰어났다. 그런 그가 세계수의 축복에서도 두각을 드러낼 것이다.

그렇게 단정 지은 켄라우헬. 그는 막대한 자금력을 이용해, 얻은 정보를 이용. 걸음을 옮겼다.

그리고 이어 알림이 울렸다.

[처음으로 마계에 발을 들인 유저가 되셨습니다.]

[명성 300을 획득합니다.]

로크는 맹렬히 추격하는 카르의 성적을 볼 수 있었다.

'역시…….'

예사롭지 않은 녀석이었다.

가장 걱정되는 것은 바로 '세계수의 축복'이 내려졌을 때였다.

그때 분명히 카르는 맹추격을 가할 것이 분명했다.
또다시 생기를 가지고 달리던 로크. 그는 걸음을 우뚝 멈출 수밖에 없었다.
"어……?"
그의 앞을 네 명의 유저가 가로막았다.
어찌 보면 로크의 경우 당연한 순리였다. 빠르게 1위로 치고 올라가는 로크를 견제할 필요가 있으니까.
하지만 네 사람이나? 이건 분명히 뭔가 이유가 있었다.

[칸 선수와 이지스 선수, 칼린 선수가 충돌합니다. 놀랍습니다! 칸 선수 압도합니다! 압도하고 있습니다. 혼자서 자신과 레벨이 비슷한 두 명의 유저를 상대로 밀리지 않습니다!]
[현재 로크 선수 역시도 네 명의 유저에게 둘러싸였습니다. 이 네 사람 중 세 사람은 흔히 알려져 있는 베커, 자디, 케르만 유저입니다. 그들을 제외하고 한 유저만이 비공식 랭커군요.]
[칸 선수와 로크 선수가 빠르게 치고 가고 있다고는 하나, 생각보다 견제가 빨리 이루어지고 있지요?]

그리고 자신들이 의문을 살 것을 알기에 베커가 말했다.
"어차피 우리는 우승하긴 글렀죠. 카르가 있으니까요. 하지만 어제 당신의 무례함에 당신의 우승만큼은 막아야 한다는 생각이 들어서 이 자리에 섰습니다."
그것은 말도 안 되는 헛소리였다. 마치 자신들이 국민을 대변해 심판하겠다는 듯한.

'어디서 말도 안 되는 핑계를.'

황당해서 웃음이 나올 지경이다.

"애초에 출전 자체가 '그'를 위해서라고 하지 그래?"

"무슨 소리인지 모르겠군요."

"진짜 역겨워 죽겠네."

로크가 실소를 머금었다.

자신에게 남은 MP는 몇이던가? 또 스킬들 쿨타임은? 로크는 속으로는 욕을 지껄였다.

'나도…… 최고가 되고 싶은데…….'

언제나 뒤에 서 있었다. 어렸을 때도, 커서도 자신의 앞엔 항상 뛰어난 누군가 있었다.

그나마 잘하던 것이 '게임'이었다. 그런데 그런 게임의 우승마저도 막는 사람들이 많았다.

곧이어 모든 유저들에게 메시지가 퍼졌다.

[5분 후 세계수의 축복이 내려집니다.]

세계수의 축복. 하지만 축복보단 저주와 가깝다.

후발 주자에 있는 이들은 컨트롤로 치고 올라올 수 있겠지만 어떻게 보면 템빨, 스킬빨, 렙빨 유저들이 밀릴 테니까. 잘 피해 다니는 게 관건일 터다.

이어서 로크와 그들이 충돌을 일으키기 시작했다.

[아, 로크 선수 결국 쓰러집니다. 쓰러지고 맙니다!]

[하지만 로크 선수 아주 잘해줬습니다. 혼자서 네 유저를 상대로 전혀 밀리지 않았습니다. 오히려 그들의 간담을 서늘하게 만들었죠.]

[어? 그런데 어째서 로크를 강제 로그아웃시키지 않는 거죠?]

곧이어 넷의 유저 중 한 명이 말했다.

"당신은 어제 무례함을 저질렀죠. 같은 한국 사람으로서 당신이 정말 창피했습니다. 포션도 못 쓰는 이곳에서 당신은 다리가 다친 상태로 다른 이가 우승하는 거나 지켜보시죠. 아니면 흰개미의 먹이가 되어 로그아웃되겠죠."

그에 관중석 이들은 두 가지 반응으로 나뉘었다.

"정의 구현 오진다!"

"와아아아아아!"

"어제 카르 선수한테 토하는 시늉했다며?"

"로크 역관광 보소!"

"그래도 저거 완전 조롱 아니야?"

"무슨 저딴 짓을 해!"

"에이, 아무리 그래도 저건 아니지!!"

관중석은 환호하는 이들 반, 비난하는 이들 반이었다.

네 유저는 개미굴을 벗어나기 위해 걸음을 옮겼다.
그리고 로크는 피식 웃었다.
'나 같은 게 MVP는 무슨…….'
예전에 민혁의 버프 요리를 먹었을 때는 상대방의 HP를 깎아 먹는 힐만을 사용할 수 있었던 그가 일반적인 힐도 사용할 수 있게 되었었다. 하지만 지금은 그 버프 효과가 끝나 무용지물이었다.
그러던 때였다. 해설자들이 소란스러워 지기 시작했다.
"뭐? 도중에 참가한다고?"
"누가? 아니, 애초에 서른 명 모두 참가했잖습니까. 그런데 어떻게 참가해요?"
해설자들은 의문이었다. 도중에 한 유저가 참가한다고 한다. 심지어 서른 명 모두 정상 참가를 했건만 참가할 유저가 있는가?
하지만 곧 아테네 관계자의 말에 눈을 크게 떴다.
"와, 왕의 전당에 오른 유저……?"
"두 번 올라간 그 유저란 말이야?"
"드디어 그 유저가 나온 거야?"
해설자들이 소리치기 시작했다.

[속보입니다! 얼마 전 왕의 전당에 오른 유저가 대회 도중 참가 의사를 밝혔습니다. 알고 계시겠지만 왕의 전당에 오른 유저의 경우 도중 참가가 가능한 종목이면 언제든 참가할 수 있는 특혜를 가지고 있습니다!]

"와, 왕의 전당……?"
"왕의 전당이라고? 하루 만에 두 번 올린 그 사람?"
"누굴까?"
사람들이 궁금해했다.
그리고 그 사람의 이름을 확인한 해설자가 눈을 크게 떴다.
"이, 이 사람이 왕의 전당에 이름을 두 번 올렸다고요……? 이 사람 생산직이잖아요!!"
그 음성이 마이크를 타고 전파되었다.
그때, 경기를 진행하던 모든 유저에게 세계수에서 뻗어 나간 빛이 퍼졌다.
그 빛은 선수들을 감쌌다.

[일시적으로 모든 선수의 능력치가 평등해집니다.]
[흰개미들의 능력치가 선수들보다 일부 하향합니다.]

이어서 해설자가 소리쳤다.

[그, 그 유저는 얼마 전 빨리 먹기 대회에 참여했던 선수. 식신. 미, 민혁 유저입니다!]

관중석이 소란스러워지기 시작했다.
"미, 민혁이라고? 얼마 전에 그 민혁 유저?"

"말도 안 돼…… 어떻게 생산직 클래스가 왕의 전당에 이름을 두 번이나 올려?"

이는 세계 각국의 해설자들에 의해 빠른 속도로 전파되기 시작했다.

[얼마 전 왕의 전당에 두 번 이름을 올렸던 유저가 식신 민혁 유저라는 사실이 밝혀졌습니다.]

[이제껏 왕의 전당에 생산직 클래스가 올랐던 적이 있나요?]

[아니요, 아예 없습니다. '켄라'라는 정체 모를 유저를 제외하고 왕의 전당에 오른 이들은 전부 정보가 공개되어 있죠. 그들 모두가 전투직 클래스입니다.]

[그런데 의문입니다. 생산직 클래스. 그것도 레벨 355의 선수가 경기 도중 참가한다고 하여서 활약할 수 있을까요?]

[왕의 전당에 올랐다고는 하나 그의 레벨대에 맞춰진 'SSS등급' 퀘스트였을 확률이 매우 높아 보입니다.]

[아쉽게도 왕의 전당에 올랐던 선수. 민혁은 이번 대회에서 선수들에게 유린당하지 않을까 합니다.]

[모든 선수들이 민혁 선수를 공격할 겁니다. 왕의 전당에 오른 선수를 잡는다는 것은 영광스러운 일일 테니까요.]

[아쉽게도 민혁 선수는 10분도 채 버티지 못할 겁니다.]

그러나 얼마 후, 한 해설자는 조금 전 자신이 했던 해설을 도로 집어넣어야 했다.

[원 킬, 더블 킬, 트리플 킬! 쿼드라 킬!! 제, 제 눈앞에서 말도 안 되는 광경이 펼쳐지고 있습니다!!]

해설자의 흥분 어린 목소리, 관중석의 환호가 세상을 흔들기 시작했다. 그들이 모두 경악하기 시작했다.

이어서 벽에 기대고 있는 로크. 그는 어떤 존재가 걸어오는 소리를 들었다.

'개미?'

그는 피식 웃었다.

애초에 자신은 패배자 같은 인생이다. 그런 자신이 우승이라니 가당키나 하나?

아, 그런데 그러고 보니 예전에 이런 생각을 할 때가 있었다. 이성민 무리에게 돈을 뜯기고 맞았을 때였다. 자신은 세상에 아무 쓸모 없다고, 필요하지 않은 사람인데 태어났다고. 그렇게 좌절했다.

그때 그 녀석은 말했다.

'뭔 소리야? 우리나라 최고의 프로게이머가 될 놈이.'

그리고 앞의 발걸음 소리의 개미라고 생각했던 존재가 말했다.

"우리나라 최고의 게이머가 여기서 왜 이러고 있냐?"

로크의 눈이 천천히 떠졌다.

그곳에 그 녀석이 손을 뻗고 있었다.

민혁이 세계수 대전에 참가하자 많은 해설자들이 의문을 품기 시작했다. 그리고 관중석 이들은 동요했다.

곧 랜덤으로 워프된 민혁은 기억을 떠올렸다.

'분명 이쪽에 있는 개미굴이었어.'

그는 자신이 방금 스크린에서 보았던 굴을 따라 달리기 시작하였다.

그 이유는 간단했다.

'지수. 이 자식…….'

지혜에게 지수에게 있었던 일에 대해 얼추 들었다.

정확한 것은 모르지만 한 가지는 확실했다. 민혁을 지키기 위해서, 지수는 많은 사람의 비난을 샀다는 거였다.

그리고 블랙스톤. 그들이 대회에 있는 게 분명했다. 물론 지금 말도 안 되는 연기를 하며 로크와 칸을 압박하고 있었지만 말이다.

그렇게 달리던 때였다. 땅 전체에 그늘이 지게 만들 정도로 커다란 세계수 나무에서 밝은 빛이 터져 나왔다.

그 빛이 민혁을 휘감았다.

[세계수의 축복]

[모든 선수의 능력치가 평등해집니다.]

[흰개미들의 능력치 또한 같아지며 선수들보단 조금 더 약해집니다.]

[세계수의 축복은 20분 동안 지속됩니다.]

그 알림을 듣고서도 민혁은 달렸다.

검을 꽉 쥔 민혁은 얼마 후, 개미굴에서 나오는 네 사람을 볼 수 있었다. 베커, 자디, 카르만, 그리고 글렌이었다.

그들은 민혁을 발견하고는 피식 웃음 지었다.

'호박이 넝쿨째 들어오다니.'

앞에 있는 민혁이 프라이팬 살인마라는 사실은 이미 오픈되어 있다. 그리고 레전드 길드를 켄라우헬이 밟으려는 이유가 그 때문임도 알고 있었다.

[아, 민혁 선수! 네 명의 선수와 맞닥뜨립니다!]

[큰일입니다. 큰일이에요! 지금 모든 선수의 능력치가 동일해졌습니다. 즉, 컨트롤 싸움이라는 건데요! 한 사람이 네 사람과 싸워야 하는 건데, 승산이 전혀 없어 보입니다!]

[심지어 베커 선수는 유도를 수년간 익힌 유단자라고 소문이 자자합니다. 그뿐만이 아닙니다. 자디나 카르만 선수 역시 꾸준히 운동을 통해 체력을 길러왔다고 인터뷰에서 본 적이 있어요!]

[아, 민혁 선수. 난입과 동시에 이렇게 위기가 찾아옵니다!]

프라이팬 살인마. 베커의 정보에 따르면 그는 무척 강하다. 355레벨? 그렇다고 해서 무시하면 안 된다.

하지만 그것은 '게임'일 때의 이야기다. 지금은 현실과 다를 바가 없다는 거였다.

베커가 먼저 땅을 박차고 민혁을 향해 달려들기 시작했다.

[베커 선수 달립니다!]

[그 뒤를 따라 세 선수가 함께합니다!]

[베커 선수한테 한 번이라도 잡히면 민혁 선수는 그대로 땅에 내팽개쳐지고 말 것입니다!!]

베커는 그의 옷자락을 잡기 위해 손을 뻗었다.

'어차피 놈은 일반인과 다를 게 없겠지. 3초면 끝난다.'

그렇게 생각하며 베커는 민혁과 빠르게 거리를 좁혔다.

민혁이 검을 찌른다.

수우우웅! 탱!

팔에 착용한 너클로 검을 빠르게 쳐낸 베커가 빠르게 품속으로 파고들었다. 그리고 그의 멱살을 잡으려 했다.

'잡았……!'

그런데 이변이 일어났다.

타탓!

민혁이 뒤로 두 발자국 물러났다. 그리고 두 다리에 힘을 주고 한 바퀴 회전했다.

"뭐, 뭐……!"

그 순간, 민혁의 발이 힘껏 턱을 차올렸다.

"커허억!"

허공에 떠오른 베커가 뒤로 날아갔다. 그를 놓치지 않고 민혁이 달려 나가며 검을 움직였다.

푸확! 퍼짓! 푹!

베커가 정신을 못 차리는 틈을 타, 빠르고 간결한 동작으로 민혁이 남은 세 사람을 처리했다.

턱을 가격당해 정신을 차리지 못하던 베커는 경악할 수밖에 없었다.

"너…… 너……!"

그 순간, 민혁이 빠르게 접근하며 가슴팍을 크게 베어냈다.

푸쉭!

베커가 천천히 허물어졌다.

민혁이 자신의 주먹을 꽉 쥐어 그의 안면을 힘껏 후려쳤다.

퍽!

뒤로 날아간 베커가 싸늘한 주검이 되었다.

[원 킬, 더블 킬, 트리플 킬! 쿼드라 킬!! 제, 제 눈앞에서 말도 안 되는 광경이 펼쳐지고 있습니다!!]

해설자들은 보고도 믿기지 않았다. 어떠한 해설자는 자리에서 벌떡 일어나 테이블을 손으로 탁- 치며 소리쳤다.

[어떻게 이럴 수가 있는 거죠? 한 사람이 네 사람을 저렇게 빠르게 눕히는 게 가능한가요? 정말 영화 같은 일이 눈앞에서 벌어지고 있습니다!]

민혁은 걸음을 옮겨 개미굴로 들어갔다. 그리고 그곳에서 눈을 감고 벽에 기댄 로크를 볼 수 있었다.

"우리나라 최고의 게이머가 여기서 왜 이러고 있냐?"

그는 그 앞으로 걸어가 손을 내밀었다. 눈을 뜬 로크는 그 손을 보고는 피식 웃었다.

[아, 민혁 선수 로크 선수에게 손을 내밉니다!]

[민혁 선수는 혹시 로크 선수를 구하기 위해 도중에 난입한 걸까요?]

[왕의 전당에 오른 유저의 경우 한 길드의 길드원은 두 명만 참가할 수 있다는 항목 또한 무시할 수 있다는군요.]

[아, 로크 선수 눈가에 눈물이 그렁그렁하네요.]

로크는 민혁이 내미는 손을 잡았다.

그는 눈물이 나올 것 같았다. 예나 지금이나 자신은 민혁에게 도움만 받는 것 같았다.

그리고 로크와 민혁은 둘 다 마이크를 껐다. 대회에서의 대화 내용은 원한다면 얼마든 생중계되지 않을 수 있다.

"왜 왔어?"

그렇게 말하면서도 로크는 알았다. 자신을 구하기 위해서다! 그에 눈물이 그렁그렁 맺힌다.

감동적인 순간이다. 아아아! 영화 같은 한 장면!

그에 민혁이 말했다.

"우승해서 세계수로 숯 만들려고."

"……엉?"

"생각해 봐. 세계수로 숯을 만들어. 그다음에 그 숯으로 3천 년 장어구이를 해 먹는 거야. 어때, 겁나 맛있겠지? 근데 나 혼자만 먹을 거야. 헤헤!"

로크는 눈물이 쏙 들어갔다. 감동이 1초도 가지 않았다.

"차, 참 맛있겠네…… 정말 이유가 그거뿐임?"

"그럼 다른 이유가 있어? 생각해 보라니까? 3천 년 장어에 세계수 숯 조합이야, 히야. 맛있겠다! 근데 넌 왜 여기서 '인생……' 이런 표정으로 누워 있냐?"

"……죽여 버릴까?"

"응? 뭐라고."

"아, 아니다."

그리고 로크의 눈에서 아까 전 흐르려던 눈물이 그제야 또르르 흘렀다. 지금은 하나도 안 슬픈데 말이다.

그런데 해설자들은.

[아아아! 로크 선수, 민혁 선수와 마이크를 끄고 이야기를

나눕니다!]

[로크 선수. 감동의 눈물을 흘립니다!!]

[아마 이런 이야기가 오고 가고 있겠지요. '너, 날 구하러 온 거냐?' 그리고 민혁 선수는 말했을 겁니다. '동료라면 당연히 구하러 와야지' 크흐! 정말 감동적인 순간입니다.]

[아, 가슴이 너무너무 따뜻해지고 있어요. 로크 선수 울지 않으려고 애쓰며 일부러 삐딱한 표정을 짓고 있어요!!]

[부끄럽겠지요!! 하지만 너무도 보기 좋은 광경이네요!]

진실을 모르는 그들은 신나게 떠들 뿐이었다.

어느덧 로크와의 격차를 벌리고 있던 카르는 1등으로 앞서 나가고 있었다.

[1위. 카르. 44개의 생기 주입.]

[2위. 로크. 37개의 생기 주입.]

[3위. 제르프. 11개의 생기 주입.]

압도적인 수치였다. 또한, 카르는 열 마리가 넘는 흰개미들 사이에서 세계수 나무의 축복을 받은 상태로 현란한 검 솜씨를 선보이고 있었다.

[역시 런던 올림픽 금메달리스트다운 실력입니다!]

현재 스크린에서 가장 주목을 받는 화면은 세 개였다. 카르의 스크린과 칸과 적들, 그리고 로크와 민혁이었다.

그중에서도 카르의 스크린에 많은 이목이 쏠리고 있었다. 검도 금메달리스트가 순수한 실력으로 흰개미들을 학살하는 장면은 놀라움 그 자체였기 때문이다.

한참 흰개미들을 사냥하던 카르는 곧이어 자신이 있는 굴에 들어온 한 유저를 볼 수 있었다. 블랙스톤의 사람인 제키였다.

이 경기는 서로 견제해도 되지만 굳이 하지 않아도 되었다.

제키가 말했다.

"카르님, 민혁이란 선수가 경기에 참가했습니다. 왕의 전당에 오른 유저가 그라고 합니다."

"……뭐?"

서로가 서로를 신경 쓰지 않듯 흰개미들을 잡으면서 대화를 주고받던 중 카르는 멈칫했다.

'민혁?'

카르는 살아오면서 가장 큰 응어리가 있었다. 바로 민혁에 대한 응어리였다.

패배란 것을 맛보지 못했던 카르에게 처음 패배란 것을 안겨준 존재. 심지어 경기가 끝난 후, 그는 손을 내밀었다.

그 악수를 카르는 명백한 '조롱'이라고 기억하고 있었다.

그의 자격지심이 만들어낸 착각이었다.

'그놈을 짓밟을 수 있겠군.'

자신은 중학교 이후 선수촌에 들어가 계속된 훈련을 거듭해 왔다. 그때와 지금은 다르다. 놈은 이빨 빠진 호랑이일 터. 만약 그 정도 실력을 갖췄다면 진작에 올림픽에 나가지 않았겠는가?

그런 생각을 하던 때였다.

"문제는 그 민혁이란 선수가 너무 압도적으로 강합니다."

"강하다고?"

"예, 베커 팀을 20초 만에 로그아웃시켰습니다. 검 한 자루로요."

카르의 눈이 휘둥그레 커질 수밖에 없는 이야기였다. 그 말은 강민혁의 실력이 전혀 녹슬지 않았다는 말이었기 때문.

그런데 때였다.

타타타타타탓!

누군가 개미굴 안으로 달려 들어왔다.

"잡아!"

"도망친다!"

카르의 고개가 돌아갔다. 그곳에 칸이 다른 선수들에게 쫓기고 있었다.

그리고 카르의 뒤에서 기척이 느껴졌다.

"민혁이 네가 왜 거기 있어? 헉헉!"

쫓기는 칸의 목소리를 들은 카르의 고개가 돌아갔다. 그곳에 민혁이 로크를 부축하고 있었다.

카르와 민혁의 시선이 곧 마주쳤다.

퍼억!

남아 있는 한 마리의 흰개미를 발로 걷어찬 카르. 그가 치아를 빠드득 갈았다.

그리고 달리기 시작했다.

"강민혀어어어어억!"

회장 강민후. 그가 손에 땀을 쥔 채 TV 화면을 응시하고 있었다.

[카르 선수가 무어라 소리치며 민혁 선수를 향해 달려가기 시작합니다!]

[서로가 알기라도 하는 걸까요?]

자신의 아들 강민혁. 그 아이에게도 꿈이란 게 있었다. 세계적인 검도 금메달리스트가 되는 것. 그것이 그 아이의 꿈이었다.

그리고 비공식 대회에서 우승한 후 높이 날아오를 기회를 얻게 되었다.

그러나 그 후 얼마 지나지 않아 '폭식 결여증'이라는 병마가 그를 덮쳤다.

그동안 아들 민혁은 누구보다도 더 병마와 혹독하게 싸워왔다.

그만해도 된다고, 그러다 큰일 난다고 하여도 그는 계속 운동을 해왔다. 그것이 그 '한'을 풀기 위한 것이라는 것을 알았다.

비록 진짜 '금메달리스트'는 될 수 없을지 모르지만, 어쩌면 민혁은 지금 그 한을 풀 수 있을지도 모른다.

하지만 해설자들은 말했다.

[아무리 민혁 선수가 네 명의 선수를 빠르게 처리하는 놀라운 실력을 보여줬다고 하지만 상대방은 금메달리스트 카르입니다.]

[승산이 전혀 없는 싸움입니다.]

그리고 두 사람의 검이 부딪쳤다.

탱!

민혁은 빠르게 휘둘러지는 카르의 검을 방어하고 순간적으로 파고들어 그의 복부를 찔렀다.

태앵!

부드럽게 방어하며 올려친 카르가 그의 머리를 노리기 시작했다.

한 번, 두 번, 세 번.

하지만 빈틈이 만들어지지 않고 있었다. 아니, 오히려 반격을 시도한다.

쑤우우욱!

옆구리를 노리는 검에 몸을 비틀어 피해냈다. 위에서 아래로 힘껏 검을 내려쳤다.

탱!

그 힘에 의해 체중이 밑으로 쏠리는가 싶던 민혁이 한 바퀴 굴러 부드럽게 그의 등 뒤에서 공격해 온다.

타타타타탓!

카르가 뒤쪽으로 달리기 시작했다. 민혁도 그를 쫓아 달렸다.

탱탱탱탱!

검이 계속 스파크를 튀겼다. 카르가 달리다가 벽을 박차고 그 힘을 이용 강력하게 찔렀다.

몸을 비틀어 피해낸 민혁이 목을 노렸다.

수우웅!

발끝을 비틀어 중심 전체를 기울인 카르가 피해냈다. 둘의 검이 쉴 새 없이 부딪쳤다.

"우, 우와……."

제피는 그 모습을 보며 감탄사를 터뜨릴 수밖에 없었다.

민혁이 몇 수 버텨내지 못할 거라고 생각하고 있었다. 하지만 그와 다르게 민혁은 카르의 현란한 검 솜씨에도 전혀 밀리지 않고 있었다.

[이, 이게 어떻게 된 일이죠……?]

[민혁 선수가 금메달리스트 카르 선수와의 싸움에서 한 치도 밀리지 않고 있습니다……!]

[말도 안 되는 일이 눈앞에서 현실로 일어나고 있습니다!!!]

"와아아아아아아아아아!"

관중석의 환호성은 더욱더 뜨거워지고 있었다.

민혁과 검을 부딪치는 카르도 놀랄 수밖에 없었다.

'실력이 녹슬지 않았잖아……!'

조금도 녹슬지 않았다. 마치 오랜 시간 동안 특수 훈련을 해온 것처럼 말이다.

팟!

그 순간 민혁의 검이 목을 노리고 찔러 들어왔다. 카르가 빠르게 쳐냈다.

간담이 서늘했다. 조금 전, 반응하지 못했다면 목이 꿰뚫렸을 것이다.

그리고 로크와 칸 또한 선수들과 사투를 벌이고 있었다.

"칸. 나한테 던져!"

"오키바리!"

빠르게 움직인 칸이 앞을 막아선 선수의 얼굴에 잽을 먹였다.

"큽!"

코를 부여잡은 선수를 잡아채 그대로 바닥에 누워 있는 로크에게 던졌다.

"안녕?"

바닥으로 날아간 선수는 다름 아닌 이지스였다.

마법사 유저인 이지스는 순간 자신을 확 끌어당기는 그의 손길에 깜짝 놀랐다.

다리가 아직 회복되지 않은 로크!

그는 현실에서 레슬링을 배우고 있었으며 벌써 5년이란 시간이 지났다. 그때 이성민 무리에게 맞은 이후부터 쭉 익혀왔으니 상당한 실력이었다.

꽈아아악-

단숨에 꽉 껴안은 상태로 목을 조이는 로크.

얼마 지나지 않아 이지스의 몸이 추욱 늘어졌다.

[호흡 곤란에 따라 일시적 기절 상태에 빠집니다.]

"한 놈 끝! 다른 놈! 다른 놈도 던져!"

"기다려!"

다리가 불편한 로크는 상당히 선전하고 있었다. 그리고 칸 역시 마찬가지였다.

카르는 초조해지고 있었다.

'이 미친 새끼들, 도대체 뭐야!'

칸과 로크마저 빠르게 압박하고 있는 상황. 자신이 서둘러 민혁을 때려눕히지 못하면 낭패였다.

그러던 때였다.

[세계수의 축복까지 10초 남았습니다.]

[9초, 8초, 7초, 6초, 5초…….]

세계수의 축복이 끝나가고 있었다. 카르의 입가가 쭉 찢어졌다.

민혁의 레벨은 355였다. 그가 빨리 먹기 종목에서 엄청난 활약상을 펼쳤지만 그건 생산직 클래스 대회!

생산직 클래스와 전투직 클래스는 무력적인 부분에서 하늘과 땅 차이였다. 이 세계수의 축복이 끝나는 순간, 민혁과 칸, 로크는 곧바로 죽을 것이다.

곧 알림이 들려왔다.

[……1초.]

[세계수의 축복이 끝납니다.]

카르의 입가에 미소가 맺혔다.

그가 빠르게 뒤로 물러났다. 그리고 그의 주위로 수십여 개의 검이 나타났다.

[난무의 이기어검]

[황태자에게서 쏘아지는 강력한 수십 개의 검.]

카르의 주변으로 수십 개의 검이 튀어 올랐다.

490레벨대의 카르가 쏘아내는 100% 추가 공격력의 검은 어마어마한 힘을 발현할 것이다.

쐐에에엑!

민혁을 향해 검 하나가 빠르게 날아갔다.

"바람 같은."

3m 거리를 단숨에 좁히는 스킬을 사용해 거리를 빠르게 벌려냈다. 하지만 난무의 이기어검은 유도탄처럼 따라붙었다.

다시 한번 '바람 같은'을 사용한 민혁에게서 난무하는 검이 발동되었다.

[난무하는 검]

[14초 동안 무차별적인 검의 난무에 35% 추가 대미지가 붙습니다.]

지속 시간이 눈에 띌 정도로 길어진 난무하는 검. 잔상으로 만들어진 검들이 허공에서 쏘아져 오는 수십 개의 이기어검을 쳐냈다.

탱탱탱탱탱탱탱!

'이럴 수가……?'

카르는 경악할 수밖에 없었다.

상대방의 공격을 쳐낸다는 것은 비슷한 능력치일 때나 가능하다. 하지만 민혁의 현재 레벨은 355였다. 거기에 더해져 그는 생산직 클래스였다.

'그러고 보면…….'

빨리 먹기 종목에서 민혁이 선보인 스킬은 두 가지였다.

첫 번째 스킬은 '흩날리는 검'이라는 능력. 카르도 그 흩날리는 검을 재방송을 통해서 모니터했다. 수백 개의 낙엽이 검기가 되어 적들을 유린하는 모습.

검기 자체는 상당한 고레벨 검사 클래스 유저들이나 혹은 특별한 직업을 가진 유저들만이 사용 가능한 전유물이었다. 그러한 것을 수백 개를 뽑아내는 것에 놀랐었다. 하지만 고작 하나의 스킬과 마법 능력들만을 보았다는 거다.

'아니, 그래도 레벨의 격차라는 것은…….'

절대 좁힐 수 없는 것이었다.

한편, 힘을 되찾은 칸이 그 기세를 몰아 달려가기 시작했다.

[크레이지 프리스트의 강화]

[양손에 깃든 강력한 저주의 기운이 적들을 타격할 시 단숨에 썩어들어 가게 만듭니다.]

로크는 분명 딜러였지만 힐러이기도 하였다. 하지만 '치유 계열'보다는 '디버프' 쪽으로 치우쳐진 편이었다.

[거인의 난타]

[거대한 주먹이 사정없이 적들을 가격합니다.]

그가 주먹을 앞으로 뻗으며 빠르게 움직이자 그 주먹이 거대해지며 선수들을 가격했다.

쾅! 쾅쾅쾅쾅!

빠르게 방어한 선수들은 곧이어 스멀스멀 기어오르는 벌레처럼 손끝에 번진 이질감을 느꼈다.

[손이 빠른 속도로 썩어들어 가기 시작합니다.]

[HP가 지속적으로 감소됩니다.]

[방치할 시 손을 사용할 수 없게 됩니다.]

로크와 칸은 오랜 시간 합을 맞춰온 친구였다. 그랬기에 두 사람이 함께하자 네 명의 선수들이 어쩌지를 못하고 있었다.

'빠르게 해치운다.'

카르의 검에 황금빛 오러가 일렁이기 시작했다.

[여덟 개의 전설 대검]

[강력한 여덟 개의 대검이 한 대상만을 집중 타격하며 한 번의 공격에 140% 추가 대미지가 붙습니다.]

허공이 찢어지며 안에서 커다란 대검이 나오더니, 빠르게 튀어나와 땅에 박혔다.

이어서 계속해서 튀어나온 대검들이 땅에 원을 그리며 박혔고 그 중심에는 민혁이 있었다.

쾅 쾅쾅쾅쾅쾅쾅!

민혁은 땅에 박힌 대검들이 심상치 않은 기운을 뿜내는 걸 알 수 있었다.

"……하필 저 스킬에 잡히다니."

VIP 관중석.

국내 공식 랭킹 2위에 빛나는 쟈칼의 말이었다.

쟈칼은 검은 별이라는 이름이 어울릴 정도로 아티팩트가 전부 검은색으로 치장되어 있었다.

레벨 472의 그의 말에 이목이 집중되었다.

"아…… 쟈칼 님은 카르와 싸워보셨다고 했죠?"

한 랭커의 말에 쟈칼은 고개를 끄덕였다. 그리고 쓴웃음을 머금었다.

"그랬죠, 처음엔 호각을 겨루는 듯했으나 저 능력에 죽고 말았죠. 저 능력은 발현되면 거미줄처럼 사람을 가둬놓습니다. 그리고 저 힘은 어지간한 플레이어는 뚫지 못할 정도로 강력하죠. 제가…… 못 뚫고 나왔을 정도이니 말 다 했겠죠……."

유저들은 그에 흔쾌히 수긍했다. 쟈칼은 공식 랭킹 2위라는 말이 어울릴 정도로 강력했으니까.

곧 한 여인이 말했다.

"전 뚫을 것 같은데요?"

"……예?"

그들의 고개가 돌아갔다. 그곳에 다리를 꼬고 앉은 레전드 길드의 마스터 지니가 있었다.

"여러분은 아직 프라이팬 살인마의 일부분밖에 못 봤잖아요?"

그녀는 자신감 어린 표정이었다.

민혁은 위험을 직감하고 서둘러 피해내려 했다. 하지만 알림이 들려왔다.

[스킬이 지속되는 동안 몸을 피할 수 없습니다.]

'무슨 이런 사기적인 능력이……'

여덟 개의 대검이 형형색색의 빛을 띠기 시작했다. 민혁은 피할 수 없다는 사실에 그렇다면 부수기로 결정했다.

그가 흩날리는 검을 사용했다.

수우우우우웅-

여덟 개의 3m 높이의 대검 안에서 낙엽 수백 개가 떨어져 내렸다.

이어서 한 개의 대검에서 강력한 섬광이 터져 나왔다.

핏-

순식간에 나타난 섬광은 민혁의 팔을 훑고 지나갔다. HP가 자그마치 5%가 깎여 나갔다.

연이어서 대검들이 쉴 새 없이 섬광을 뿜어내었고 그 빛줄기들은 민혁의 몸을 공격했다.

핏핏핏핏-

"큽!"

몸 곳곳이 찢긴 민혁이 곳곳에서 피를 흘리기 시작했다. 시전 시간이 긴 흩날리는 검.

그리고 카르가 사용한 스킬. 여덟 개의 전설 대검은 지속 시간이 긴 듯 보였다.

이어서 여덟 개의 대검에서 섬광이 쏟아지며 민혁의 몸 곳곳을 관통하기 시작했다.

핏핏핏핏핏핏-

[HP가 60% 미만으로 하락합니다.]

[HP가 40% 미만으로 하락합니다.]

[치명타를 입으셨습니다.]

[출혈에 따라 머리가 어지러워지기 시작합니다.]

[HP가 20% 미만으로 하락합니다.]

[몸을 움직이는 데 제한을 받습니다.]

카르는 회심의 미소를 지었다. 온몸에서 피를 흘리는 민혁은 당장 쓰러져도 이상하지 않을 정도였다.

하지만 흩날리는 검을 시전하고 있는 민혁은 쓰러지지 않았고 바람은 더욱더 거세지기 시작했다.

고오오오오-

그 순간, 섬광이 민혁의 목을 꿰뚫고 지나갔다.

'이겼……!'

카르는 희열했고 민혁은 그때를 놓치지 않았다.

[불멸의 갑옷의 특수 능력을 사용합니다.]

[모든 HP와 MP가 빠른 속도로 차오릅니다.]

파아아아앗!

빠른 속도로 민혁의 꿰뚫렸던 상처들이 재생되기 시작했다.

순식간이었다. 그의 HP가 다시 100%까지 차오르는 것은.

'무슨 말도 안 되는……!'

카르는 경악할 수밖에 없었다.

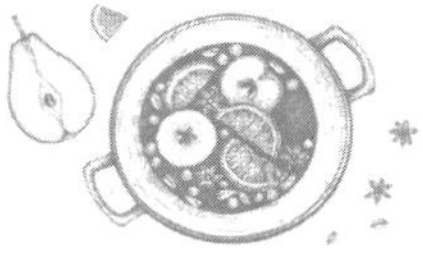

5장
맛있는 장어구이

또 다른 섬광이 민혁을 향해 뻗어옴과 동시에 흩날리는 검의 시전 시간이 끝났다.

빠르게 쏘아져 오던 섬광을 향해 다섯 개의 낙엽이 날아갔다.

팟-

허공에서 두 개의 힘이 만나 소멸되어 사라졌다. 그리고 여덟 개의 대검에서 빛이 번쩍거리며 빠른 속도로 섬광이 터져 나왔다.

민혁의 낙엽이 빠른 속도로 날아가 그 섬광을 허공에서 소멸시켜 버렸다.

'그래도 가장 강력한 스킬을 사용했어.'

그에게 남은 스킬은 없을 거다. 있다면 그때 사용했던 다크 파이어 스톰뿐. 그 하나의 스킬로 자신과 대적하려 한다는 것은 우스운 일이다.

그 순간, 낙엽들이 섬광을 소멸시키는데 더 나아가 여덟 개의 전설 대검을 공격하기 시작했다.

탱 탱탱탱탱! 꽈지직!

여덟 개의 대검에 균열이 일어나며 하나하나 깨져가기 시작했다.

탱그랑!

하나의 대검이 깨지며 빛이 되어 사르르 사라졌다. 그 순간 알림이 들렸다.

[스킬 안에서 벗어날 수 있습니다.]

"바람 같은."

민혁이 빠르게 그곳을 벗어났다. 그리고 기다렸다는 듯 땅에 검을 꽂았다.

"피어나는 검."

꿈틀.

카르는 땅이 움직이는 걸 느끼고 위험을 직감했다.

순간적으로 그의 검에 황금빛이 서리며 휘둘러졌다.

[소멸의 검]

[적의 스킬을 무효화시킵니다. 약 0.3초 동안 무방비 상태가 됩니다.]

피어나는 검의 효과가 사라졌다.

'소멸의 검을 사용할 수 있는 횟수는 세 번.'

흩날리는 검이 아닌, 다른 스킬이 있다는 건 매우 놀라운 사실이었다. 그렇지만 이제는 없을 거다. 아니, 없을 거라 믿었다.

한데, 그 순간.

"갈라내는 검."

수우웅- 수우우웅-

민혁이 허공에 빠르게 검을 두 번 휘둘렀다.

붉은빛 두 개의 검기가 반월을 그리며 쏘아져 왔다.

[소멸의 검]

[적의 스킬을 무효화시킵니다. 약 0.6초 동안 무방비 상태가 됩니다.]

소멸의 검은 사용하면 순간적인 페널티가 적용된다. 0.3초, 0.6초. 이처럼 말이다.

짧다고 할 수 있지만 괴물 같은 스피드를 보유한 랭커들과의 싸움에선 아니었다.

"미친 새끼! 넌 도대체 검사냐, 식신이냐, 아니면 마법사냐!"

민혁은 대답하지 않고 또다시 스킬을 사용했다.

"바람 같은. 비산하는 검."

수우우웅!

순식간에 카르와 거리를 좁혔다.

비산하는 검은 '반신' 스킬로 진화하면서 연속 타격이 8배의 힘이 응축된 타격으로 변화했다. 만약 민혁의 공격력이 500이라고 가정한다면 약 4,000의 힘을 한 번에 내려치는 거다.

쐐에에에에에에에-

검에 맺힌 강력한 힘이 공기를 찢고 카르를 향해 쏘아져 들어갔다.

카르가 반사적으로 자신도 스킬을 사용했다.

[황태자의 쾌검]

[빠른 쾌검이 적을 베어냅니다.]

핏핏핏핏핏핏핏-

검이 빠르게 움직여 민혁의 몸 곳곳을 베어냈다.

'무슨 HP가 이렇게 높아……!'

카르는 경악했다. HP가 거의 자신과 비견될 수준. 여전히 쓰러지지 않고 접근하는 것만 보아도 알았다.

그리고 순간 허리를 찢는 통증을 느꼈다.

쿼지익!

[물리 대미지 반사! 두 배의 대미지를 돌려줍니다.]

[치명상을 입으셨습니다.]

[HP가 빠른 속도로 하락합니다.]

카르는 위기를 느꼈다.

소멸의 검을 더 이상 사용하지 않으려고 했지만 이제 정말 더 이상은 놈에게 스킬이 없을 것이다.

[소멸의 검]

[적의 스킬을 무효화시킵니다. 약 1초 동안 무방비 상태가 됩니다.]

1초 동안의 무방비. 그 틈에 민혁이 빠르게 접근해 카르를 베어냈다.

푸화앗!

[추가적인 치명상을 입으셨습니다.]

[일시적으로 몸을 움직일 수 없게 됩니다.]

카르는 당혹했다. 하지만 이럴 때를 대비한 스킬이 있었다.

[황제의 은총]

[황제의 기사들이 나타나 보호하며 적의 공격 시에만 방어가 이루어집니다.]

수십의 기사들이 순간적으로 반투명하게 나타났다. 그들은 오로지 방어만 할 수 있었다.

그들을 보던 민혁이 '흠' 하는 표정을 짓더니 빠르게 접근했다.

"분노하는 검."

쐐에에에엑!

붉은 기류가 검에 강력하게 맺혔다. 그리고 민혁이 빠르게 파고들려는 순간, 반투명한 기사들이 몸을 던져 방어했다.

콰아아아아아앙!

분노하는 검의 경우 이제 반경 2m 내의 적들까지도 타격 대미지를 입힐 수 있었다.

수십의 기사 중 반 이상이 형체도 없이 사라졌다. 하지만 아직 반이나 남아 있었다.

'미친…… 스턴은 언제 풀리는 거야. 그래도 이제 스킬은 없겠지.'

라고 카르는 생각했다.

한데, 그 순간.

쏴아아아아아아아!

가만히 선 민혁의 주위로 다시 바람이 불기 시작했다.

이 능력에 대해 카르는 알았다. 여덟 개의 전설 대검을 뚫고 나온 힘.

최초였다. 자신의 여덟 개의 전설 대검을 뚫고 나온 자는. 그렇지만 보통 이런 스킬의 쿨타임은 생각할 수 없을 정도로 긴 편이었다.

그런데 지금 또다시 그 스킬이 발현되고 있었다.

"무, 무슨 말도 안 되는……!"

여전히 공황 상태에 빠진 카르는 경악했다. 하지만 이는 현실이었다.

"흩날리는 검."

민혁이 낮게 읊조렸다. 바로 '저장' 스킬을 이용해 미리 축적해 놓았던 흩날리는 검이었다.

수백 개의 낙엽이 천천히 떨어져 내리기 시작했다.

민혁이 검을 힘껏 휘두른 순간.

핏핏핏핏핏핏핏핏핏핏핏-

수백 개의 낙엽이 빠른 속도로 카르와 반투명한 기사들을 향해 날아가기 시작했다.

카르는 '아테네'를 플레이하면서 처음으로 '위기감'을 느꼈다.

핏핏핏핏핏핏핏!

앞을 가로막고 있던 기사들이 직격하는 순간 허공에 흩어져 사라졌다. 그리고 그 뒤에 숨은 카르의 가슴을 낙엽 하나가 꿰뚫고 지나갔다.

푯!

"컵!"

카르가 비틀거렸다. 갑옷이 뚫렸다는 의미는 공격력 자체가 자신과 비슷한 수준이라는 의미였다.

태애애앵!

마지막 발악으로 빠르게 낙엽들을 쳐냈다. 하지만 수백 개의 낙엽을 막아내기에는 무리가 있었다.

심지어 낙엽을 쏘아낸 민혁은 빠르게 거리를 좁혔다.

"바람 같은."

순식간에 낙엽을 쳐내는 카르의 앞에 나타난 민혁. 그가 거침없이 그의 가슴팍에 또 한 번 검을 찔렀다.

푹!

카르는 여전히 실감 나지 않았다.

'아테네'라는 게임의 능력을 이용해서도 그를 이기지 못했다. 과거나 지금이나 자신은 그를 이기지 못하고 있었다.

푸화악!

민혁이 거침없이 검을 뽑아내고 뒤로 몇 걸음 물러났다.

카르가 풀썩 쓰러지고 강제 로그아웃되었다. 그리고 민혁이 남아 있는 낙엽을 로크와 칸을 공격하는 선수들을 향해 쏘아 보냈다.

핏핏핏핏핏핏-

빠른 속도로 그들이 허물어졌다.

관중석은 고요했다. 믿기지 않는 일이 현실로 일어났기 때문이었다.

그 고요함 속에서 정적을 깬 것은 한 유저가 관중석에서 일어나 친 소리였다.

"우, 우오아아아, 진짜 멋있잖아!"

"와아아아아아!"

[아…… 아…… 미, 민혁 선수가 카르 선수를 로그아웃시킵니다!]

[가장 강력한 우승 후보 카르 선수가 로그아웃되어 사라집니다.]

[그뿐만이 아닙니다. 칸과 로크 선수를 압박했던 선수들도 하나둘 사라지고 있습니다.]

[어? 그런데 성기사 네빌만은 로그아웃시키지 않네요?]

[그들이 대화를 나누는군요.]

[성기사 네빌이 로크의 다리를 치료해 줍니다.]

[상황을 보아하니, 로크의 다리를 치료해 주지 않으면 '너 죽는다~'라고 한 것 같군요.]

[치료를 끝낸 네빌이 도망치듯 사라집니다.]

[이제 한 가지는 확실해졌군요.]

[네. 맞습니다.]

[칸, 로크, 민혁. 세 사람 중 한 명이 MVP의 자리에 올라서게 될 것입니다!]

[세계수 대전. 남은 시간은 20분입니다!]

[세계수 대전. MVP는 로크 선수가 차지합니다.]

[민혁 선수가 빠르게 2위까지 치고 올라왔지만 20분이란 짧은 시간 안에는 역시 무리였습니다.]

[하지만 20분이란 시간 만에 다른 선수들을 제치고 2위까지 올라왔다는 것은 매우 놀라운 일이었습니다.]

“우어어어어어어!”

MVP를 따낸 로크가 괴성을 질렀다.

관중석에서 박수 소리가 퍼진다. 그중엔 아직도 그를 욕하는 소리가 들렸다.

하지만 처음이었다. 항상 만년 꼴찌였다. 외모도, 성적도, 그 어떤 것도. 그랬는데 오늘 처음으로 MVP라는 이름에 올랐으며 아테네:세계전에 참가할 수 있는 영광을 획득했다.

로크는 성큼성큼 선수 대기실로 향했다.

그가 들어오자 기다리고 있던 한 사내가 문을 열어줬다.

“들어가시죠.”

바로 민혁이었다.

“오냐.”

로크가 거만하게 안으로 들어갔다. 그러자 민혁이 어깨를 주물거렸다.

“시원하신가요?”

“음, 시원하군.”

“물 한 잔 드릴까요?”

“그래, 물 한 잔 떠 와봐!”

민혁이 서둘러 냉수를 떠 왔다.

로크가 벌컥벌컥 들이켠 후에 감탄했다.

"키야, 우리 민혁이가 떠다 준 물맛 조오타!"
"하핫. 로크 님이 좋으시다니 저도 좋네요."
민혁이 아부를 떠는 이유! 오로지 하나 때문이었다.
그리고 그런 그를 보던 로크가 픽하고 웃고는, MVP 트로피를 흡수하고 받은 세계수를 민혁에게 내밀었다.
"받아. 너 세계수로 숯 만든다며."
"아유…… 뭘 이런 걸 다……. 하하, 제가 감히 염치가 없이요!"
로크는 대수롭지 않은 표정이었다. 민혁이 오지 않았다면 애초에 로크는 우승하지 못했다.
그는 MVP라는 이름 하나로 충분했다. 이 이름 하나만으로도 그에게는 아테네:세계전에 참가할 수 있다는 영광이 쥐어졌다.
"그래서 싫어?"
"아니, 나야 좋지."
그리고 민혁은 단숨에 낚아챘다. 본래 준다는데, 거절할 사람이 아니었으니까.
"히야, 이걸로 숯 만들면 쩔겠지?"
민혁은 흐뭇하게 웃었다. 세계수는 오르골처럼 생긴 투명한 둥그런 유리 안에 담겨 있었다.
그렇게 들여다보던 중, 민혁이 말했다.
"그런데 우리 아직 할 일 남아 있지 않아?"
"어떤…… 아!"
로크와 칸이 고개를 끄덕였다. 그리고 그들이 짙은 웃음을 지었다.

카르에게 큰 한 방을 먹여야지 않겠는가?

고은아 기자를 비롯한 다섯 명의 기자들은 의아할 수밖에 없었다.

"왜 인터뷰를 선수 대기실에서 진행한다는 걸까요?"

"그러게요. 심지어 숫자도 조금만 오라고 하다니."

세계수 대전의 가장 핫했던 삼인방이 선수 대기실에서 조용한 인터뷰를 하겠다고 밝혔기 때문이다.

그리고 이 자리에 있는 다섯의 기자들은 ㈜즐거움과 협력 관계를 맺는 회사의 일원들이었다.

그런 그들은 곧이어 대기실에 도착했다.

카메라를 켜려던 때, 로크가 말했다.

"아, 저희가 너무 긴장되서 그러는데. 후우후우! 잠시만요."

"나 너무 떨려. 가슴이 바운스 바운스하는데?"

"얘가 카메라 울렁증이 있어서 카메라만 돌아가면 막 침 흘리고 헤헤헤헤 거리면서 이상한 소리 내거든요."

그러면서 세 사람은 이야기를 나누더니 말했다.

"죄송한데, 저희 잠시 안정 좀 취하고 인터뷰 좀 하게, 이쪽에 가서 쉬고 계시면 안 될까요?"

그들은 선수 대기실 안에 있는 탈의실을 가리켰다.

사실 게임 대기실인지라 탈의실은 무의미했지만, 이 경기장과 선수 대기실 자체가 일반적인 올림픽의 경기장 내와 선수 대기실을 따서 만들었다고 한다.

"카메라도 다 가져가 주세요! 카메라만 보면 속이. 우우웁!"

그들이 전부 탈의실로 들어갔다.

"우리가 이러면서까지 꼭 인터뷰해야 하나……?"

"저 사람들 이상해."

기자들은 좁은 탈의실에서 속닥거렸다.

바로 그때.

쾅!

문이 거칠게 열리는 소리가 들렸다.

기자들이 의아한 표정을 지으며 집중하기 시작했다. 익숙한 목소리가 들려왔다.

"야이 × 새끼들아!!"

"어?"

고은아의 눈이 휘둥그레 떠졌다. 이 목소리는 카르의 목소리였기 때문이다.

민혁과 친구들은 속으로 생각했다. '어떻게 이렇게 예상이 딱 맞아떨어져 줄까?'라고 말이다.

예전에도 한 번 이랬었다. 카르, 즉 이다울은 중학생 당시 민혁에게 패배한 뒤에 곧바로 선수 대기실로 찾아와 난장판을 피우고 돌아갔다.

그리고 현재 안으로 들어온 카르는 그때와 마찬가지로 난동을 피우기 시작했다.

"너희 나 농락한 거지? 너 강민혁. 예전이나 지금이나 똑같이 나를 감히 조롱해? 네깟 놈이 감히!"

"무슨 소리야? 나가주면 좋겠는데, 남의 선수 대기실에서 이러는 거 예의가 아니지 않아?"

"예의? 예의? × 까!"

퍽!

그가 옆에 있던 의자를 걷어찼다.

민혁은 예측했던 일이다. 화가 나면 앞뒤 가리지 않는 그의 다혈질적인 성격이었다.

"내가 너희 때문에……."

"그게 왜 우리 때문이지? 네가 약해서 진 건데."

칸이 말했다.

그에 카르는 '하!' 하는 헛웃음을 쳤다.

"한 번 이겼다고 셋 다 기고만장하구나."

그리고 세 사람은 동시에 다리를 꼬고서 고개를 끄덕였다.

"응."

카르의 얼굴이 붉게 달아올랐다.

로크가 말했다.

"최소한 우린 너처럼 치사하게 협박하지 않아, 네가 먼저 협박했잖아. 내가 예전에 외톨이였다는 거를 세상에 까발린다며? 그래서 화가 난 내가 '우웨웩!' 했고. 그 일로 난 전 국민이 싫어하는 '비호감'이 됐지. 넌 그런데 그거 한 번 졌다고 여기서 난리냐? 대회에서 우리가 이겼다고 너한테 욕먹어야 할 일 있어?"

사실 카르로선 입이 열 개라도 할 말이 없었다. 하지만 흥분한 그는 이들에게 저주라도 퍼붓고 싶은 심정이었다.

"그래, 뭐 어차피 너 같은 왕따 새끼는 끝까지 그런 인생이겠지, 그리고 민혁 너도 마찬가지고. 칸, 당신? 당신도 순탄하진 않을 거야. 내가 아테네에서 가만히 안 있을 거니까."

"'그래'라는 것은 인정하는 거네? 나한테 먼저 협박했던 거?"

"네 찌질한 인생 밝히는 거? 그거 내가 사람 시켜서 인터넷에 다 풀어버릴……."

그러던 중, 카르는 정체 모를 플래시를 느꼈다.

좌촤!

탈의실에서 튀어나온 여러 대의 카메라였다. 그 카메라가 카르를 쉴 새 없이 찍기 시작했다.

카르는 당황할 수밖에 없었다.

눈을 크게 뜬 그의 몸이 격하게 떨려오기 시작했다.

카르는 이제까지 언론 앞에서 신사적인 금메달리스트로 활동해 왔다. 또한, 많은 여자의 '소개팅에서 매너 있을 것 같은 남자 1위'로 뽑히기도 했다.

하지만 지금 바로 앞에 기자들이 있었다.

그때 민혁과 로크, 칸이 동시에 품속에 손을 집어넣었다.

"우리가 말이야."

"혹시 몰라 네가 오면 주려고."

"준비한 선물이 있거든?"

선물을 주겠다며 품속에 손을 넣은 이들.

먼저 가장 좌측에 있던 민혁이 품에 넣었던 손을 빼내며 가운뎃손가락을 치켜들었다.

"엿 먹어라~"

중앙에 있던 로크도 손을 뺐다.

"엿 두 번 먹어라~"

그리고 오른쪽 끝의 칸이 양쪽 손을 빼내며 쌍 엿을 치켜세웠다.

"엿 세 번 먹어라~"

그리고 그들이 동시에 혀로 볼을 밀어 튀어나오게 하고 얄미운 표정을 지어 보이며 얼굴을 쭉 내밀었다.

그리고 동시에 말했다.

"님, × 됐네요. 뽑!"

환상의 케미였다.

알리샤와 루시아. 두 사람 모두 민혁과 안면이 있었기에 축하라도 해줄 겸, 선수 대기실 앞에서 기다리고 있었다.

루시아의 볼에는 홍조가 가득했다.

'민혁…….'

예전 대회에서 보고 그를 만나지 못했던 루시아! 그녀는 몇 번 민혁에게 '라면 드실래요?'라는 귓속말을 시전했다. 하지만 부끄러운(?) 건지 민혁이 그를 피했다.

바로 오늘! 축하 겸, 그와 이야기를 나눌 수 있으리라.

그리고 알리샤. 그녀는 그가 카르와 싸우는 걸 보면서 처음으로 가슴의 떨림을 느끼게 되었다. 살면서 처음 겪는 일이었다.

비공식 랭킹 1위인 카르를 가뿐히 꺾어낸 그라는 사람에게 호감이 더 커진 것이다.

"루시아. 남자들은 말이야, 보통 청순하고 긴 머리카락을 늘어뜨린 여자를 좋아해. 거기에 청바지가 잘 어울리는 여자 말이야."

"호호, 언니~ 무슨 말이에요. 남자들은 시크한 단발머리를 좋아한다고요. 그리고 남자들이 가장 좋아하는 건 여자의 육감적인 몸매 아니겠어요? 호호홋!"

루시아가 자신의 가슴을 쭉 내밀며 빙그레 웃어 보였다. 두 사람 사이에 묘한 신경전이 피어오르는 때였다.

몇몇 선수들은 우리나라에서 미녀로 꼽히는 두 사람이 한 사람을 두고 그런 이야기를 나누는 그 모습을 볼 수 있었다.

'루, 루시아와 알리샤를 안다고?'

'저 두 사람은 절대 남자들하고 말도 안 섞는 걸로 유명한데……!'

'미, 민혁 선수 부럽다!'

'격하게 부럽다!'

선수들은 그런 반응이었다. 그만큼 둘은 아름다웠으니까.

그리고 한편에서 그 모습을 보는 카인. 그는 검의 그립에 손을 얹고 있었다.

'이 늑대 같은 노오옴! 나오자마자 내 검으로 발톱 하나하나를 뽑아버리겠어!!'

여전히 민혁이 순진한(?) 루시아를 꼬셨다고 생각하는 카인이었다.

그때, 문이 열렸다.

알리샤는 귀 뒤로 머리카락을 넘기며 부드럽게 웃어 보였다. 청순함 그 자체였다.

"와, 너, 너무 아름다워……."

선수 중 한 명이 육성으로 터뜨린 감탄사였다.

그리고 루시아는 자신의 풍족한 가슴과 몸매가 부각되게 자세를 잡으며 기다렸다.

"저렇게 섹시한 여자는 처음 봐."

"와, 진짜 예쁘다. 너무 섹시한 거 아니야?"

나온 민혁을 보며 두 사람은 생각했다.

'루시아~ 남자들은 청순한 여자들 좋아한다니까?'

'호호, 언니~ 남자들은 섹시하고 도발적인 여자를 좋아한다고요.'

두 사람은 성큼성큼 달려오는 그를 보았다.

'그도 그때 만남 이후로 나를 보고 싶었던 거 아닐까? 그래서 이렇게 뛰어오는 거야!'

'나, 나를 보고 달려오시는 거야!! 날 꽉 껴안으며 루시아! 보

고 싶었다 하려고!'

두 사람이 생각했다.

그리고 달려오던 그! 그는 무척 다급해 보였다. 그러면서도 그들을 지나치려다 멈춰섰다.

"앗! 루시아 님, 안녕하세요, 알리샤 님도 안녕! 그럼 모두 안녕! 안녕! 저는 장어 먹으러 가야 해서! 모두 안녕히 계세요!"

달려가면서도 예의 바르게 인사하고 속사포처럼 인사를 끝마친 민혁이 달려서 복도에서 사라졌다.

알리샤와 루시아는 말문을 잃었다.

"바, 방금 민혁 선수 뭐라고 한 거야?"

"자, 장어 먹는다던데……."

"아니…… 저 두 미녀를 두고 장어를 먹는 게 말이 되는 거야?"

그에 알리샤와 루시아가 웃었다.

"호호호호호, 장어라면 그럴 수 있죠! 호호호호!"

"그, 그렇지. 루시아? 호호호호호호!"

그렇다. 민혁에게 우리나라 최고의 미녀라고 불리는 루시아와 알리샤는 '장어'만도 못한 존재였던 것이다!

대회가 끝나고 네이바 실시간 검색어 1위는 '세계수 대전'이었다. 하지만 끝난 지 몇 시간이 되지 않아 실시간 검색어 1위가 바뀌었다.

[1. 카르, 선수 대기실에서 난동.]

그와 동시에 수많은 글이 튀어나오기 시작했고, 네티즌들은 이에 대해 거센 비난을 하고 있었다.

[님들, 카르가 로크 협박했다는 거 사실인가요?]

[네, 사실입니다. 지금 추측성 글들이 계속 올라오는데, 로크 님께서 직접 공식 발표하셨습니다. 얼마 전 인터뷰에서 옆에 카르가 함께 앉아 있었잖아요. 그런데 카르가 예전에 민혁 님한테 안 좋은 일이 있었나 봐요. 그걸로 로크 님 과거 들추면서 협박하고 조롱하고 했다네요.]

[그러면 로크 님은 옆에서 자기 친구 욕하니까, 화나서 토하는 시늉 하신 거네요?]

[그쵸, 근데 카르가 협박한 게 분명 로크 님이 과거 들춰지면 비웃음 살 거여서 그런 건데, 로크 님은 그거 신경도 안 쓰고 자기 친구 지키겠다고 그러는 거 보니까. 와, 진짜 이게 멋진 남자다 싶더라고요.]

[ㅇㅈ, 로크 님 생긴 건 험악하게 생겼는데, 진짜 멋지더라고요. 경기에서도 진짜 최고던데요? 심지어 다리가 불편할 때도 다른 선수들 때려잡고.]

[맞아요. 이번 경기로 우리나라 최고 딜러로 자리매김하셨죠. 심지어 민혁 님은 혼자서 카르 잡아서 실질적인 우리나라 최강자로 군림했죠.]

[아, 근데 다시 생각해도 카르 그 새끼, 이제까지 했던 짓 엄청 괘씸하네요. 사람 좋은 척, 매너 좋은 척 다하더니.]

[지금 카르 안스타 계정 닫았던데요?]

[어차피 카르 지금 거의 매장 수준 아닌가요? 우승한 사람 대기실 와서 깽판 부린 것 때문에, 기존에 잡혀 있던 광고나 이런 것도 다 날아가고 위약금 문다던데.]

[역시 인생은 악한 일을 하면 돌아오는 법이죠.]

[그보다 민혁 유저는 잠잠하네요? 사실 사람들이 앞으로의 민혁 유저의 행보에 궁금해했는데, 말이죠.]

[그쵸. 민혁 유저가 던전 공략 영상 하나만 찍어서 올려도 대박 날 텐데, 광고나 이런 것도 안 찍으시고 말이죠. 지금 그분은 어디서 뭘 하고 계실까요?]

쇄아아아아아-

오랜 시간 동안 가마니 안에서 1,300도 이상의 고열로 가열된 세계수를 민혁이 끄집어냈다.

뜨거운 열기가 올라오자 민혁은 이마에서 흐르는 땀을 목에 건 수건으로 닦아냈다.

끄집어진 세계수는 마치 붉은 보석 같았다. 붉은빛 영롱한 빛을 띠는 그 세계수에 민혁은 모래와 재를 이용해 덮어서 식히기 시작했다.

숯은 보통 검탄과 백탄으로 나뉜다. 그리고 지금 민혁이 만들어낸 숯은 백탄으로 고기를 굽는 데 주로 사용된다.

백탄은 이렇게 흙과 재를 이용해 끄는데, 끌 때 숯 표면에 흰 물질이 끼게 되어 백탄이라 부른다.

오랜 시간 동안 '장어구이'를 숯으로 먹겠다는 일념하에 공을 들였던 민혁은 드디어 끝에 도달해 가고 있는 것이다.

그리고 오랜 시간의 노력 끝에 숯이 완성되었을 때엔 퀘스트 보상 알림과 '고락의 특별한 스킬' 획득 알림이 들렸다.

하지만 잠시 이를 미루어둔 민혁. 먼저는 장어구이에 대한 예의부터 지키는 게 좋다고 판단한 것이다.

3천 년 장어는 총 네 마리로 이루어져 있었다. 이 중, 두 마리를 소금구이, 두 마리를 양념구이를 해 먹을 예정이었다.

"꾸울!"

민혁과 마주 앉은 콩이가 기대감 어린 표정을 지었다.

장어구이를 얻게 한 1등 공신 콩이!

민혁은 세팅을 준비했고, 얼마 지나지 않아 끝났다.

앞으로 뜨거운 김을 모락모락 피워내는 '세계수 숯불'이 놓여 있었다. 그 위로는 사이사이가 뚫려 있는 불판이 놓여 있었으며 그 옆으로는 고춧가루가 발라져 있지 않은 깻잎무침과 얇게 썬 생강, 모락모락 김을 피우는 장어탕과 배추김치, 그리고 찍어 먹을 간장 소스와 고추장 소스, 쌈장과 마늘. 잘 씻은 깻잎과 상추 등이 있었다.

"벌써부터 힘이 불끈불끈 솟는데, 콩아?"

"꿀!!"

콩이가 맹렬하게 고개를 끄덕였다.

민혁은 미리 손질해 두었던 장어를 집게로 들어 올렸다.

장어를 불판 위로 올린 순간.

치이이이이이익-

황홀한 소리와 함께 연기가 차츰 피어오르기 시작했다.

"세계수로 만든 숯으로 먹는 3천 년 장어구이라니!"

아무리 생각해도 맛있을 수밖에 없는 조합이지 않은가?

차츰 익어가는 장어구이를 보면서 한 번 뒤집었다.

치이이이이익-

다시 한번 연기가 피어오른다. 그리고 장어구이에서 떨어져 내리는 육즙이 눈에 보였다.

그 육즙이 숯과 닿은 순간 치이이이익 연기가 피어오르며 장어의 표면에서는 기름이 지글거린다.

아아아! 이것은 예술이다! 기다림을 혹독하게 만드는 폭력적인 예술이란 말이다!

육즙을 보호하기 위해 앞뒤로 바짝 구워낸 민혁이 싹둑싹둑 일정하게 잘라냈다.

"꿀!"

잘 익은 장어구이를 보며 콩이가 손을 들어 올렸다.

'먼저 먹어라, 꿀!'

이라는 사실을 알았다.

물론 콩이의 앞에도 똑같은 음식 세팅과 장어구이는 생겨나 있었다.

예의 바른 콩이의 말에 민혁은 장어구이 하나를 집어 들었다.

여전히 그 표면에선 기름이 지글지글 끓고 있다.
"후! 후!"
입김으로 불어준 후에, 민혁은 먼저는 그냥 입에 넣었다.
"허어-"
뜨거운 장어구이를 입안에 넣고 그 안에서 입김을 불며 천천히 씹어본다.
육즙을 보호하기 위해 노릇노릇 잘 구워낸 장어구이의 맛있는 살들이 씹힐 때마다 고소한 육즙을 입안 가득 퍼지게 한다. 또한, 씹을 때마다 바사삭거리는 소리는 얼마나 노릇노릇 잘 익혔는지 알려주는 것 같았다.
본연의 맛을 먼저 느끼고 흐뭇하게 웃으며 천천히 고개를 끄덕거린 민혁이 또다시 장어구이 한 점을 집어 들었다. 이번엔 어떻게 먹어볼까 하다가 깻잎 한 장을 집어 든다.
깻잎 위로 김을 모락모락 피우는 밥 반 숟가락을 얹었다. 그 다음, 간장 소스 양념에 푹 찍은 장어구이를 그 위로 얹고 또다시 얇게 썬 생강을 얹는다.
그 상태에서 잘 말아서 입에 넣는다.
"우물우물."
먼저는 향으로 음미한다. 특유의 향긋한 깻잎 향이 기분 좋게 한다. 그리고 씹자 깻잎과 장어구이, 얇게 썬 생강이 만나 입안에서 춤을 춘다.
"하하, 너무 맛있는데?"
정말 맛있어서 나오는 웃음이 나와 버린다.

정력에 좋고 보양식에도 최고라는 장어는 먹자마자 몸에서 열이 오른다. 추운 겨울날에도 몸을 뜨끈하게 만들 수 있는 3천 년 장어의 힘.

앞을 바라보자 먹을 줄 아는 콩이가 앙증맞은 손에 쥔 수저로 밥을 가득 퍼서 입에 넣었다. 입에 밥을 넣은 콩이는 우물우물 씹다가 장어탕에 수저를 뻗었다.

장어탕의 국물을 한 수저 맛본다. 된장과 시래기, 깻잎 등 갖은 재료가 들어가 구수한 맛이 났다.

민혁이 말했다.

"콩아, 장어탕이나 뼈 해장국의 가장 큰 묘미 중 하나는 바로 이 시래기야."

민혁은 장어탕을 자신도 한 입 떠먹어 보곤 시래기를 들어 올렸다. 탕에서 푹 끓여진 시래기는 그 뜨거운 국물을 머금는다.

민혁이 시래기를 밥 위에 올리고 한입에 집어넣었다. 씹는데, 시래기가 머금은 그 국물이 흘러나온다. 그리고 부드러운 식감의 시래기와 밥이 만나 행복한 맛을 자아냈다.

민혁은 다시 장어구이를 집어 들고 양념 소스에 찍어 먹어본다. 매콤달콤한 양념 소스와 담백한 장어의 맛은 환상적이다.

이번엔 간장에만 무쳐진 깻잎을 접시 위로 펼치고 그 위로 큼지막한 장어살 하나를 올리고 돌돌 말아준다.

입에 넣었다.

깻잎무침은 신맛과 짠맛이 함께 나는데, 맛있는 신맛과 짠맛이다. 그러한 깻잎무침에 담백한 장어구이가 함께하니, 이 얼마나 맛있겠는가?

입안에 오물거리면서 민혁은 인벤토리에서 두 개의 캔을 꺼냈다.

푸쉭!

하나를 까서는 얼음 담긴 잔에 따라 콩이 앞에 놔줬다.

푸쉭-

그리고 자신도 땄다. 바로 시원한 캔맥주였다. 서리가 낀 캔맥주는 쥐고 있는데 절로 차가움이 느껴진다.

"그래, 맥주는 이 맛이지."

숯이 피워내는 열기에 먹다가 지칠 때쯤 마셔주는 맥주는 최고일 거다. 그 차가운 맥주를 민혁은 지체하지 않고 단숨에 들이켰다. 맥주의 첫 모금은 많이 들이켜 줄수록 맛있지 않던가?

벌컥벌컥벌컥-

"캬!"

절로 감탄이 흘러나온다.

"훌륭해, 아주 훌륭해!"

즐거움에 흐뭇한 미소가 절로 감돈다.

이번엔 상추와 깻잎을 동시에 얹는다. 장어구이를 쌈장에 푹 찍어 올리고 그 위로 마늘과 생강, 매운 고추를 함께 올린다. 이렇게 먹으면 얼얼하게 즐길 수 있다.

그렇게 한 쌈을 또 크게 먹은 후 이마에서 삐질삐질 흐르는 땀을 잘 닦아준다.

그다음, 이번엔 양념구이를 익힌다.

치이이이이익-

양념구이가 익어갈 동안 꼬리 부분을 들었다. 잘 알려져 있듯이 꼬리 부분은 영양의 집합소였다.

"정력에 그렇게 좋다지?"

문제는 쓸 일이 없다는 게 문제였지만 말이다. 꼬리 부분의 식감은 더 쫀쫀하고 씹는 맛이 있었다.

그렇게 씹어주다가 양념구이가 다 익자 잘라냈다.

양념구이는 돼지고기를 먹을 때의 양념갈비 같은 존재다. 고추장 양념과 간장 양념이 존재하는데, 개인적으로 민혁은 고추장 양념을 좋아하는 편이었다.

붉게 익혀진 양념구이를 접시 앞으로 가져온 민혁은 그 상태에서 생강을 얹어 그대로 입에 넣어봤다.

"음, 맛있어!"

매콤달콤한 생강의 조화.

이번엔 밥을 입에 넣고 양념구이를 입에 넣었다.

양념구이는 따로 다른 걸 첨가하지 않아도 맛있는 녀석이었다. 그리고 때론 큼지막한 양념구이 두 개를 한 번에 집어 들고 입에 넣는데, 입안 가득 찬 장어구이를 씹는 맛은 묘한 즐거움을 준다.

마지막. 남은 밥은 장어탕에 말아서 먹어주는 것.

뚝배기까지 기울여서 마지막 한 방울까지 싹싹 긁어 먹은 민혁이 흡족하게 웃었다.

"흐아, 맛있었다!"

"꿀!"

콩이도 흡족한 미소를 지어 보였다.

다 먹은 후에 민혁은 또다시 들리는 알림을 알 수 있었다.

알림을 모두 들은 후, 민혁은 다시 '알림창'을 위로 올려서 처음부터 차근차근 확인해 보기로 했다.

악마 그레모리는 수정구를 통해서 한 사내를 바라보고 있었다.

[광물 포르디늄? 이건 뭐야? 영웅의 의지 퀘스트는 또 뭐고.]

'거의 다 와 가는데?'

에피소드 퀘스트 '영웅의 의지'를 받은 사람들. 이들에겐 공통점이 한 가지 존재한다. 바로 특별한 광물을 얻었다는 거였다.

수정구 안에 있는 사내는 그레모리는 알 수 없었지만, 대한민국 공식 랭킹 31위에 빛나는 론이었다.

그리고 이 '영웅의 의지' 퀘스트가 진행될 날이 머지않았음을 알 수 있었다. 이 광물들은 갖가지 특별한 힘들을 품고 있었고 '영웅'들의 힘이 되어줄 것이다.

그러다 문득 그레모리는 얼마 전, 자신에게 간짜장과 탕수육, 그 외의 음식들을 선물한 이방인이 떠올랐다.

그가 가진 안타리늄.

'가장 강력한 힘을 품은 광물.'

그는 그레모리의 시련을 모두 무사히 끝냈다. 때문에 '안타리늄'을 얻을 수 있는 시련을 추가로 제시할 수 있었다.

그런데 그는 떡 하니 앞에 내놓지 않았는가?

'그 광물로 이상한 짓 하진 않겠지?'

하지만 곧 맥없는 생각이라는 걸 알 수 있었다.

아무리 먹을 걸 좋아하는 사람이라지만 광물로 뭘 해 먹을 수 있겠는가?

그러다 문득 그레모리는 얼굴을 일그러뜨렸다.

'사탕이라고 생각하고 입에 넣진 않을 거야.'

피식-

그녀는 곧 맥없는 생각을 했다는 듯 웃었다.

[괴짜 요리사]

[세계수로 만든 숯과 3천 년 장어를 이용한 장어구이를 만드셨습니다.]

[식신의 위대함이 괴짜 요리에 깃듭니다.]

[괴짜 점수를 합산합니다.]

[괴짜 점수 68점.]

[괴짜 점수에 따른 보너스 스텟을 획득합니다.]

[5대 스텟을 3씩 획득합니다.]
[유니크 등급 '괴짜 장어구이'가 탄생합니다.]

'식신의 위대함이 괴짜 요리에 깃든다?'

잠시 생각해 봤던 민혁은 이해할 수 있었다.

본래 아테네 시스템상 명약은 요리해서 먹어선 안 된다. 하지만 '식신의 위대함'에 따라 민혁은 이제까지 그 페널티를 무시해 오곤 했다.

그리고 지금 괴짜 요리에 더해져 명약을 요리했고, 식신의 위대함이 사라지지 않은 채 요리에 깃든 것이다.

그리고 조금 전 들었던 알림들. 세계수를 이용한 3천 년 장어를 이용해 만든 요리에 대한 알림이다.

[괴짜 장어구이를 드셨습니다.]
[힘 121, 체력 113을 획득합니다.]
[통솔 200을 획득합니다.]
[힘 21%, 체력 20%, 손재주 20%를 저장할 수 있습니다.]
[엘프 친화력 40%를 저장할 수 있습니다.]
[스킬 세계수의 은총을 저장할 수 있습니다.]

획득과 저장은 분명히 달랐다.

획득의 경우 말 그대로 영구적인 상승을 뜻한다. 반대로 '저장'의 경우 기존에 있던 '괴짜 간짜장' 효과를 삭제하고 새로운 힘을 저장하는 것이다. 말 그대로 아티팩트를 장착하고 있다가 새로운 아티팩트를 얻으면 교체해서 장착하는 개념이었다.

그리고 '저장할 수 있다'의 경우 처음 간짜장을 먹었을 땐, 들리지 않았던 알림. 그땐, 저장된 능력이 없었기 때문이다.

당연하게도 민혁은 세계수 장어구이를 통해 얻은 능력들을 저장했다.

저장 알림이 들리고 다시 알림창을 통해 확인한 것.

바로 퀘스트 완료 알림이었다.

[직업 퀘스트 '특별한 도구를 만들어라'를 완료했습니다.]

[고락의 특별한 스킬 고락의 재료 만들기를 획득합니다.]

"오……!"

민혁은 쾌재했다. 척 듣기에도 직감이 왔기 때문이었다.

곧바로 열람해서 확인했다.

(고락의 재료 만들기)

엑티브 스킬

레벨: 1

소요 마력: 1,500 / 쿨타임: 없음

효과:

• 광물이나 혹은 다양한 조미료들을 만들기 위해 필요한 능력. 광물을 단숨에 조미료로 갈아낼 수 있다.

• 레벨에 따라 아직 만들어내지 못하는 것도 존재할 수 있다.

"예쓰!"

민혁은 쾌재했다. 훌륭한 스킬이었다.

그는 안타리늄을 '조미료'로 만들기 위해 갖은 시도를 해왔다. 하지만 이제까지 계속 번번이 실패해 왔다는 거다.

이제 이 스킬을 이용해 갈아낼 수 있을지도 몰랐다.

[고락의 재료 만들기 스킬을 사용하시겠습니까?]

"예."

[안타리늄은 훌륭한 조미료로 사용될 수 있는 광물이며 고춧가루로 사용할 수 있습니다.]

[안타리늄을 광물로 갈아내기 시작합니다.]

민혁의 앞으로 안타리늄이 떠올랐다. 안타리늄은 곧이어 악마 문양이 그려진 분쇄기 같은 곳으로 빨려 들어갔다.

드르르르르르륵!

요란한 소리가 들려왔다. 그리고 붉은색 가루가 떨어져 내리기 시작했다. 그 밑으로 커다란 그릇이 드르르르륵 갈리는 고춧가루를 받아냈다.

민혁은 잘 갈려 나가는 안타리늄을 보며 흐뭇한 웃음을 지었다.

곧 알림이 들려왔다.

[직업 퀘스트 '특별한 조미료'를 완료했습니다.]
[고락의 아티팩트 중 하나를 획득합니다.]

민혁은 그 알림을 듣고 간절히 바랐다.

'제발, 맛있는 걸 만드는 데 도움이 되는 것이게 해주세요! 제발요!!'

그리고 그 간절함이 이루어졌다.

민혁의 앞에 떠오른 것. 그것은 바로 '커다란 볼과 휘핑기'였다.

베아스 마을.

베레스트 산맥의 바로 밑에 존재하는 이 베아스 마을에는 살고 있는 사람도, 드나드는 NPC도 많지 않았다. 이 베아스 마을과 베레스트 산맥이 오픈된 지는 약 2개월 전.

많은 유저들은 아테네 공식 홈페이지에서의 공지문을 보고 열렬히 환호했다.

그 이유는 간단했다. 이 베아스 마을과 베레스트 산맥은 '최초로' 선보인 세계 유저들이 만날 수 있는 '만남의 장'이었기 때문이다. ㈜즐거움 측이 세계인이 만났을 때를 테스트할 겸 마련한 장소였다.

하지만 곧 많은 유저들이 실망했다. 그 이유는 베아스 마을 자체는 들어가기 위해서 '워프석' 하나가 필요하다. 이 워프석은 돈으로도 구할 수 없었기에 퀘스트를 통해 받아야 하는데, 그 퀘스트도 고렙들만 대부분 가능했다.

때문에 실제로 이 베아스 마을에 발을 들이는 유저들은 흔치 않았다. 지금도 베아스 마을에는 세계 유저들이 약 서른 명 정도가 있을까 말까로 적었다.

저벅저벅-

그리고 그 베아스 마을에서 베레스트 산맥 쪽으로 걸어가는 한 남자. 로브를 두르고 있고 스태프를 든 그가 씨이익 웃었다.

'드디어 도착했다. 베레스트 산맥!'

그의 입이 쭉 찢어졌다.

천년설삼의 정보는 전부터 수집해 왔다. 그리고 그 와중에 '영웅의 해방' 퀘스트를 진행했던 거다.

마력 보유량을 1.5배 올려주는 천년설삼! 그 녀석이 바로 이곳에 있을 줄은 꿈에도 몰랐다.

그렇다. 그는 바로 '검은 마법사' 알리였던 것이다.

그가 베레스트 산맥을 향해 걸음을 마저 옮기기 시작했다.

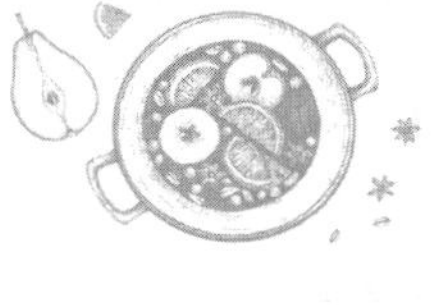

6장
천년설삼 삼계탕

['스스로 움직이는 볼과 휘핑기'를 획득하셨습니다.]

['스스로 움직이는 볼과 휘핑기'가 '고락의 캔슬의 볼과 휘핑기로 변화합니다.]

[고락의 번개의 맷돌과 고락의 숙성의 항아리, 고락의 캔슬의 볼과 휘핑기는 세트 아티팩트입니다.]

[세 개의 아티팩트를 최초로 모으셨습니다.]

[명성 50을 획득합니다.]

[고락의 캔슬의 볼과 휘핑기가 유니크 등급에서 재앙 등급으로 진화합니다.]

"오?"

민혁은 알 수 있었다.

고락의 아티팩트는 처음에 두 개가 만나야지만 비로소 힘을 발휘한다. 하지만 세 번째 아티팩트부터는 아니다.

곧바로 확인해 봤다.

(고락의 캔슬의 볼과 휘핑기)

등급: 재앙

제한: 고락의 세트 아티팩트

내구도: ∞/∞

특수 능력:

- 보유하기만 해도 마법 방어력 50% 상승
- 패시브 스킬 스스로 저어지는 휘핑기
- 엑티브 스킬 캔슬

설명: 고락이 숨겨놓은 세트 아티팩트. 두 가지가 만나야지만 비로소 힘을 발휘하지만 세 가지를 만났을 때부턴 달라진다.

(캔슬)

아티팩트 스킬

레벨: 없음

소요 마력: 2,500 / 쿨타임: 480시간

페널티: 5대 스텟-1

효과:

- 사용자를 중심으로 5m 안의 모든 스킬, 마법을 무효화시킨다.

"오……!"

상당히 대단한 힘이었다.

민혁은 감탄에 감탄을 그치지 않고 있었다. '캔슬' 말고 '저절로 저어지는 휘핑기'에서 말이다.

"크! 이런 대단한 능력이라니~ 캬!"

그러다가 대수롭지 않은 표정으로 캔슬 스킬을 다시 확인했다.

"뭐, 쓸 만하네~"

그게 끝이었다.

캔슬은 남들이 본다면 경악할 만한 어마어마한 스킬이었다.

번개의 맷돌에는 두 가지의 힘이 담겨 있었다. 낙뢰지옥과 낙뢰였다. 하지만 이 캔슬은 한 가지 힘이어도 그 두 가지 힘에 필적한다. 사용자를 중심으로 5m 안의 모든 스킬과 마법을 무효화한다.

즉, 만약 여러 명의 유저들이 일제히 필살 공격 스킬을 펼칠 때, 캔슬을 사용해 무효화시켜 버리면 어마어마한 힘을 발한다는 거였다.

하지만 그러한 사실을 알면서도 민혁은 '자동으로 저어지는 기능'이 최고라고 생각하고 있었다.

"콩이도 그렇지?"

"꿀!"

[콩이가 공감합니다.]

콩이도 맹렬히 고개를 끄덕이며 눈을 초롱초롱 빛냈다.

당연히 저절로 저어지는 기능이 최고다, 꿀!

그러던 중 민혁은 품속에서 무언가를 꺼냈다. 그것은 다름 아닌, 세계수였다.

'흠…….'

이 세계수에는 특수 능력이 전혀 없었다. 오르골처럼 생긴 투명한 유리 안에 들어 있던 세계수를 통해서 남은 부분. 이 남은 부분으로 무엇을 할까 하다가 민혁은 생각난 게 있었다.

"아……!"

한 가지 생각난 음식이 있었다. 바로 삼계탕이었다.

여름철 최고의 보양식으로 손꼽히는 삼계탕은 기력을 회복시켜 주는 역할을 한다. 그리고 이 삼계탕에는 기력 회복을 돕기 위해 갖은 재료를 넣는데, 대추나 혹은 인삼, 또는 나무도 넣는다.

이 나무에는 엄나무나 옻나무, 때론 헛개나무 등도 들어가고는 한다.

이 세계수 나무의 남은 가지를 이용해서 삼계탕을 끓이면 또 어떨까?

마침 현실은 여름을 맞이했다. 이번 기회에 아테네에서 제대로 몸보신 한번 해보는 거다. 기왕 세계수로 삼계탕 한번 끓여 먹는 거 제대로 먹어보자. 그렇게 재료를 추려보다가 민혁은 한 가지 재료가 떠올랐다.

'천년설삼!'

천년설삼은 아테네에서 정보를 공개한 적이 있는 최고의 영약 중 하나이다.

이 천년설삼이 최고의 영약으로 꼽히는 이유는 간단하다. 마력 보유량, 즉 MP를 1.5배 상승시킨다. 예를 들어 기존 MP가 1만이라 가정했을 때 복용 즉시 1만 5천이 되는 기적적인 효과를 가지고 있었다.

하지만 아직까지 정확한 위치와 관련 퀘스트에 대해 정보가 전혀 풀리지 않았다. 확실한 건, 구하기 아주아주 어려울 거라는 거였다.

민혁은 길드 내에 있는 정보꾼 아벨에게 귓속말했다.

[민혁: 아벨 님~]

[아벨: 오, 민혁 님 ㅎㅇ요.]

[민혁: 넵, 하이! 그 다름이 아니라, 혹시 천년설삼 정보에 대해서 아는 거 있으신가 해서요!]

[아벨: 천년설삼이라, 물론 알고 있지요.]

[민혁: 오, 아벨 님 멋져요! 아벨 님은 귓속말만 해도 차도남 끼가 묻어나요. 으, 박력, 매력, 상남자……!]

[아벨: 감사합니다^^ 그래서, 교환의 조건은요?^^]

역시 인생사 새옹지마. 공짜는 없었다. 민혁의 아부에도 아벨은 넘어가지 않았다.

[민혁: ……ㅠㅠ]

[아벨: 일단 만나서 이야기할까요?]

[민혁: ㅠㅠ넵.]

김대일 부장이 특별 유저 관리팀에 자신의 짐이 담긴 박스를 가지고 들어왔다.

"안락하구만. 특별 유저 관리팀은 아주 안락하고 편안해!"

그는 박 팀장의 자리에 자신의 짐들을 올려놓았다.

박 팀장은 대회가 끝나고 6박 7일 동안 곧바로 휴가를 떠났다.

사실 너무 긴 휴가가 아닌가 싶지만, 박민규 팀장이 울먹이는 목소리로 사장 강태훈에게 말하기를.

'저 7개월 동안 하루도 안 쉬었습니다!'

'다녀오게.'

라고 하여서 박 팀장이 여행을 간 것이다.

그리고 느긋하게 커피 한 잔을 타고 자리에 다시 앉은 김대식 부장은 다크서클이 눈 밑까지 내려와 반달곰이 된 이민화 사원을 보며 말했다.

"쉬었다 하게, 쉬웠다가. 응? 모니터 보면서 키보드 몇 번 두들기고 특별 유저들에 대한 보고만 올리면 되는데 뭐 그리바쁘게 일하나, 우리 회사 일은 다 자네가 하나 보군."

"호호호, 그, 그러게요……."

하지만 그러면서도 이민화는 생각했다.

김부장은 본래 '이벤트 준비팀'이었다. 그런데 얼마 전 있었던 가장 큰 이벤트 겸 대회라 할 수 있는 아테네:한국전이 끝났기 때문에 당분간은 한가로웠다. 그러면서도 어떤 부서의 일이든 척척 해낼 수 있는 대체 인원이 필요했기에 그가 임시로 투입된 거다.

오히려 김대식 부장은 환영했단다. 뭐를 개발하거나 혹은 NPC들을 만들지 않는 특별 유저 관리팀이 한없이 편해 보인다고 생각하고 있던 그다.

그와 반대로 떠나던 박 팀장은 눈물을 글썽였다.

'드디어 휴가를 가는군, 하하하하하!'

'팀장님, 혹시 특별 유저들에 대한 문제가 생기면 연락……'

'아니, 안 받을 거야! 하하하하!'

'네……'

떠나는 박민규 팀장은 행복해 보였다.

그러던 중, 김대식 부장이 한 표를 훑어봤다.

"이건 뭔가?"

"아, 특별 관리 유저들의 등급에 따라 매겨놓은 표입니다."

"그렇군."

그렇게 쭉 훑어보던 중, 김대식 부장은 한 부분에서 멈췄다.

빨간 동그라미가 쳐져 있는 이름이 있고 그 위로 이런 특수 기호가 있었다.

[★★★★공포의 유저★★★★]

그 밑으로 써진 이름.

[식신 민혁. 주의.]

"이, 이건 뭔가?"

"가장 모니터가 필요한 유저입니다."

"아니, 뭐 유저가 특별한 일을 하면 얼마나 한다고 말이야."

김대식 부장은 혀를 끌끌 찼다. 너무 예민하게들 일을 하는 느낌이었기 때문이다.

하지만 이민화는 그에 생각했다.

'……곧 머리를 쥐어뜯을 부장님 얼굴이 떠오르는군!'

흐흐흐하고 웃은 이민화 사원.

곧 박 부장이 모니터로 민혁 유저를 살폈다.

"음? 베론을 만나러 가는군. 베론은 베아스 마을로 가는 콩을 주는 NPC지. 어디 보자."

타다다다닥!

키보드를 두들긴 김 부장은 고개를 주억거리고는 미간을

찌푸렸다.

"민혁 유저의 레벨에서는 베론의 베아스 마을로 가는 퀘스트 자체를 진행할 수 없게 되어 있군. 헛걸음이야. 쯧쯧."

김 부장은 혀를 찼다. 그러고는 의자를 뒤로 젖혀 느긋하게 등을 기댔다.

'특별 유저 관리팀은 천국이로구만!'

곧 그는 자신에게 들이닥칠 '재앙'을 알지 못했다.

민혁은 '베론'이라는 NPC를 만나기 위해 걸음하고 있었다.

정보꾼 아벨을 통해 수집한 정보에 따르면 천년설삼의 경우 베레스트라는 곳에서만 얻을 수 있다고 하였다.

베레스트는 민혁도 잘 알고 있는 곳이었다. 세계의 유저들이 만나는 하나의 '만남의 장'이지 않은가.

하지만 베레스트나, 그 인근 마을로 가는 것 자체가 무척 어려웠기에 실제로 간 유저들은 흔치 않았던 것이다.

민혁은 어느덧, 베론이라는 사람이 있다는 작은 동굴 앞에 도착했다.

베론은 흔히 말하는 '농사꾼'이었는데, 사람들이 찾지 못하는 아주 외진 동굴에서 생활하고 있으며 그 앞으로 텃밭을 가꾼다.

'베론을 통해서 얻은 신기한 씨앗을 이용해서 마을로 갈 수 있다고 했지?'

민혁은 동굴 앞에 섰다. 정중한 차림새로 선 민혁은 이번에 꼭 '천년설삼 삼계탕'을 먹고 말겠다는 의지가 가득했다.

그런 그는 동굴은 어떻게 노크해야 하는 건지 생각에 잠겨 있다가 옆에서 들리는 인기척을 들었다.

"자넨, 누군가."

농사꾼 베론은 민혁이 온 이유를 들을 수 있었다. 그는 베아스 마을로 가고 싶은 이방인이었다.

하지만 베론은 알았다. 아직 이 이방인은 자신의 '부탁'을 수행할 만한 힘을 가지지 않았다. 즉, 레벨 충족이 덜 된 것이다.

베아스 마을은 레벨 높은 유저들만이 갈 수 있는 곳. 하지만 민혁의 레벨은 355였다. 마을에 400레벨 유저들이 득실거린다는 걸 감안했을 때 자격 미달이었다.

"돌아가게, 자넨 아직 내 부탁을 들어줄 수 있을 만큼 강하지 않은 것 같군."

"휴…… 역시 그런가요? 그런데, 아까 보아하니, 막 밭 갈기를 하시는 것 같던데……."

"그렇다네."

"어차피 온 거 도와 드리겠습니다!"

"……그냥 도와주겠다는 건가?"

"그냥은 아닙니다. 베론 님께서는 뛰어난 농부셔서 특별한 과일이나 채소를 가지고 계시다고 들었어요. 그것들을 조금만 얻어갔으면 좋겠는데……."

"나도 혼자 하기엔 벅찼는데, 그래 주면 나야 좋지. 아, 그리고 자네가 밭을 간 만큼 재료들을 챙겨주겠네. 어떤가?"

"넵, 알겠습니다!"

"참, 쉽지 않을걸세. 밭을 간다는 건 생각보다 어려운 일이야."

이방인들이 밭을 가는 게 얼마나 힘든지 아는 베론의 말이었다.

이윽고 두 사람이 함께하는 밭 갈기가 시작되었다.

베론은 민혁의 밭 가는 능력을 보고 경악했다. 곡괭이질을 할 때마다 고루고루 갈리는 밭 갈기! 자신보다 훨씬 뛰어날 정도였다.

심지어 그는 열심히 하기까지 했다.

퍼짓! 퍼짓! 퍼짓!

"좀 쉬었다 하게."

"아닙니다! 베론 님이 만드신 과일과 채소들을 생각하면 이 정도 노동쯤은 아무것도 아니죠!"

"하하하하, 이 친구. 정말 기분 좋게 말하는군."

[베론과의 친밀도가 상승합니다.]

[베론과의 친밀도가 상승합니다.]

[베론과의 친밀도가 상승합니다.]

빠르게 상승하는 친밀도.

그리고 베론은 그와 이틀을 넘게 지내면서 한 가지 사실을 알았다. 민혁은 다 좋은데 먹을 것을 하나도 주지 않았던 것이다!

베론은 오지에 있다 보니 육식을 하기 힘들었다. 그런데 민혁이 삼겹살을 구워 먹기 시작했다.

치이이이이이익-

"아, 역시 농사 후에 구워 먹는 삼겹살은 최고지."

열심히 불판 위로 삼겹살을 굽는 민혁. 그 위에 김치와 양파, 마늘까지 함께 굽고는 야무지게 한 쌈을 싸서 입에 넣으려 했다.

그 모습을 보며 베론이 말했다.

"흠흠! 나도 삼겹살을 함께 먹어도 되겠는가?"

"아니요, 그건 안될 것 같습니다."

"어, 어째서……."

베론은 이해할 수 없었다. 친절한 사람이기에 이토록 갈망하면 함께 먹게 해줄지 알았건만!

"베론 님은 저에게 그러셨죠. 저는 아직 미숙하기 때문에 베아스 마을로 갈 수 없다고요. 베론 님과 저는 무척 친해져서 기쁩니다. 하지만 음식을 너무너무 사랑하는 저는 아직 삼겹살을 베론 님과 공유할 만큼 친해지지 않았다고 생각합니다. 제가 아직 강해지지 않아 그 부탁을 받을 수 없는 것처럼요."

"크흑……."

베론은 알 수 있었다. 역으로 비틀어서 비수를 콕콕 찌르는 거다! 너도 나한테 부탁 안 해줬으면서 나한테는 달라니, 그게 말이 되는 거냐! 였다.

민혁은 야무지게 상추 위로 삼겹살과 마늘, 쌈장, 파무침, 명이나물, 구운 양파, 구운 김치를 얹고 한입에 먹었다.

'마, 맛있겠다…… 씹을 때마다 나는 삼겹살의 맛, 또 저 고기 기름에 구워진 김치와 양파, 새콤한 명이나물까지……! 머, 먹고 싶다. 격렬하게 먹고 싶다……!'

베론은 민혁의 옆에서 새참으로 자신이 키운 시금치와 콩나물, 상추로만 '채식 식사'를 시작하려 했다.

하지만 그런 거 있지 않은가. 엄청 배고픈 퇴근길에 고깃집에서 나는 삼겹살 혹은 갈비 냄새! 또는 엘리베이터에서 맡는 치킨과 피자 냄새! 그 냄새처럼 엄청난 식욕이 몰려왔다.

계속해서 야무지게 먹는 민혁에게 곧 베론이 다가갔다.

"그 자네에게 아직 부탁할 순 없었네, 하지만 자네에게 베아스 마을로 가는 지름길을 가르쳐 줄 순 있다네, 어떤가. 삼겹살과 지름길을 교환하는 건."

쌈을 입에 넣고 우물거리던 민혁. 그가 회심의 미소를 지었다.

그렇다. 모든 것은 처음부터 그의 계획된 행동이었던 것이다!

그는 애초부터 아벨에게 정보를 들어 알고 있었다. 베론의 퀘스트는 400레벨부터 받을 수 있다고.

하지만 그렇다고 포기하느냐? 아니다. 열 번 찍어 안 넘어가는 나무 없다고 했다.

민혁은 이곳에 오자마자 알았다.

'아, 베론 님은 육식을 못 하시겠군!'

이 근처엔 야생 동물이 없다.

일단 그와 가까워져야 한다. 농사를 돕자. 그리고 친해졌을 때 유도하자.

사실 이 방법은 되면 좋을 뿐이었다. 안 되면 다른 방법을 찾으면 그만이라고 생각했다. 그런데 성공한 것!

민혁의 입가가 짙게 찢어졌다.

'흐흐흐흐!'

먹기 위해 뭐든 하는 민혁의 치밀한 계획이 성공 탄을 쏘아 올린 것이다.

"응?"

여유롭게 의자에 등을 기댄 채 깍지 낀 손으로 뒷머리를 받치고 있던 김대식 부장이 상체를 일으켰다.

"뭐야?"

[베론이 민혁 유저에게 지름길을 안내합니다.]

김대식 부장은 벌떡 몸을 일으켰다.

"이, 이민화 씨!"

깜짝 놀란 김부장이 서둘러 이민화를 보았다.

"이게 어떻게 된 거야?"

잠시 상황을 파악하기 위해 키보드를 두들긴 이민화가 답변을 내놓았다.

"민혁 유저가 자체적으로 가지고 있는 패시브 스킬인 '매력의 먹방'이 발동된 것 같습니다."

"매력의 먹방? 그게 뭐지?"

"저희 사이에서 하는 말입니다. 민혁 유저는 먹으면서 남들을 배고프게 만드는 능력을 가지고 있습니다. 그리고 인공 지능이 높은 NPC들에게도 그 힘은 적용되지요. 민혁 유저는 그 사실을 알고 이용하는 경지에 이른 겁니다."

"그, 근데 이래도 되는 건가?"

"어쩔 수 없습니다. NPC들의 자유도가 너무 높으니까요. 설정상은 그렇게 되어 있지만 그 자유도는 막기 힘이 듭니다. 문제는……."

이민화의 눈이 가늘게 좁혀졌다.

"베아스 마을은 400레벨대의 유저들만이 입장 가능한 곳이라고 알려져 있습니다."

"그렇지."

"입장 퀘스트도 전부 400레벨부터 수행할 수 있게 되어 있고요."

김부장이 고개를 주억였다.

그리고 이민화가 말했다.

"그런데 지금 300레벨대의 유저가 입장하니, 다른 유저들은 의아함을 품을 겁니다. 400레벨대의 유저들만 입장해 있으니까요. 그리고 항의하겠죠. 버그 아니냐고. 그런데 버그는 아니라는 거죠."

김대식 부장은 벙찐 표정으로 모니터를 보았다.

스스로가 가진 '패시브 스킬 매력의 먹방'을 이용해 설정을 비트는 유저라니?

'뭐, 이런 황당한 경우가…….'

아직 시작도 되지 않았다는 걸 그는 몰랐다.

민혁은 베론으로부터 안내받은 지름길을 통해 다른 유저들보다 훨씬 더 편하게 베아스 마을에 도착할 수 있었다.

[베아스 마을에 발을 들이셨습니다.]

[명성 100을 획득합니다.]

[베아스 마을에는 1주일만 머물 수 있습니다.]

베아스 마을로 들어오는 것 자체가 힘든 일이었기에 주는 보상인 듯했다.

이처럼 간단하게 베아스 마을에 도착한 것은 상당한 특혜였다. 다른 유저들은 베아스 마을 퀘스트를 받고 어려운 퀘스트를 하다가 도중에 포기하는 경우가 빈번했기 때문이다.

베아스 마을을 훑어본 민혁은 듣던 대로 마을의 크기가 매우 협소하고 NPC나 유저가 아주 적다는 걸 알 수 있었다.

그 뒤로는 바로 베레스트 산이 펼쳐져 있었다. 새하얀 눈이 내린 베레스트 산맥.

민혁은 아벨의 정보대로 움직였다. 베아스 마을에서 약초꾼 '루크'를 만나라고 했다.

루크의 위치는 어렵지 않게 찾을 수 있었다. 그는 흔히 생각하는 약초꾼의 모습으로 늙은 노인이었다.

그가 말했다.

"천년설삼의 정보라? 세상에 공짜가 어디 있겠는가? 원한다면 베레스트 산맥에 있는 포악한 예티의 발톱 서른 개를 가져오게, 요즘 놈들의 숫자가 많아져서 약초를 캐러 가는 게 힘들더군."

흔하디흔한 퀘스트였다.

문을 열고 나서려는데, 루크가 물었다.

"아, 자넨 직업이 뭔가?"

"요리사입니다."

"요리사라……."

그 말에 루크는 쓴웃음을 머금었다.

"천년설삼을 포기하고 돌아가는 게 낫지 않겠는가?"

하지만 그 말에도 민혁은 밝게 웃으며 말했다.

"천년설삼이 꼭 필요한 이유가 있어서요."

루크는 '요리사'가 어찌 그걸 가져올 수 있겠는가 하고 우려했다.

그런데 그가 사라지고 1시간 만에 돌아오자 루크는 경악할 수밖에 없었다. 포악한 에티의 발톱 서른 개를 가져오는 퀘스트를 민혁이 지금까지의 그 누구보다 빨리 수행했기 때문이다.

'아, 생각해 보니 아니군. 로브를 둘렀던 마법사라고 했던 사람이 있었지.'

둘이 비슷했던 것 같기도 하고?

나이가 든 루크가 말했다.

"생각보다 자네 강하군."

"헤헤, 감사합니다."

"천년설삼은 사실 베레스트 산맥의 가장 높은 곳에 숨겨져 있지. 그 위치는 봉우리의 근처라는 것만 알고 있네. 하지만 명심하시게."

루크가 임팩트를 주어 말했다.

"천년설삼은 약초꾼인 내가 자그마치 30년이 넘는 시간 동안 찾지 못한 전설 속의 명약이라는 사실을 말일세."

베레스트 산맥에 대해서 누구보다 꿰고 있을 약초꾼 루크! 그가 자그마치 30년이나 찾아 헤맸지만 찾아내지 못한 명약! 그러한 명약을 찾아야 한다.

루크가 한숨을 쉬며 말했다.

"때문에 사실 난 천년설삼이 허구에나 존재하는 이야기가 아닐까 싶네, 30년이네. 자그마치 30년! 그 30년 동안 나는!

천년설삼의 잎사귀조차도 보지 못했단 말일세!"

그는 억울했던 30년을 토해내듯 열정적으로 말했다.

그리고 그 와중에 민혁은 재료추적 스킬을 사용하고 있었다.

"자네, 내 말 듣고 있는가? 천년설삼은 허구일 뿐이야. 괜한 사람이 시간을 빼앗기는 걸 보고 싶지 않구먼! 영원히 찾지 못할 거야! 절대로~ 영원히 말일세에에에! 나와 동고동락했던 약초꾼 바렌은 20년 동안 찾아 헤매다가 결국 눈을 감았다네!"

하지만 그 순간 민혁에게 알림이 울렸으니.

[재료 탐색에 성공합니다.]

[천년설삼은 마력양을 영구적으로 높여주는 희대의 명약입니다.]

[식신의 요리 스킬 1레벨부터 요리 가능.]

[추천하는 메뉴. 삼계탕.]

그의 앞으로 화살표가 떠올랐다.

바로 천년설삼의 위치를 가르쳐 주는 화살표였다.

그 화살표를 보며 억울한 30년의 세월에 대해 목에 핏대를 세우고 소리치는 루크를 보니 가슴 한구석이 짠해졌다.

민혁은 '하하하' 하면서 문을 열고 나서려 했다.

그러던 중, 루크가 말했다.

"그리고 천년설삼은 아니지만 그에 비견하는 또 다른 재료는 알고 있네. 차라리 그걸 찾는 게 더 빠를 걸세!"

"……네?"

민혁은 걸음을 멈추고 루크를 돌아봤다.

"자네, 만년의 감자라고 들어봤나?"

"만년의 감자요?"

맛있는 것에 대한 정보! 민혁은 귀를 기울일 수밖에 없었다.

"그래, 만년의 감자. 이 만년의 감자의 탄생 일화는 어마어마하지. 우리 베아스 마을의 전설과 같아."

민혁은 나가기 위해 잡았던 문고리를 놓고 그의 말에 귀 기울였다.

"만년의 감자는 이 베레스트 산맥의 지배자인 '고대의 군주'가 품고 있다고 하네."

"고대의 군주요?"

고대의 군주. 그 다섯 글자에 민혁은 관심을 가졌다.

"그래, 고대의 군주. 예로부터 내려온 전설일세. 고대의 군주는 한땐 아주 온화하고 지적인 통치자였다고 하네. 하지만 어느 날. 악마 베로스의 끔찍한 정신 세뇌에 걸려 갈수록 미쳐가 폭군이 되었지. 그때 고대의 군주를 섬기던 다섯 기사가 폭군이 되어버린 그를 막기 위해 싸웠다고 하네. 그들이 바로 '고대의 다섯 수호자'들이지. 그러한 고대의 다섯 수호자는 그를 궁지로 모는 데 성공했으나 차마 자신들의 왕인 아르간을 죽일 수는 없었다네. 그래서 자신들의 생명을 이용해 고대의 조각품 안에 그를 가두었고 그것을 다섯 개로 쪼개어 나눠 가졌다네. 그 다섯 조각을 가진 그들은 세계 곳곳으로 갔다네. 그리고 그곳에서 조각품과 함께 잠들었지. 그 조각조각에는 군주가 생전에 좋아했던 음식이 함께 봉인되어 있다고 하네."

"음식이 함께 봉인되다니. 왜 그런……."

민혁은 다소 이해할 수가 없는 이야기였다.

"그들은 충성스러웠지. 그런 그들이 자신들의 손으로 군주를 처단했으니 괴로울 수밖에. 그를 기리는 마음으로 그들은 조각 안에 군주를 잠재우면서 음식 재료를 함께 넣었네. 그리고 그 음식 재료가 시간이 흘러 조각의 힘을 받고 썩지 않은 채, 천년설삼 같은 힘을 내는 재료가 되었지. 그리고 조각들은 매 주기가 될 때마다 군주의 힘의 1/5의 힘을 품고 깨어난다네. 아주아주 강하고 흉폭하지. 하지만 사냥할 수 없을 정도는 아니라네. 그래서 주기마다 이방인들이 함께 모여서 사냥을 하곤 한다네."

"아…… 그렇군요!"

민혁은 그제야 어느 정도 이해할 수 있었다.

들어본 적이 있다. 세계 유저들이 함께 모여 레이드하는 '고대의 군주'. 다만 그를 사냥해서 이제껏 음식 재료를 얻은 이는 들어보지 못했을 뿐. 아마 드랍률이 아주 극악인 듯했다.

"도전한다는 것은 말리지 않네. 하지만 추천은 하지 않네."

민혁은 곧이어 들려온 알림을 들었다.

[협력 퀘스트: 고대의 군주 사냥]

등급: SS

제한: 루크와의 친밀도

보상: 군주의 보물 상자
실패 시 페널티: 베아스 마을로 더 이상 들어올 수 없음
설명: 세계인들이 함께 참여 가능한 고대의 군주 사냥 레이드 퀘스트다. 이제 곧 그 주기가 다가온다.

민혁은 일단은 수락했다. 혹시 모르는 일이었으니 말이다.
그리고 화살표 방향대로 움직이기 시작했다.
베론은 떠나는 그를 보며 말했다.
"절대 못 찾을걸세……."
그의 눈가엔 눈물이 그렁그렁 맺혀 있었다. 30년의 허송세월을 보여주는 듯했다.

화살표를 따라가던 민혁은 곧 고개를 갸웃할 수밖에 없었다.
'어……?'
그가 고개를 갸웃한 이유는 하나였다. 갑자기 화살표가 베레스트 산맥 꼭대기의 다른 곳을 가리키기 시작했기 때문이었다.
'이게 뭐야?'
민혁은 계속 베레스트 산맥을 올라갔다.
베레스트 산맥은 보통 빙속성 몬스터들이 주로 자리를 잡고 있었다. 하지만 유저들은 눈에 찾아보기 힘들 정도였다. 아니, 단 한 명도 없었다.

그 이유는 간단했다. 이 베레스트 산맥은 주는 것이 너무 짰기 때문이었다.

이 베레스트 산맥과 마을 자체는 어찌 보면 그저 '만남의 장' 밖에 되지 않아 거의 버려지듯이 했다. 심지어 베아스 마을은 입장 기간이 1주일밖에 되지 않으니 사람들이 많지 않을 수밖에 없었다.

계속 올라가던 민혁은 또다시 멈칫했다.

'화살표가 또 바뀌었다……?'

그제야 민혁은 알 수 있었다.

'천년설삼의 위치는 계속해서 바뀐다……!'

그는 이제야 사람들이 아직 찾아내지 못한 이유를 알 수 있었다.

하지만 민혁에겐 무용지물! 재료추적은 바뀐 위치마저 안내하기 때문이다.

그는 어느덧, 화살표가 가리키는 곳의 끝에 도착했다. 그리고 무릎까지 솟아 있는 눈 밑을 내려다볼 수 있었다.

민혁은 눈들을 힘껏 퍼내기 시작했고, 그 밑에 이 추운 날씨에도 꿋꿋이 버티고 있는 잎사귀를 볼 수 있었다.

민혁이 손을 뻗어 천년설삼을 조심스레 파냈다.

[천년설삼을 획득합니다.]

"이것이 천년설삼!"

천년설삼. 자그마치 천 년이라는 시간 동안 자라온 산삼이다.

현실에서 100년이 된 산삼도 믿기지 않을 정도로 귀한데, 천 년은 오죽하겠는가? 보자마자 힘이 불끈불끈 솟는 듯했다.

'자, 이제 삼계탕을 끓여볼까? 흐흐!'

하지만 곧 민혁은 이 주변은 바람이 너무 불고 춥다는 것을 깨달았다.

손발이 얼어붙을 정도로 추운 날씨에 삼계탕 국물 한번 쭈욱 들이켜 주면 얼어붙은 몸이 녹아내리겠지만 이 정도라면 조리를 하는 데도 지장이 생긴다.

그러다 아까 오기 전에 본 작은 동굴이 생각난 그는 걸음을 옮겨 그 동굴로 들어갔다.

동굴로 들어온 민혁은 발라카의 검을 가마솥 모양으로 변화시켰다.

영화나 드라마 속에서나 보던 가마솥. 희한하게도 가마솥으로 조리한 음식은 훨씬 더 맛있어 보이는 느낌이다.

팔팔팔 끓기 시작한 가마솥 안으로 대추와 천년설삼, 세계수 나뭇가지, 마늘, 소금, 손질한 닭을 넣고 푹 끓이기 시작했다.

일정 시간이 지났을 때, 가마솥을 열어젖히자 뜨거운 김이 솨아아아- 하고 올라왔다.

"후뜨! 후뜨!"

민혁은 볼 수 있었다. 기름기 가득한 삼계탕이 번질번질 잘 익어 있는 모습을.

다 끓인 삼계탕을 접시 위로 건져 올렸다. 그리고 후추와 소금을 배합하여 장을 준비했다.

먼저는 큼지막한 닭 다리를 집어 올렸다. 어찌나 뜨겁던지 손끝이 익는 것 같았다.

그 손을 서둘러 입으로 쪽쪽 빨아준 후에 잘 찢어진 닭 다리 살을 크게 한 입 베어 물었다.

"허어-"

추운 날씨에 동굴에서 뜯는 닭 다리.

입에서 허연 입김이 뿜어져 나온다. 그것을 혀로 굴려 천천히 씹어본다. 입안 가득 담백하고 쫄깃쫄깃한 고기가 씹히며 고소한 맛을 내는 껍질도 함께 씹어준다.

그다음엔 닭 다리를 소금장에 찍었다.

우물우물.

다소 밋밋하고 느끼할 수 있는 닭 다리에 짭조름한 맛을 더하자 금상첨화였다.

그러다가 국자로 그 허옇고 기름 가득한 국물을 그릇에 옮겨 담았다. 그릇을 양손으로 받쳐 들곤 입술을 그릇에 붙이고 그 뜨거운 국물을 입김으로 '후! 후!' 불어준다.

"흐루루루룹!"

그다음 한 모금 들이켜면 이 추위가 싸악 가시는 듯하니, 이 얼마나 행복한 일인가!

그렇게 닭 다리를 먹고 퍽퍽하지만 나름의 매력을 가진 가슴살을 쭈욱쭈욱 찢는다.

민혁은 자신의 손으로 고락의 숙성의 항아리를 이용해 가장 먹기 좋게 익은 김치를 길게 찢었다. 길게 찢어진 김치를 퍽퍽한 가슴살을 입에 넣은 후, 함께 넣는다.

느끼한 삼계탕의 맛을 매콤하고 새콤한 김치가 단숨에 잡아주니, 절로 감탄이 나온다.

기름기가 가득 묻은 손을 물티슈로 한번 쓱쓱 닦아주고 다시 식사를 시작한다.

고기를 다 먹었을 때쯤엔, 국물을 다시 접시에 가득 받는다. 그리고 거기에 밥을 말고 소금장을 수저로 퍼서 간을 맞춘다. 삼계탕 국물에 죽을 끓이는 것이 아니라, 밥을 말아 먹는 것도 나름의 묘미이다.

뜨끈뜨끈하게 국물과 함께 푼 밥 위에 다시 쭉 찢은 김치 한 점을 올린다. 그리고 입에 넣으면 기름진 국물과 밥알, 김치가 모여서 즐거운 춤을 춘다.

그렇게 먹다가 한 번씩은 푹 고아진 마늘을 밥 위에 함께 올린다.

민혁은 개인적으로 고기 판 위에서 구워진 마늘을 좋아하지만. 입에 넣자마자 특유의 맛을 내며 녹아드는 마늘의 맛도 좋아한다.

그렇게 마늘도 먹어주다가, 남은 게 있었다. 바로 이번 삼계탕의 핵심이라 할 수 있는 존재. 천년설삼이었다.

천년설삼을 집어 든 민혁은 입에 넣고 씹기 시작했다. 쓴맛이 나지만 나름 삼계탕 국물을 머금고 푹 고아져 그 맛이 어느 정도 빠져나가 있었다.

우물우물 씹는 민혁이 반 뿌리 정도를 먹다가 말했다.

"역시 삼계탕엔 삼이 들어가야지."

그때 옆에서 정체 모를 목소리가 들려왔다.

"이, 이봐……."

검은색 로브를 두르고 있으며 기다란 머리카락을 끈으로 묶고 있고 스태프를 든 정체 모를 사내였다.

민혁은 그의 등 뒤에 캐스팅되어 있는 어마어마한 화염 마법을 볼 수 있었다. 헬파이어였다.

민혁은 미간을 구겼다. 그는 식사를 방해받는 걸 매우 싫어했으니까. 심지어 저 헬파이어를 보자면 PK를 걸 가능성이 매우 높다.

민혁의 앞에 있는 사내의 표정은 경악에 물들어 있었다.

곧 그가 떨리는 목소리로 물어왔다.

"지, 지금 그거 천년설삼 아니지?"

민혁은 그 말에 서둘러 입안으로 천년설삼을 밀어 넣었다.

이어서 사내가 미쳤냐는 표정으로 말했다.

"처, 천년설삼으로 삼계탕 국물 내는 놈이 세상에 어디 있냐!"

갑작스러운 불청객의 방문에 평소라면 예의 바르게 대답했을 민혁이 차분한 목소리로 짧고 굵게 말했다.

"여기."

세상 어느 나라를 가도 존재하는 것이 있다. 바로 '비매너 유저'들이었다.

중국 쪽 아테네 서버에는 악명 높은 '하우쉔' 길드가 존재했다. 세계적인 길드는 아니었지만 중국 내에서는 '절대로 건드려선 안 될 길드' 중 하나로 손꼽히기도 했는데, 길드원이 말도 안 되게 많은 이유도 있었지만 대거의 랭커들을 포함하고 있었기 때문이기도 했다.

하우쉔 길드가 중국 정상에 선 길드는 아니었지만 한 살짜리 아기라도 안다. 하우쉔 길드의 영역엔 들어가선 안 된다. 들어가는 즉시, 그들은 말도 안 되는 물량으로 계속해서 학살을 감행한다.

그러한 하우쉔 길드의 아지트로 하우쉔에서 영향력 있는 유저들이 모이기 시작했다. 모인 유저는 네 사람.

그리고 길드 마스터 자리에 앉은 남자. 베드는 세계 공식 랭킹 61위에 앉아 있는 사내였다.

그의 입가가 쭉 찢어졌다.

길드원이 말했다.

"모든 준비가 끝났습니다. 오늘 주기로 군주가 깨어날 겁니다."

"그래, 그렇겠지."

배드는 고개를 주억이며 몸을 일으켰다.

그들은 크게 한탕을 준비하는 중이었다.

바로 베아스 마을. 정확하게는 베레스트 산맥에서였다.

이제 곧 세계에 있는 강한 유저들이 베아스 마을로 군주 레이드를 위해 모여들 것이다. 그리고 하우쉔 길드가 그런 그들을 위해 준비한 선물이 있었다.

악마 숭배자라는 히든 클래스를 가진 유저 중 한 명이 천천히 다가왔다. 그는 케르만이라는 닉네임의 유저였다.

그가 한 조그마한 상자를 열었다. 그 안에 두 개의 검은색 조각품이 들어 있었다. 하나는 손 형태의 조각품이었고 또 다른 하나는 몸 형태의 조각품, 바로 '고대의 군주'의 조각품이었다.

이 고대의 군주 조각품이 중국 아테네 서버에 두 개나 있다는 것은 의외의 일이었다.

하우쉔 길드는 이제까지 이 조각을 수집하는 데 혼신의 힘을 기울였다.

"첫 번째 조각품으로 베아스 마을에서 깨어나는 군주는 480레벨 보스의 힘을 발한다. 그리고 두 개의 조각품과 융합된 군주는 520레벨의, 세 개의 조각품과 융합된 군주는 그 이상의 힘을 낼 수 있지."

다른 유저들은 잘 알지 못하는 사실이었다.

하지만 악마 숭배자 케르만의 경우는 달랐다. 그는 베로스 악마를 숭배했고, 그로부터 다양한 정보를 수집할 수 있었다. 문제는 베아스 마을은 쉽게 갈 수 없는 곳이라는 거였다.

단, 목적이 뚜렷해진다면 다르다. 오로지 베아스 마을로 가는 퀘스트만 받아 하우쉔은 그동안 한 가지 일을 착수하기 위해 준비해 왔다.

그것은 간단하다.

"세계의 강자들이 모여 있는 베레스트 산맥에 그들조차 사냥하지 못할 군주가 나타난다면 어떻게 될까?"

당연한 수순대로 간다. 그곳의 유저는 모두 전멸할 것이다. 또한, 그에 따라 아이템 드랍을 할 것이다.

세계 유저들이 드랍하는 고귀한 아티팩트라? 생각만 해도 짜릿했다. 그곳엔 이제까지 보지 못했던 아티팩트가 있을 것이다. 또한, 다른 나라 서버에서 구하지 못하는 것들도 있을 것이다. 대박. 말 그대로 대박이었다.

오로지 이번 한 번을 위해 베아스 마을이 풀리고 2개월 동안 하우쉔 길드는 준비해 왔다. 그리고 그 고삐를 당길 때였다.

"가자. 군주를 깨우러."

"예!"

그들이 발 빠르게 움직이기 시작했다.

"여기."

그 말을 들은 검은 마법사 알리의 얼굴이 울 것처럼 일그러졌다. 등 뒤에 시전해 두었던 헬파이어가 스르륵 사라졌다.

그는 절망하며 벽에 기댔다.

'내가 얼마나 찾아 헤맸는데……!'

천년설삼의 정보를 얻는 데만 해도 어마어마한 시간과 돈이 소요되었다. 민혁처럼 뛰어난 '정보꾼'이 없는 검은 마법사 알리로서는 어쩔 수 없는 일이었다.

또한, 그는 엄청나게 특별한 퀘스트를 진행해 천년설삼이 매번 주기적으로 위치를 바꾼다는 사실도 알아냈다. 그리고 그 위치가 이번엔 어디로 변경되는지 그 주기도 알아냈다.

드디어 얻을 수 있다는 생각에 달려왔건만! 천년설삼을 삼계탕으로 푹 고아 먹어버리다니!

심지어 이 정체 모를 사내는 태연했으며 마지막 남은 국물까지 싹싹 긁어 먹었다.

'마, 맛은 있겠다…….'

갑자기 문득 든 생각이었다.

천년설삼으로 삼계탕이라니? 그것참 국물은 진국이로겠구나!

곧이어 앞에 있는 사내가 투구를 착용했다.

"무슨 용무입니까?"

식사를 끝낸 그는 알리를 굉장히 경계하는 눈치였다.

그에 알리가 쓴웃음을 지었다.

'이런 등신 새끼…….'

알리는 그가 싸늘한 반응을 보이는 이유를 알 수 있었다.

당연했다. 누구라고 할지라도 등 뒤에 공격 마법을 달고 오면 달가워하지 않을 거다. 순간의 욕심이, 알리를 지배할 뻔했다.

"죄송합니다. 조금 전 그 공격 마법은요."

앞에 있는 민혁은 의외라고 생각했다.

'흠? 분명히 고렙 같은데.'

헬파이어를 쓸 수 있는 유저는 아주 드문 편이었다. 아니, 실제로 현존하는가라는 의문이 들 정도였다. 그런데, 그는 방금 전 자신의 잘못을 뉘우치며 말하고 있었다.

"그…… 변명으로 들릴 수도 있지만 전 2개월 가까이 천년설삼을 찾아 헤맸습니다. 그것 때문에 다른 이가 천년설삼으로 사, 삼계…… 크흠!"

삼계탕이라는 부분에서 알리는 목구멍 끝에 걸렸다.

'아니, 그래도 이건 말이 안 되잖아!'

하다가도 고개를 저었다.

"삼계탕을 만들어 먹었다는 것에 흥분했었나 봅니다. 잠깐, 당신을 PK할까 하는 생각을 했었던 제가 너무 바보 같군요."

알리는 씁쓸한 웃음을 지었다.

검은 마법사 알리는 혼자서 게임 플레이하는 것을 좋아하는 유저였다. 그리고 유저로서 우리나라뿐만이 아니라 세계의 모든 마법사보다 강해지자는 야심을 품고 있었다.

아직 마법사 중에서는 그 누구도 '왕의 전당'에 이름을 올린 유저가 없었다. 때문에 알리는 그 최초가 자신이 되고 싶었던 거다.

그러한 것을 빼면 알리는 나쁜 사람이 아닌, 좋은 사람의 편에 속했다. 지킬 것을 지키는 사람.

하지만 딱 하나 문제가 있다면 그는 너무 혼자서 게임만 한다는 거다. 그러니, 앞에 있는 민혁을 몰라보는 거다. 알리는 천년설삼의 행방을 쫓느라 아테네:한국전을 조금도 보지 않은 유저라는 거다.

"흐음……."

하지만 여전히 민혁이 의심의 눈초리를 지우지 않자 말했다.

"사실 전 2개월 동안 천년설삼을 찾아 헤맸습니다. 천년설삼이 마력양을 1.5배 올려준다 하여 우리나라 최초로 마법사로서 왕의 전당에 이름을 올릴 수 있을 거라 생각했거든요. 그런데, 2개월이나 찾았는데, 이렇게 놓쳐 버리니. 휴……."

계속 주저리주저리 변명하는 걸 보며 민혁은 확실히 알았다.

'나쁜 사람은 아니네.'

2개월 동안 그랬다면 그럴 만하다.

또한 왕의 전당에 오르고 싶은 마음이라? 마법사로서는 최초로 왕의 전당에 오르고 싶다는 그 마음도 이해가 된다.

그러다 알리가 물었다.

"혹시 요리사신가요?"

"아, 넵."

"그렇군요. 내려가시는 길이 쉽진 않으실 텐데."

알리는 대수롭지 않게 여겼다.

베이스 마을엔 다양한 클래스가 온다. 퀘스트는 다양한 사람이 받을 수 있으니까. 이곳까지 올라오는 것도 몬스터들이 있어 힘들겠지만 잘 피해오면 불가능은 아니다.

"사과하는 뜻으로 하산을 도와 드리겠습니다. 아, 그리고……."

알리는 주섬주섬 품을 뒤적였다. 얼마 전에 얻었던 좋은 아티팩트가 있었다.

그는 특이한 요리사 같았다. 좋게 말하면 먹을 걸 정말 좋아하는 요리사! 그런 그에게 이런 아티팩트라면 충분히 사죄가 가능할 것 같았다. PK를 하려고 했던 그는 정말 이대로 보내면 마음이 편치 않을 것 같았다.

그가 꺼낸 것은 작은 상자였다.

"마법의 과자 상자라고 들어보셨어요?"

그에 민혁은 고개를 갸웃했다.

'마법의 과자 상자라니?'

알리가 그 상자를 건네며 빙긋 웃었다.

"매일 하루에 한 번, 랜덤으로 온 세상에 있는 과자 중 하나가 나타납니다. 어디 보자, 오늘 과자는……."

그가 곧이어 과자를 꺼냈다. 그가 꺼낸 과자는 '자괄치'였다.

민혁은 생각했다.

'……혀, 혁명의 아이템이다!'

어마어마한 아이템. 그것을 알리가 순순히 건네고 있었다.

민혁의 입이 달싹였다.

"가, 감사합니다. 복 받으실 거예요. 만수무강하세요! 수능대박……, 아니, 행복하세요!!"

알리는 고개를 갸웃했다. 사실 저 과자 랜덤박스는 '레어' 아티팩트이긴 했지만, 전혀 쓸모가 없다.

아테네에서도 현실 과자들이 판매되고는 한다. 한데, 500골드에서 1,000골드면 사 먹을 수 있을 정도로 저렴하다. 때문에 레어이긴 했지만 다른 유저들에게는 '노말'보다 못한 취급을 받을지도 모른다. 그렇지만 지금 민혁은 마치 '전설' 아티팩트를 얻은 것 같은 표정이었다.

그가 단숨에 과자 상자 안에서 과자를 꺼냈다.

[자괄치를 획득합니다.]

포장지에 분홍색 문어가 그려져 있는 과자! 봉지를 뜯고 그 안에서 자괄치 과자를 꺼내 입에 넣었다.

바삭바삭-

자괄치 과자가 좋은 이유 중 하나는 정말 바삭바삭한 과자라는 것이었고 두 번째로는 짭조름하다는 것. 세 번째로는 문어 모양이라는 거다.

그렇게 자괄치 과자를 먹어주다가 보면 엄지와 검지에 양념이 배어든 것을 볼 수 있다. 그것을 쪽- 하고 빨아주면 그 짭조름함에 감탄이 나온다.

"크!"

"……그, 그렇게 좋아요?"

"네, 너무너무 맛있어요!"

알리는 그에 빙그레 웃었다. 적의가 호감으로 변모하는 순간이었다.

그러다 민혁이 말했다.

"왕의 전당에 도전하고 싶다고 하셨죠? 이렇게 좋은 걸 얻었는데, 보답하지 않을 수는 없는데……."

민혁은 자고로 아버지에게 배우기를 남에게 받았다면 그만큼 베풀라고 배웠다.

"또 다른 왕의 전당이 있을 법한 퀘스트 아시는 건 있나요?"

왕의 전당은 흔히 알려진 SSS등급 퀘스트를 비롯해 운영자들이 공표한 것들이 있다.

그에 알리가 말했다.

"예, 운영자들이 고대의 군주를 빠른 속도로 사냥하고 자신들의 예상을 넘어선 점수를 획득한 유저는 왕의 전당 알림을 들을 수 있을 거라고 공표했잖아요. 하지만 2개월 동안 많은 랭커가 도전했지만 실패했죠. 그만큼 어려운 일이니까요."

민혁은 정확히 몰랐지만, 알리의 말처럼이다. 그 때문에 세계의 랭커들이 이곳에 드문드문 모이는 것이다. 혹시 왕의 전당에 오를 수 있지 않을까 해서.

민혁은 고개를 주억였다.

"제가 도와 드릴까요?"

"예?"

알리는 이해할 수 없었다.

왕의 전당에 오르는 것을 도와준다는 말인가? 아니, 어떻게?

"제 요리 버프가 좀 뛰어나서요."

'잉?'

그리고 알리는 어색하게 웃었지만, 속으로는 의아했다. 요리 버프가 뛰어나면 얼마나 뛰어나다고 그러는 건가?

하지만 그는 꼭 아침밥을 먹여 보내고 싶은 엄마 같은 표정을 짓고 있었다.

알리는 알 수 있었다.

'아, 이 사람은 빚지고는 못 사는 성격이구나.'

알리는 그에 생각했다. 이 사람의 요리 버프는 분명 기대에 미치지 못할 테지만 그 요리를 맛있게 먹어주자고. 그는 친구가 많이 없는 편이었는데, 한번 생기면 그 누구보다 아끼는 사람이었고 민혁에게선 아주 좋은 인연이 될 것 같은 느낌이 왔다.

민혁은 레시피 창조 스킬을 사용했다.

김대식 부장과 이민화 사원은 숨을 죽이고 있었다.

중국 아테네 지부로부터 연락을 받았다. 하우쉔 길드의 움직임이 심상치 않다는 이야기였다.

그에 모니터하는 김 부장은 그들이 하려는 일을 눈치챌 수 있었다.

"미친……! 군주가 랭커들 다 때려눕히면 거기 가서 템 줍는다는 거잖아!"

치밀한 계획이었다. 심지어 그들 중의 한 명에는 '시크릿 클래스'인 '사령술사'가 존재했는데, 사령술사의 고유 능력 중에는 이러한 능력도 있었다. 바로 파티원 몇몇을 지정하여 다시 살리는 '부활'이다. 이 부활을 사용하면 HP가 5%만 남은 상태로 죽은 후 20분 내로 부활한다.

모든 랭커들이 군주에 의해 죽은 상태. 그 상태에서 그들은 20분 뒤에 부활하여 룰루랄라 템을 챙기고 사라질 것이다.

더 큰 문제는 다른 것에 있었다.

"베아스 마을이 사라질 수도 있어……."

만남의 장 베아스 마을. 주기마다 랭커들에게 떨어지는 군주 사냥 임무는 깨어난 고대의 군주가 마을로 내려오지 않게 막아내는 역할이었다.

이제껏, 고대의 군주 레이드에 실패한 적은 없다. 놈은 강하긴 했지만 결국에 이벤트성 몬스터다. 세계 유저들이 단합하여 잡아내는 레이드 보스 몬스터!

그런데 모든 유저들이 전멸한다면 곧바로 놈은 베아스 마을로 내려갈 것이고 NPC들을 죽이고 마을은 초토화될 것이다.

사실 이는 시스템상, 절대 예정되어 있지 않던 일이다. 그 누가 왜 가만히 있는 군주를 조각품을 이용해서 강화시킨단 말인가? 잡지도 못할 것을 말이다.

한데, 하우쉔 쪽에서 이런 식의 잔머리를 돌릴 줄은 차마 몰랐다.

"큰일이네요…… 만약 베아스 마을이 사라지면 그에 관련한 콘텐츠가 모두 사라지게 됩니다. 또한, 베아스 마을에는 히든 클래스, 시크릿 클래스 등으로 전직시켜 주는 NPC도 많은데……."

이민화 사원의 말.
띠리리리리- 띠리리리리리-
쉴 새 없이 울리는 전화기.
김대식 부장은 알았다.
'트, 특별 유저 관리팀은 이러한 일이 발생할 때 가장 먼저 알아채는 팀. 내가 이제까지 특별 유저 관리팀을 너무 쉬워 보인다고 생각했어.'
어찌 보면 가장 중책을 맡고 있었고 가장 많은 욕을 먹는 팀일지도 모른다.
김대식 부장은 빠르게 오더를 내렸다.
"이민화 씨."
"네!"
"현재 베아스 마을로 간 유저 중에서 강화된 고대의 군주를 사냥할 만한 이들이 없을까? 가장 강력한 유저 세 명 정도를 추려봐."
타타타타타탁!
때가 때인 만큼 이민화의 키보드가 빠르게 움직였다.
그리고 그녀는 희망적인 미소를 머금고 말했다.
"이, 있습니다."
"그게 누구지?"
"검은 마법사 알리. 우리나라 공식 랭킹 1위 마법사 알리가 있습니다."
"……그, 그래. 검은 마법사 알리!!"

김대식 부장이 손가락을 튕겼다. 우리나라 최고의 마법사. 공식 랭킹 1위이지만, 비공식 마법사 랭킹 1위이기도 한 사나이.

이민화가 또다시 말했다.

"그리고 또 있습니다!!"

그에 김대식 부장의 얼굴에 '희망'이란 미소가 생겨났다.

"누구지?"

"바로 식신 민혁 유저입니다."

"……좋아. 희망이 생기고 있군!"

"그리고 또 한 가지 말씀드릴 게 있습니다."

"뭐지?"

"두 사람이 지금 같이 있습니다."

"……그, 그래?"

두 사람은 우리나라 유저였다. 원래 알던 사이인가? 아니, 그것까지는 상관없었다.

"그 두 사람은 지금 뭘 하고 있지? 레이드를 준비 중인가!!"

김대식 부장은 민혁 유저에 대해 잘 모른다. 오로지 먹을 것을 위한, 먹을 것에 의해 움직인다는 걸.

이민화가 말했다.

"동굴에서 함께 바, 바지락 칼국수를 먹고 있습니다!"

김대식 부장은 생각했다.

가장 강력한 둘의 유저! 어쩌면 이 난관을 해결할 수 있을지도 모르는 두 사람! 그 두 사람이 지금 엄청난 재앙을 앞두고 오붓하게 바지락 칼국수를 먹고 있다고 한다.

"잘 익은 김치랑 같이 먹네요. 정말 맛있겠어요! 와, 바지락 실한 것 좀 보세요!!"

이민화가 침을 삼키며 하는 말이었다.

김대식 부장은 이마에 손을 짚었다.

'집 가고 싶다…….'

[상대방이 원하는 레시피를 창조합니다.]

[바지락 칼국수를 확인할 수 있습니다.]

[레시피 창조에 따라 버프량을 소모합니다.]

마법의 과자 상자 보답으로 버프 요리를 해주자고 생각한 민혁은 '오-' 하는 표정이었다.

'와, 최고다.'

추운 날씨다. 손발이 꽁꽁 얼어붙고 나도 모르게 온몸이 움츠러드는 그런 날씨. 패딩 점퍼의 지퍼를 끝까지 올리고 배가 고픈 퇴근길. 그 퇴근길에 유리창이 하얗게 변해 안이 보이지 않는 가게가 있다. 바로 '칼국수 전문점'이다.

그러한 곳에 들어가 칼국수를 주문하면 김을 모락모락 피우는 칼국수가 나오지 않던가? 그 국물을 먼저 한 입 떠먹어 보면 나도 모르게 언 몸이 녹는 듯한 느낌을 받으며 '허어……' 하는 탄식이 흘러나오곤 한다.

그러한 바지락 칼국수라? 알리는 먹을 줄 아는 자였다.

"지금 바지락 칼국수 드시고 싶으시죠?"

"그, 그걸 어떻게 아셨어요? 이런 날씨에 칼국수에다가 잘 익은 김치 하나 얹어 먹으면 최고잖아요."

"암요, 알죠, 아주 잘 알죠. 하핫!"

"혹시 칼국수 해주시는 건가요?"

"네, 잠시만요. 재료 좀 볼게요."

민혁은 먼저 재료를 확인했다.

칼국수의 재료라고 한다면 충분히 가지고 있었다. 그리고 어차피 민혁의 '함께 먹는 즐거움' 스킬에 의해 같이 먹을 테니, 전혀 손해 보는 건 아니었다.

'이 정도면 충분히 만족하시겠는데?'

재료에 따른 요리 등급, 그리고 얼만큼의 버프가 나올지 확인한 민혁은 부드럽게 웃었다. 물론, 일단 등급이 나와 봐야 알겠지만 이 정도라면 얼추 어느 정도가 나올지 예상은 된다.

민혁은 바지락 칼국수를 준비하기 시작했다. 밀가루를 반죽하고 얇게 썰어내고, 갖은 채소를 채 썰었다. 그리고 가마솥에서 끓여내기 시작했다.

그렇게 완성된 바지락 칼국수을 하얀 플라스틱 그릇에 담아낸 후, 국자와 함께 알리 앞에 놔줬다.

알리는 커다란 플라스틱 그릇에 담긴 바지락 칼국수와 그 옆에 있는 잘 익은 김치를 보며 침을 꿀꺽 삼키고 앞접시에 면을 가득 퍼서 덜어냈다.

그때, 민혁의 앞에도 똑같은 바지락 칼국수와 김치 조합이 생겨났다.

'신기한데?'

알리는 사실 버프는 기대하지 않고 있었다. 하지만 맛은 기대하고 있다. 그렇기 때문인지, 버프보다는 이 앞의 칼국수를 먹어보고 싶은 마음에 어떠한 버프가 담긴 것인지 확인하지 않고 다급하게 면을 푼 후에 국물을 국자로 퍼서 접시에 담았다.

"와……."

앞접시에 담긴 탱탱해 보이는 칼국수 면발과 그 주변에 있는 바지락, 채 썬 애호박과 당근, 그리고 양파는 절로 침이 꿀떡 넘어가게 만든다.

침을 꼴딱 삼키고 알리는 먼저 앞접시 채로 들어 입술을 대고 국물을 후후 불고 국물 한 모금을 흐루릅 먹어봤다.

"허어, 시원하다."

"허어, 시원하다."

두 사람에게서 동시에 터져 나온 감탄사였다.

알리는 민혁과 눈이 마주치자 빙긋 웃어주곤 다시 칼국수에 집중하기 시작했다.

이번엔 그 탱탱한 면발을 집어 올렸다. 그리고 흐루루루릅 단숨에 입에 집어넣었다.

"허어."

입에서 입김이 뿜어진다. 씹어 넘기자 탱탱한 면발이 입안에서 감돌다 목구멍 뒤로 넘어간다.

"살 것 같다."

하루의 묵은 체중이 내려가는 기분이었다.

면을 먹어준 후엔, 아삭아삭해 보이는 붉은빛 김치를 집어 들었다.

아삭아삭.

씹는데, 매콤달콤한 맛에 절로 웃음이 감돈다.

"하하, 이거 진짜 맛있네……."

그렇게 감탄사만 터뜨리다가 아예 하얀 그릇에 있는 국자를 빼내고 그 그릇을 통째로 가져와 먹기 시작한다. 바지락 하나씩을 쏙쏙 골라 먹는데, 고소한 맛의 바지락에 흐뭇한 웃음이 감돈다.

마지막으로 그릇을 통째로 들어 올려 입에 가져간다. 그리고 그 국물을 들이켜듯, 먹어준다.

다 먹은 후에는 자신도 모르게 코가 훌쩍거렸다.

"패애애앵!"

코까지 풀어주자 이제야 정신을 차렸다.

'와…… 무슨 칼국수가…….'

알리는 살면서 먹어본 칼국수 중에서 가장 맛있었다고 생각들었다. 이런 칼국수를 만들어낸 민혁을 감탄하며 바라봤다.

하지만 아직 그 감탄은 끝나선 안 되었다. 그에게 버프 알림이 들려왔다.

[당신만을 위한 레시피로 만든 요리를 드셨습니다.]

[한 달 동안 당신만을 위한 레시피로 만든 음식을 먹을 수 없습니다.]

[버프 유지 기간 동안 다른 버프를 중복해서 받으실 수 없습니다.]

[바지락 칼국수]

[20일 동안 지혜 25%, 지력 20%가 상승합니다.]

[20일 동안 스킬 쿨타임이 20% 감소합니다.]

'뭐, 뭐라고? 지혜가 25%, 지력이 20% 상승한다고? 뭐, 뭐야. 이벤트 버프야?'

알리는 눈을 휘둥그레 떴고, 경악한 그를 보며 민혁은 작은 웃음을 짓고 있었다.

"이 정도면 왕의 전당에 오르실 수 있으려나요?"

그 물음에 알리는 고개를 맹렬하게 끄덕였다.

"무, 물론입니다!"

퍼센트로 스텟이 상승하는 경우 랭커들일수록 더 빛을 발하는 편이었다. 지혜 25% 일시적 상승은 실제 천년설삼의 효력처럼 1.5배 마력량 증진의 힘을 발휘하진 못하지만 다른 특별한 능력들이 그 힘을 보충할 수 있었다.

스킬 쿨타임 20% 감소. 가뜩이나 캐스팅 속도가 일반 유저들과 확연히 다른 알리이다. 심지어 지력 20% 상승이라면 그에 따른 마법 공격력 상승을 의미하기도 한다.

"당신은 정말 뛰어난 요리사시군요. 황혼의 요리사 블랙보다 더 대단한 거 같아요!"

알리도 그 비싸다는 황혼의 요리사 블랙의 요리를 먹어봤다. 하지만 소문난 잔칫집에 먹을 것이 없다고 그 값어치만큼의 힘은 발하지 못했다.

그러나 이 정도라면, 이 힘이라면 가능할 수 있을지도 몰랐다.

그리고 알리는 이 순간, 민혁과 자신이 '우정'을 가지게 되는 친구가 될 수 있을 거라 확신했다.

친구가 많이 없는 알리! 그는 평생을 함께할 수 있을 것 같은 친구들에게 해주는 표시가 있었다.

"민혁 님."

"네?"

"왼팔 좀 줘보시겠어요?"

민혁은 그에 왼팔을 내밀었다.

"저희 친구가 될 수 있을까요?"

"그럼요!"

민혁에게도 과자 상자를 준 알리는 은인이었다. 아니, 그 이상이지 않던가!

알리가 민혁의 왼쪽 손목 위에 'X' 표를 그렸다. 그리고 진지한 표정으로 그 팔을 하늘 높이 들어 올렸다.

"이것이 바로 우리의 동료의 증표입니다!"

민혁은 잠시 그를 멍한 표정으로 바라봤다.

감격에 취한 알리가 하늘 높이 손을 들어 올린 채 감격에 찬 목소리로 말하기를.

"사람이 언제 죽는지 아십니까? 가슴이 마법에 꿰뚫렸을 때?

아니, 저주 마법에 걸렸을 때? 아니, 독의 강을 지나쳤을 때?"

그리고 민혁은 알 수 있었다.

'이 대사 어디서 들어봤는데…….'

"아닙니다! 바로 동료에게 잊혀졌을 때입니다! 하지만 민혁님은 저를 잊으시지 않을 것 같습니다. 그것이 바로 우리의 증표! 동료오오오오!"

알리가 하늘 높이 왼팔을 들어 올린 채 강조했다.

민혁은 여전히 멍하니 바라보았다.

'이 사람…… 오타쿠잖아?'

알리가 어서 맞장구를 쳐주기를 바라는 마음으로 소곤소곤 말했다.

"같이해 주면 밥 사드릴게요."

"오오오오오오오오!"

힘이 불끈 솟은 민혁이 자리에서 벌떡 일어나 왼팔을 들어 올렸다. 그리고 뒤로 돌았다.

"이제 무슨 일이 생겨도 이 엑스 표가 우리들의 증표!! 동료오오오오!"

"콩아, 너도 어서 빨리!"

민혁의 말에 앉아서 칼국수 국물을 후루룩 마시고 있던 콩이가 어기적어기적 몸을 일으켰다. 그리고 왼손에 알 리가 썼던 매직을 집어 들어 'X'를 그리고는 하늘 높이 손을 들어 올렸다.

"꾸우우우울!"

하지만 콩이의 표정은 이러했다.

'주인 녀석, 펫 하기 참 힘들다. 꿀!'

알리는 감격스러웠다.

아아, 이 얼마나 아름다운 장면이란 말인가. 이 얼마나 감격스러운 장면이란 말인가!

그리고 민혁은 그에게 레전드 길드에 있는 '에이스'를 소개시켜 줘야겠다는 생각을 했다.

바로 그때. 알림이 들려왔다.

[고대의 군주의 조각품 세 개가 융합됩니다.]

[고대의 군주가 한층 더 강력해집니다.]

[고대의 군주의 병사들이 한층 더 강해져서 깨어납니다.]

[고대의 군주의 전사들이 깨어납니다.]

알리는 눈을 크게 떴다. 고대의 군주가 강해진다? 물론 이곳 베이스 마을에서 고대의 군주를 사냥하기 위해 모인 유저들의 경우 강력했다. 그 때문에 한 번도 레이드를 실패하고 전멸한 적은 없었다.

하지만 강화된 고대의 군주라면?

'뭐지? 뭔가 일이 잘못되어가고 있는 게 분명해.'

그때 또 다른 알림이 울려 퍼졌다.

[수호자들의 탑이 생성됩니다.]

[세 명의 수호자들의 힘이 탑에 깃듭니다.]

[세 명의 수호자들의 탑은 기존 수호자의 탑보다 훨씬 더 높은 점수를 줍니다.]

고대의 군주가 깨어나는 날. 항상 '수호자의 탑'이 나타나곤 했다.

한데, 그때와 지금 달랐다. '수호자의 탑'과 '수호자들의 탑'은 분명히 달랐다.

즉, 수호자의 탑은 조각품 하나에 깃들어 있는 수호자다. 그리고 수호자의 탑의 역할은 점수를 주고, 그 점수에 따라 유저들이 받게 되는 '군주의 보물 상자'가 달라진다.

수호자의 탑을 통해 얻을 수 있는 점수. 이 점수는 여러 가지 행동에 따라 달라진다.

1. 고대의 군주에게 공격 성공 시 점수.
2. 고대의 군주에게 치명타 공격 성공 시 점수.
3. 고대의 군주의 병사 사냥 시 점수.
4. 고대의 군주에게 마지막 일격을 가할 시 점수.

1~4번까지 몇 점인지에 대해 적히지 않은 이유는 간단했다.

고대의 군주 사냥은 여럿의 파티가 진행한다. 파티원의 숫자가 적을수록 받는 점수가 높아지며 점수가 높을수록 보상은 올라간다. 하지만 적은 파티원 숫자로는 고대의 군주가 있는 곳에 도달할 수 없으며 레이드 때 뒤처지게 마련이었다.

그리고 위에 설명했듯이 수호자들의 탑은 기존의 탑보다 훨씬 더 높은 점수를 준다. 즉, 보상이 훨씬 더 후해진다는 거다.

'고대의 군주를 사냥했을 때, 가장 좋았던 보상이 뭐였더라?'

알리는 곧이어 아차 했다.

'저, 전설 아티팩트 제작서!'

전설 아티팩트 제작서. 아티팩트라는 것은 제작 시 확률이 존재한다. 무조건 질 좋은 재료들만 가지고 있다고 해서 높은 등급 아티팩트가 나오지 않는다. 또한, 이는 대장장이의 실력과 아티팩트 재료에 따라 갈린다.

하지만 이러한 것들을 전부 무시하는 게 한 가지 존재한다. 바로 '아티팩트 제작서'였다. 제작서는 무조건 그 재료들만 모아 제작을 한다면 그 등급의 아티팩트가 나타난다는 거다.

'잠깐, 전설 아티팩트보다 보상이 좋아진다는 건…….'

알리는 직감할 수 있었다.

'이제까지 없었던 최고의 아티팩트 제작서가 나올 수도 있다는 거잖아!'

그는 경악했다.

그리고 알리의 옆에 있던 민혁. 그는 알리와 같은 알림을 들었지만, 그와 함께 떠오른 다른 내용을 보고 있었다.

[돌발 직업 퀘스트: 고대의 군주의 염원]

등급: SSS

제한: 식신

보상: 고대의 군주의 간장 찜닭 재료

실패 시 페널티: 모든 스텟-20

설명: 고대의 군주는 살아 있던 당시 식신의 부하 중 한 명이었다. 그는 악마에게 정신이 잠식당하던 때에 식신에게 부탁한 것이 있었다. 소중한 나의 백성을 잃지 아니하고 싶다고. 내 손으로 그들을 죽이고 싶지 않다고. 하지만 지금 과거의 식신은 죽었다. 그의 염원을 당신이 이루어, 베아스 마을을 구원하라. 그렇다면 간장 찜닭을 통해 '식신의 비기' 중 하나를 얻을 수 있으리라.

'간장 찜닭……? 식신의 비기?'

민혁은 간장 찜닭 부분에서 전율하고 있었다.

그 순간, 알림이 들려왔다.

[수호자들의 탑이 베아스 마을과 베레스트 산맥에 있는 모든 유저들을 산맥 초입으로 워프시킵니다.]

두 사람을 빛이 휘감았다.

고대의 군주 레이드를 기대하고 있던 세계의 유저들은 당혹할 수밖에 없었다.

"고대의 군주가 강해진다고?"

"가뜩이나 엄청 강하지 않아?"

애초에 고대의 군주가 나타나면 유저들은 모두 베레스트 산맥의 초입으로 워프되게 된다. 그렇게 현재 모인 인원은 약 50명 정도였다. 하지만 이 인원이 전부 고대의 군주에게 닿는 것은 아니었다.

바로 그때, 워프되어 나타난 한 사내를 보며 유저들이 웅성거리기 시작했다.

"일본의 '무사시' 켄타로잖아?"

"와, 켄타로……!"

켄타로. 일본 공식 랭킹 2위. 등 뒤로 두 개의 일본도를 들고 있는 그는 양 팔짱을 끼고 있었다.

이곳에 많은 강자가 모인다지만 한 나라에서 다섯 손가락 안에 꼽히는 유저를 보는 경우는 드물었다.

"켄타로는 고대의 군주를 한 번 레이드 한 적이 있지 않나?"

켄타로는 바로 전설 아티팩트 제작서를 가져간 것으로 유명하다. 그리고 켄타로는 또 한 번 베아스 마을로 들어올 수 있는 입장권을 퀘스트를 통해 진행했다는 거다.

그는 그때의 전율을 잊지 못한다. 마지막 일격을 먹였을 때, 세계의 유저들이 감탄하는 모습 말이다.

켄타로는 차분하게 움직이며 말하기 시작했다.

"한층 더 강력해진 고대의 군주를 레이드 하기 위해서 유저분들은 팀을 꾸리시기 바랍니다."

50명이 함께 팀을 꾸릴 순 없었다.

그리고 켄타로가 말했다.

“가장 효율이 좋은 팀원의 숫자는 5명입니다. 그 5명이 가장 먹는 점수도 적당하고 포지션도 좋죠. 또한, 6명까지가 파티원 한계이기도 합니다.”

이 여러 개의 팀 중에서 실제로 정상에 오르는 유저들은 많이 없다.

베레스트 산맥에 오르는 길에 팀 개수에 따른 반투명한 통로가 생성된다. 그 통로로 유저들은 빠르게 올라가야 한다. 즉, 어떻게 보면 세계인들이 팀워크를 이루어 싸우지만 다르게 보면 팀을 이룬 이들의 경쟁 구조이기도 했다. 그것은 켄타로의 말대로 다른 유저들도 알고 있는 방식이었다.

[10분 뒤 베레스트 산맥에 입장을 시작하셔야 합니다.]

[레이드를 원치 않는 유저의 경우 로그아웃 시 베아스 마을로 오기 전의 장소로 돌아가게 됩니다.]

“저희 파티 들어오실 분 구합니다!”

“저희 파티에 벌써 420레벨 궁수, 421 전사, 417 전설 클래스 유저까지 있습니다!!”

“빠르게 급구합니다. 저희 최강 조합으로 사제, 전사, 궁수, 마법사, 도적 조합입니다!”

유저들은 빠르게 움직였다.

그리고 켄타로. 그에게 많은 러브 콜이 쏟아졌다.

“켄타로 님, 저랑 같이 파티…….”

“꺼져라.”

켄타로를 원하는 유저들은 많았다. 팀 점수가 높을수록 당연히 보상이 커질 테니까. 그러나 실력도 없으면서 ‘버스’를 타려는 행위의 유저들을 켄타로는 쳐냈다.

‘오늘 모인 유저들 중에서 두각을 드러낼 만한 이들이 몇 안 보여…….’

이곳 베레스트 산맥에 도전하는 세계인들의 숫자는 계속 감소하고 있었다. 처음 그 신선함과 달리 보물 상자는 사실 아주 간혹 좋은 보상을 주지, 대부분 짰기 때문이다. 그 때문에 입장 퀘스트까지 포함해 걸리는 시간 대비 비효율적이었기 때문이다.

켄타로에게는 하나의 아티팩트가 있었다. 그것은 ‘측정의 회중시계’였다. 이는 시계의 모양이었지만 실제로는 시간이 아닌, 상대방의 레벨을 보여주는 엄청난 아티팩트다.

이 아티팩트가 바로 ‘전설 아티팩트’다. 유저나 혹은 몬스터와의 싸움에서 켄타로는 매우 유용하게 쓰고 있었다.

그러던 중, 켄타로의 이목을 끄는 한 사내가 있었다. 검은 로브를 두르고 있는 마법사로 추정되는 인물. 그 옆으로는 허름해 보이는 갑옷을 착용하고 등 뒤로 레이피어를 찼으며 낡은 투구를 쓴 사내도 있었다.

켄타로가 회중시계를 검은 로브의 사내 쪽으로 가져갔다.

[측정의 회중시계가 발동되며 하루에 다섯 번만 가능합니다.]

[측정의 회중시계에 따라 앞의 유저의 레벨을 탐색합니다.]

딸칵-

회중시계의 뚜껑이 저절로 열렸다.

'……호오?'

켄타로의 눈이 흥미를 머금었다.

검은 로브를 쓴 사내.

'최소한 470?'

이 회중시계는 정확한 수치를 보여주지 않는다. 근접치를 보여준다.

이어서 켄타로는 그에게 다가갔다.

"마법사 유저가 필요합니다. 함께하시겠습니까?"

켄타로의 질문에 검은 로브를 쓴 마법사 유저인 검은 마법사 알리는 고개를 끄덕였다.

'켄타로…… 이 사람 소문은 좋지 않지만…….'

만약 그와 함께 진행한다면 왕의 전당에 이름을 올릴 확률이 높아진다. 검은 마법사 알리가 고개를 끄덕였다.

"좋습니다. 아, 그리고 제 동료인데, 함께 가도 되겠지요?"

"그런가요? 잠시만요. 지금 시간이……."

켄타로는 그 옆에 있는 사내를 흘겨보며 회중시계를 사용했다.

딸칵-

열린 회중시계를 보며 켄타로는 미간을 좁혔다.

'350대?'

베아스 마을에 들어올 수 없는 유저였다. 버그인가? 라는 생각이 잠시 스쳤다.

'짐만 된다.'

그에 켄타로는 단호하게 말했다.

"실례지만 그쪽 분께서는 레벨이 어떻게 되십니까?"

그 질문에 민혁은 바로 답했다.

"355레벨입니다."

알리가 깜짝 놀라 민혁을 돌아봤다.

'355레벨이신데, 어떻게 베아스 마을에…….'

켄타로가 쓴웃음을 지었다.

"죄송하지만 옆에 분은 함께 가는 게 불가능할 것 같군요. 아시겠지만 이 파티 사냥은 파티원의 레벨도 무척 중요합니다. 팀 단위 점수이니 말이죠. 아, 물론. 팀의 숫자가 적을수록 획득 점수는 높아지지만…… 그러면 정상은 갈 수 없겠죠."

민혁을 버리고 가라는 말이라는 것을 알리는 눈치챘다.

하지만 민혁은 아직 로그아웃하지 않았다. 고로 파티에 참여하는 게 기정사실이다. 이제 더 이상 무르지는 못한다.

알리는 왕의 전당에 오르고 싶었다. 그러기 위해선, 켄타로라는 사람과 함께해야 한다. 그와 함께 팀을 이루면 높은 점수를 따낼 것이다.

그리고 팀 내에서도 가장 높은 점수를 보유한 자가 더 보상이 좋아지고 왕의 전당에 오를 확률이 높다.

그때 주변에서 시끄럽게 떠들기 시작했다.

"355레벨?"
"미친…… 저런 유저를 누가 파티원으로 받아?"
"저 유저 받으면 팀 점수 깎아 먹고 고대의 군주 보물 상자 보상 깎이는 거잖아?"
"저 유저는 내가 봤을 때, 혼자 올라가야 할 판이군."
"큭? 355레벨이?"
알리는 잠시 주변을 둘러보곤 차갑게 말했다.
"전부 아가리 좀 닥쳐요."
순간 주변이 조용해졌다.
알리가 말했다.
"저는 이 사람과 단둘이 올라가겠습니다. 그와 저는 '동료'이니까요."
알리가 왼팔을 들어 올려 X 표시를 보이며 말했다.
옆에서 남들이 욕하든 말든 관심도 없이 빵을 우물거리며 '캬! 크림빵 맛있어!'하던 민혁. 그 또한, 왼팔을 하늘에 들어 올렸다.
"제가 당신을 거절하죠. 전 이 사람과 동행합니다. 우리는 동료거든요."
민혁은 해맑게 빵을 먹으며 외쳤다.
"동료오오오!"
콩이도 서둘러 민혁의 어깨 위에서 왼팔을 쭉 들어 올렸다.
"꾸우우우우울!"
그것은 '알리' 인생 최고의 선택이 되는 순간이었다.

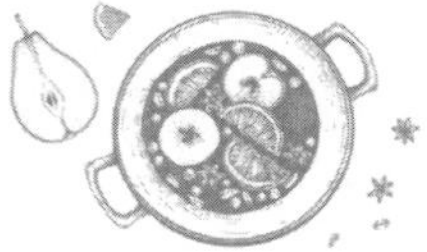

7장
반신 아티팩트 제작법

김대식 부장은 자리에서 벌떡 일어날 수밖에 없었다.

그는 숨을 크게 들이마셨다.

"저, 저 등신들이……!"

현재 베아스 마을이 사라지느냐 마냐의 판가름에 놓인 상황이었다. 그런 상황에서 가장 실력 좋은 셋에게서 트러블이 생겨났다.

곧 맥없는 표정으로 김대식 부장이 자리에 털썩 주저앉았다.

"저 세 사람이 함께했다면 가능했을지도 모르는데……."

상황을 보아하니, 알리와 민혁은 단 두 사람만이 올라갈 것이었다.

물론 켄타로의 상황이 이해가 가지 않는 것은 아니었다. 하지만 김대식 부장이 화난 이유는 다른 것에 있었다.

그들의 목소리가 스피커로 들려왔다.

[이래서 한국인들은 안 돼.]

[저 둘은 고대의 군주의 얼굴도 보지 못하겠군.]

[355레벨의 유저와 동행한다? 산 중턱도 넘지 못하고 둘 다 죽을 거야. 심지어 HP가 낮은 마법사는 앞에서 뛰어난 탱커가 받쳐줘야 하는데, 355레벨 유저가 뭘 받쳐줘?]

"우리 대한민국 유저들을 뭐로 보고!!"

김대식 부장이 지금 가장 크게 화난 것은 바로 이 부분이었다. 세계인들의 조롱!

그는 목이 탔던지 차가운 냉수를 벌컥벌컥 들이켰다.

그때 이민화가 말했다.

"부장님."

흥분한 김대식 부장이 고개를 돌렸다.

"오히려 잘된 걸지도 모른다고 저는 생각합니다."

"응?"

신입 사원 꼬리표를 뗀 지 얼마 되지 않는 이민화였지만 현재는 이 팀의 중심이나 마찬가지였다. 항상 박민규 팀장의 부사수로서 활동했던 그녀는 지금의 김 부장보다도 많은 걸 내다봤다.

"알리와 민혁 유저는 저들이 상상도 할 수 없이 강합니다. 그리고 팀원의 숫자가 클리어하기 힘들어지기에 최소 인원으로

5명 정도를 맞춥니다. 그만큼 점수는 나눠 가지죠. 하지만 저 두 사람이라면 그 다섯 명 몫을 해내고도 남을 거라고 생각합니다. 또한, 알리 유저는……."

그녀가 곧 빙그레 웃음 지었다.

"우리나라 마법사 공식 랭킹 1위일 뿐만이 아닙니다. 그의 레벨은 현재 세계 공식 마법사 랭킹 1위의 알렉스보다 낮습니다. 하지만 실제로 더 높은 클래스의 마법을 익혔습니다."

다른 팀의 사람들이 세계인의 모든 것을 안다는 건 말이 안 된다. 하지만 반대로 특별 유저 관리팀은 더 풍부한 데이터를 가지고 있었다.

"그, 그럼 희망이 있다는 거군? 저 둘이서도?"

이민화는 고개를 끄덕였다.

문득 김 부장은 무언가 생각났다.

"그런데 만약 저 두 사람이 높은 점수로 고대의 군주를 사냥하면 어떤 걸 보상으로 받지?"

"현재 저희가 만들어낸 '점수에 따른 보상'에 의하면 '도달 불가 범위의 점수'가 존재합니다."

김 부장이 고개를 끄덕였다.

곧 이민화가 말했다.

"그 도달 불가 범위 점수에 도달할 시. 고대의 보물 상자는 반신 아티팩트 제작법을 보상으로 줄 것입니다."

켄타로는 하늘 높이 왼팔을 치켜든 세 존재를 보며 피식 비웃어 버리고 말았다.

"그렇군요, 알겠습니다."

켄타로는 마법사가 머저리라고 생각했다.

아마 옆에 있는 한국인과 친분이 있는 듯싶었다. 하지만 사람이라면 공과 사 구분은 확실히 해야 한다고 켄타로는 생각했다. 그는 지금, 어마어마한 보상을 받을 기회를 놓친 것과 다름이 없었다.

변수가 생겨났다. 그리고 그 변수 대신에 보상이 더 좋아졌다. 그러할 때 최악의 악수를 앞의 마법사는 둔 것이다.

켄타로는 몸을 돌려 다시 파티원을 구하기 위해 움직였다. 당연하게도 검은 마법사 알리와 민혁에게 파티를 권유하는 곳은 그 어떤 곳도 없었다.

"괜찮습니다. 저러한 자들과 함께할 바에 민혁 님과 함께하는 게 나아요."

알리는 민혁이 미안해할까 봐 하는 말이었다.

민혁은 말없이 고개를 끄덕였다.

곧 알림이 들려왔다.

[베레스트 산맥에 입장해 주시기 바랍니다.]

[베레스트 산맥의 통로는 팀의 숫자에 따라 맞춰져 나타납니다.]

[자신들에게 주어진 통로를 벗어날 수 없으며 다른 통로의

몬스터들을 사냥할 수 없습니다.]

[파티원의 숫자와 별개로 나타나는 트릭, 몬스터 숫자, 몬스터 등급은 동일합니다.]

[가장 빠르게 고대의 군주가 있는 정상에 도착하는 파티에게 추가 점수가 부여됩니다.]

알림에서처럼 파티원의 숫자가 적다고 고대의 병사나, 전사라는 놈들의 능력치가 하향되지 않았다. 그 때문에 파티원의 숫자가 5명이 적당한 것이었다.

이어서 열 개가 넘는 팀이 각각의 통로로 들어갔다.

통로는 투명한 유리 벽이 쳐져 있었기에 서로 볼 수 있었다. 하지만 그 투명한 유리 벽을 넘을 수는 없었다.

다른 팀은 4~6명의 파티원들이 팀을 이뤄 왁자지껄 통로에 입장했다. 반대로 민혁과 알리는 단 두 사람만이 통로로 들어갔다.

켄타로는 자신이 모집한 최고의 구성원들과 함께 통로를 통해 빠르게 위쪽으로 올라가기 시작했다.

'강화된 베레스트 산맥…….'

어느 정도까지 강해졌을지는 아직 미지수였다. 그랬기에 더 문제였고, 그랬기에 최고의 파티 조합이 필요한 것이었다.

"준, 당신이 탱거 계열이라고 했으니, 앞에서 어그로를 끄시고 저와 궁수 유저인 바르마스 님은 집중 타격하겠습니다. 아시겠지만 제 딜량은 꽤 높으니 걱정하지 마시고요. 또, 마법사 유저인 버로우 님께서는 간간이 몹이 몰렸을 때, 광역 마법을 사용해 주시고요."

"네."

모두가 켄타로를 든든히 믿는 눈치였다. 켄타로는 이미 베레스트 산맥을 오르고 강화되기 전의 고대의 군주를 사냥한 이력이 있지 않은가.

곧이어 고대의 병사들이 나타났다. 고대의 병사들은 레더 아머를 두르고 있었는데, 누더기 같았고 등 뒤로 곳곳이 찢긴 망토를 착용하고 있었다. 또한, 기다란 창을 들고 있었다.

'여기까진 전과 다를 게 없어.'

올라갈수록 다양한 것들을 헤치고 나아가야만 한다. 그 과정에서 기억을 떠올려 보면 3팀이 채 오르지 못했다.

사실상 가장 먼저 오르는 팀이 고대의 군주를 사냥할 확률이 높았다. 또한, 점수가 높을수록 보상이 높아지니 가장 빠르게 오르는 팀이 고대의 군주를 독식할 수 있다.

쒜에에에엑-

다섯 마리의 고대의 병사와의 전투가 시작되었다. 준이 앞에서 몸을 단단하게 만들어 놈들의 창극을 막아낸다.

푹! 푹푹!

"크학! 이놈들 엄청 아픕니다! 또 방어력을 올려주는 스킬

써도 창이 그대로 박혀요!"

사제 유저가 재빠르게 힐을 시전했다. 작은 빛들이 탱커 준의 몸을 휘감았다. 그리고 켄타로의 등에 달린 한 자루의 일본도가 그의 손에 들렸다.

무사시. 그의 전설 클래스.

"일격. 속(速)"

[일격이 단숨에 적을 공격합니다.]

그의 일본도에서 서린 일격의 공격이 빛처럼 뻗어 나갔다.

퓍!

일본도의 검 끝에 고대의 병사 하나가 쓰러졌다. 하지만 그는 움직이지 않고 그 자리에 서 있었다.

[팀 점수 5점을 획득합니다.]

[개인 점수 2점을 획득합니다.]

팀 전체 점수가 높다면 모든 팀원의 보상이 좋아진다. 그리고 그중에서도 개인 점수가 더 높다면 그들보다도 더 보상이 좋아진다.

타타탓-

이어서 빠르게 내달린 켄타로가 현란한 칼 솜씨로 단숨에 고대의 병사들을 사냥했다.

"최대한 빨리 올라가서 고대의 군주를 독식합시다."

그렇다. 지금 켄타로는 고대의 군주가 얼마나 강화됐는지 몰랐기에 다소 자만하고 있는 것이다. 그는 빠르게 올라가 독식하자는 생각밖에 없었다.

주변을 둘러봤다. 각각 다른 통로로 올라가는 팀들.

아직까지 무난했지만, 고대의 병사들은 평소보다 40%가 더 강해졌다. 심지어 고대의 전사도 나타난다고 하니, 올라갈수록 어려워질 것이었다.

그때, 켄타로의 눈에 두 사내가 보였다. 검은 마법사 알리와 아까 전, 그 355레벨의 유저였다.

"뭘 하는 거지?"

정체 모를 사내가 빠르게 달렸다. 그는 앞쪽으로 달려 나가기 시작했고, 그 뒤로 검은 마법사 알리가 뒤쫓기 시작했다.

그 뒤로 어느덧 서른 마리가 넘는 고대의 병사가 붙기 시작했다. 심지어 그중엔 고대의 전사도 포함되어 있었다.

그 순간, 놀라운 일이 벌어졌다. 마법사 유저가 스태프를 휘두른 순간, 고대의 병사들의 머리 위로 둥그런 검은 고리가 생겨났다.

'언데드 붐?'

언데드 붐. 고위급 마법사들만이 부릴 수 있는 마법. 실패와 성공으로 나뉘는데, 성공하면 언데드 몹을 한 번에 잡을 수 있다.

이는 마법사의 레벨에 따라 성공 확률이 올라간다. 하지만 실제로 고레벨 마법사들도 언데드 붐으로 언데드 몹을 잡긴 힘들다는 거였다.

한데, 곧 켄타로가 경악했다.

한 마리가 아니었다. 마흔 마리의 고대의 병사들의 머리 위로 전부 검은 고리가 생성되었다.

“뭐, 뭐야?”

켄타로는 살면서 대규모 언데드 붐은 본 적이 없었다.

그 순간, 알리가 하늘을 향해 스태프를 들어 올렸다. 밝은 빛을 발하는 스태프가 강력한 빛을 터뜨렸다.

그 순간.

펑! 펑펑펑펑펑펑펑펑!

마흔 마리 중 서른 마리가 넘는 고대의 병사들의 몸이 터져 나갔다.

‘미친……! 고레벨 마법사들도 언데드 붐 성공률이 40%가 될까 말까 라는데……!’

그런데, 저렇게 대규모 언데드 붐으로 한 번에 사냥하다니?

‘생각외로 엄청난 고렙이었나? 그나마 다행이군. 저놈이 짐짝이 될 테니.’

켄타로는 사내. 민혁을 보며 피식 웃었다.

그리고 말했다.

“빨리 가야 할 것 같습니다.”

“예!”

켄타로와 그 무리가 빠르게 산을 오르기 시작했다.

언데드 붐을 사용한 알리는 알림을 들었다.

[팀 점수 158점을 획득합니다.]
[개인 점수 75점을 획득합니다.]

그레이트 언데드 붐. 반경 20m 내에 존재하는 언데드 몬스터들에게 동시에 언데드 붐 능력을 걸어버린다.

이 성공과 실패 확률은 지혜나, 지력, 또는 마법사가 오른 클래스에 따라 성공 확률이 올라가는 편이었다.

'민혁 님이 저런 뛰어난 어그로 능력을 가졌을 줄이야…….'

알리는 고개를 주억였다. 그러다 미간을 구겼다.

'근데 저 어그로 능력 왜 익숙하지?'

이상한 일이었다. 한 번쯤 들어본 것 같았다. 하지만 가물가물한 기억이었기에 그는 대수롭지 않게 생각했다.

쓰러진 고대의 병사들 사이. 그사이에 열 마리의 고대의 병사와 한 마리의 고대의 전사가 멀쩡했다. 언데드 붐은 실패 시에 대미지를 1%도 주지 않으며 오히려 마나만을 갉아먹는다. 그랬기에 리스크가 컸다.

하지만 알리는 남들보다 훨씬 더 높은 지점에 왔기에 충분히 괜찮을 거라 판단했다. 그러면서도 그는 빠르게 블링크를 사용해 민혁의 앞으로 이동했다.

"민혁 님은 뒤쪽에 피해 계세요! 저 아직 MP 짱짱합니다!"

민혁 덕분이었다. 그 버프 능력 덕분에 25%의 MP량을 추가 확보했다. 또한, 지혜나 지력이 올라가면 MP 자연 회복률도 눈에 띄게 올라간다.

"파이어 월!"

거대한 불의 장벽! 그 장벽이 고대의 병사들의 접근을 차단했다.

그 틈에서 알리가 빠른 속도로 마법을 쐈다.

"파이어 볼! 파이어 볼! 파이어 볼! 파이어 볼!"

알리의 일반 법사들과 차별화된 파이어 볼이 고대의 병사들을 집어삼켰다.

콰콰콰콰쾅!

'뭐야, 저놈은 왜 안 죽어!'

알리는 얼굴을 구겼다. 고대의 전사. 두터운 판금 갑옷을 입고 있는 놈은 알리의 거대한 파이어 볼에도 끄덕도 하지 않고 접근하고 있었다.

'설마 마법 방어력 100%?'

간혹 그런 몬스터들이 존재한다. 마법 방어력이 비약적으로 높은 놈들.

그러한 놈들을 마법사들은 가장 꺼려 한다. 놈들은 마법 공격의 대미지를 거의 80% 가까이 축소시켜 버리기 때문이다.

'큰일이다. 고대의 전사들이 전부 이래 버린다면…….'

자신의 마법이 무용지물이 된다.

바로 그때 등 뒤에서 목소리가 들렸다.

"잠시만요. 바람 같은."

탓!

바람이 스쳐 지나가는 소리가 들렸다. 그리고 2m 50㎝는 될 정도의 커다란 크기에 대검을 든 고대의 전사 앞에 선 한 존재. 그의 검이 움직였다.

서걱- 툭!

단 일격이었다. 그 일격에 고대의 전사의 머리가 떨어졌다.

알리는 잠시 그 머리를 내려다보고 민혁을 번갈아 봤다. 3초 동안 거의 다섯 번을 번갈아 봤다.

'뭐, 뭐야?'

이게 어떻게 된 일이지?

그리고 머릿속에서 이러한 정보를 가진 이가 흐릿하게 스치고 지나간다. 하지만 그 이름이 딱 기억이 나지 않는다. 그럴 때 있지 않은가?

그는 자신도 모르게 머리가 하얘진 채 물었다.

"다, 당신. 정체가 뭡니까?"

그 질문에 민혁은 하늘 높이 왼팔을 들어 올려 'X'를 보이며 말했다.

"동료오오오!"

그리고 씨익 웃었다.

알리는 민혁의 정체에 대해 알지 못하고 있었다. 하지만 그 웃음에서 그는 직감했다.

'이 사람, 특별하다…….'

그것은 마치 학창 시절의 전교 1등을 보는 것 같았다. 그리고 아까 전, 켄타로를 비롯한 세계인들은 전교 1등을 부러워하고 시기, 질투하는 이들 같다.

그러한 이들이 꼭 말한다. '그렇게 공부만 하면 재밌냐~?'라든가 '어휴, 인생이 공부는 다가 아니란다', '좀 놀아!'라고. 그러면서 그들은 다소 불쌍하다는 표정으로 바라본다.

그런데, 전교 1등의 기분은 어떨까? 그럴수록 더 기분이 좋다. 내가 이 자리에 있기 때문에, 그러한 강한 사람이기에 별로 신경도 쓰이지 않는다.

'민혁 님은 그런 느낌이 나…….'

아직 알리는 민혁이 고대의 전사를 사냥하는 것만을 보았다. 한데, 심상치 않은 느낌이 풍겨왔다.

민혁이 말했다.

"저희도 빠르게 올라가죠. 제가 앞장서겠습니다! 제가 보기보다 강하거든요!"

"아, 넵!"

민혁도 알리가 무척이나 마음에 들었다.

사실 알리는 민혁을 버리고 다른 이들과 합류하는 게 훨씬 이득이라고 생각하는 게 맞다. 그래야 그가 왕의 전당에 오를 확률이 높아질 테니까. 하지만 그는 그러지 않았다.

두 사람이 빠르게 올라가기 시작했다.

처음 몹들을 몰아서 사냥한 알리는 올라갈수록 고대의 전사들의 빈도가 더 많아지는 걸 볼 수 있었다. 심지어 고대의 병사들의 숫자도 늘어만 가고 있었다.

"고대의 전사들이 너무 많아."

방금 전처럼 난항이었다. 고대의 전사의 숫자가 자그마치 셋이었다.

알리가 또 한 번 그레이트 언데드 붐을 사용해 주변에 몰려든 몹들을 처리했다.

문제는 고대의 전사였다. 놈들은 언데드 붐에도 걸리지 않았다. 높은 마법 방어력이 성공률을 극악으로 떨어뜨린 것이다.

그 순간, 민혁의 검에 붉은 기운이 넘실거리며 깃들었다.

그 힘을 민혁이 힘껏 쏘아 보냈다.

[갈라내는 검]

[적을 향해 두 개의 붉은 검기가 날아가며 110%의 추가 공격력이 붙습니다.]

쐐애에엑!

민혁이 힘껏 세로로 검을 내려친 순간, 반월의 검기가 한 마리의 고대의 전사를 양단했다. 그다음, 곧바로 가로로 검을 힘껏 그었다.

쐐에에에에엑!

빠르게 날아간 검기가 고대의 전사를 이등분했다.

고대의 전사 두 마리를 빠르게 사냥한 민혁이 빠르게 움직였다. 그리고 남은 고대의 전사 한 마리를 공격하기 시작했다.

[무형검]
[방어력을 무시하는 검.]

푹!

“크하아아악!”

고대의 전사가 입고 있는 두꺼운 풀 플레이트 아머를 젓가락으로 두부를 찌르듯 파고든 검을 민혁이 뽑아낸 후, 다시 한 번 검을 휘둘렀다.

[낙뢰(落雷)]
[2연속.]

쾅쾅!

마른하늘에서 떨어진 두 개의 벼락이 단숨에 고대의 전사를 소멸시켜 버렸다.

‘……강해, 엄청 강해. 아까 전에 우연이 아니었어.’

알리는 민혁을 보면서 눈을 떨었다. 손에 땀이 축축이 젖어졌다.

그가 이를 드러내 웃었다.

‘내 친구는 강하구나!’

그러면서도 알리는 주변을 둘러봤다. 그 두 사람은 단 두 명이었지만 가장 빠르게 앞서가고 있었다.

그러다 뒤쪽에서 쫓아오는 한 무리가 보였다. 바로 켄타로와 팀원들이었다.

'이런 말도 안 되는……!'

켄타로는 알리와 민혁을 쫓으며 똑똑히 볼 수 있었다. 알리가 광역 마법을 시전하고 민혁이 마법 방어력이 높은 고대의 전사를 사냥한다.

고대의 전사는 켄타로도 혼자 상대하기 버거웠다. 높은 마법 방어력뿐만이 아니라, 물리 방어력도 말도 안 될 정도로 높았다. 하지만 정체 모를, 자신들이 사양했던 유저가 고대의 전사를 빠르게 사냥했다. 심지어 자신보다 훨씬 빠르게 말이다.

"아까 그 유저…… 생각보다 너무 강합니다."

"……그렇군요. 하지만 저들보다 저희가 빠르게 갈 수 있을 겁니다. 이 베레스트 산맥 정상은 세 구간으로 나눠집니다. 첫 번째, 이처럼 병사들이 몰려오는 구간, 그리고 두 번째 트릭과 독들이 난무하는 구간, 세 번째가 바로 고대의 군주가 있는 구간이지요. 최소한 저들보다 빠르게 저희는 두 번째 구간을 지나칠 수 있을 겁니다."

"오, 정말인가요?"

"예, 저는 아시다시피 이 베레스트 산맥을 한번 올라본 경험이 있습니다. 때문에 두 번째 트릭과 독에 대한 만반의 준비를

갖추고 왔지요. 그때보다 더 어렵겠지만 충분히 가능합니다."
"역시 켄타로 님입니다."
"켄타로 님만 믿겠습니다!"
켄타로는 속으로 웃음을 지었다. 비록 그들이 지금 앞서 나가는 것처럼 보이지만, 결국에는 자신들보다 늦게 도착할 것이다.
아니, 그 이전에.
'저 마법사의 MP가 고갈되려나?'
그렇게 파티원들의 기대를 한 몸에 받던 켄타로. 그는 곧이어 위쪽에서 들리는 소리를 들을 수 있었다.
쾅쾅쾅쾅쾅쾅! 푸쉬이이이이이익-
"트릭과 독들이 난무하고 있군요. 아마도 지금 두 사람은 강력한 맹독과 저주에 의해 나아가지 못하고 있을 겁니다."
켄타로가 능글맞게 웃었다.
궁수 유저인 바르마스가 '신의 눈'을 개방했다.

[신의 눈]
[전방 1㎞ 앞을 꿰뚫어 봅니다.]

바르마스는 이 신의 눈 능력을 통해서 멀리 있는 적들의 위치를 파악하고 활을 쏘는 궁수였다.
"헉……!"
"왜 그러십니까?"
"무슨 일이죠?"

눈이 흰자, 검은자의 구분 없이 오로지 검게 물든 바르마스가 먼 허공을 보며 놀란 음성을 터뜨렸다.

주변에서의 물음에도 불구하고 그는 답하지 않았다. 아니, 오히려 숫자를 세고 있었다.

"8초, 9초, 10초, 11초, 21초……."

"……?"

"바르마스 님?"

팀원들이 고개를 갸웃했다. 그리고 이어서 마지막 숫자.

"41초……."

그의 검게 물들었던 눈동자가 본래 색으로 돌아왔다.

켄타로가 물었다.

"방금까지 센 숫자는 뭡니까?"

켄타로의 말에 복잡한 표정을 짓고 있는 바르마스가 산을 올려다보며 말했다.

"……그들이 두 번째 지점을 벗어나 더 이상 트릭이 없는 곳에 도달한 시간입니다."

그 순간 알림이 울렸다.

[수호자들의 탑이 강력하게 빛납니다.]

[고대의 군주가 있는 지점에 가장 빠르게 도착한 팀의 경우 특별 점수를 획득합니다.]

[이제부터 각 팀의 점수가 표기되기 시작합니다.]

켄타로는 조금 전, 바르마스의 말이 사실임을 깨달았다.

첫 번째 팀이 고대의 군주가 있는 곳에 도달한 순간, 이제부터 모든 팀의 점수가 보인다.

점수판은 유저들의 닉네임과 같은 건 보이지 않는다. 단지, 통로에 있는 팀들은 이름을 설정할 수 있고 '익명'으로도 할 수 있다. 만약 익명으로 한다면 몇 번 통로인지 알려준다.

'우리가 지금 5번 통로…….'

[5번 통로. 팀 점수 941점.]

그리고 곧 켄타로는 1등에 있는 점수를 보고는 말문을 잃을 수밖에 없었다.

"미, 미친……!"

[코리아 넘버원. 팀 점수 6,413점.]

켄타로는 알 수 있었다. 아까 전 그 두 한국인. 그 두 사람이 미칠 듯이 앞서가기 시작했다. 말도 안 되는 점수로.

'저 정도 점수면 도대체 어떤 보상이 떨어지는 거냐!'

그리고 곧 다시 팀의 이름을 보고 켄타로는 주먹을 꽉 쥐었다.

'코리아 넘버원…… 코리아…… 넘버원……!'

자신들을 겨냥한 말이 분명했다.

바르마스가 말했다.

"그리고 그 355레벨의 유저는 프라이팬을 들고 있었습니다."
그에 켄타로는 눈을 크게 떴다.
'우, 우리가 한국 최고의 유저를 놓친 거였어……?'

5분 전, 고대의 병사들과 전사들을 사냥하며 나아가던 민혁과 알리.
곧 걸음을 옮기던 알리는 심상치 않은 기운을 느꼈다.

[스캔]
[주변에 있는 위험을 감지합니다.]

스캔이라는 마법 능력은 주변에 있는 트릭과 같은 것을 알려준다. 일종의 탐지 마법이었는데, 문제는 정확히 어디에 있는지 감지할 수 없다는 거였다.
하지만 다르게 감지 가능한 것은 있었다.
"사방팔방이 전부 트릭과 저주, 독으로 가득 찼어요. 워, 원래 이 정도까지 심하진 않을 텐데……!"
그에 민혁이 앞으로 나섰다.
"실드 가능한가요?"
"가능하긴 합니다만, 어째서……."
"제가 앞에서 저 트릭과 저주, 독 전부 막아내겠습니다. 알리

님은 실드를 쳐주시면 됩니다."

"그, 그게 무슨……."

"알리 님."

민혁이 부드러운 목소리로 그를 불렀다.

"저도 우리나라의 국민입니다."

알리는 말문을 잃었다.

그것은 알리도 동감했다. 세계인들이 자신들을 낄낄거리며 비웃었다. 때론 나를 욕하는 것보다, 다른 사람 또는 나라를 욕하는 게 기분 나쁠 때도 있는 법이다.

"우리나라가 어떤 나라인지 보여야지 않겠어요?"

하지만 알리는 너무 무모하다는 말을 하려 했다.

그 순간, 그가 등에 차고 있던 레이피어를 뽑았다. 그러자 프라이팬으로 변화했고, 변화한 프라이팬을 든 민혁이 달려 나갔다.

콰아아아아앙-!

그때 민혁의 바로 옆에서 거대한 화염이 솟구쳐 나왔다.

태애앵!

민혁이 힘껏 프라이팬으로 마법을 쳐냈다.

[마법 반사]

[마법 공격을 적에게 돌려줍니다.]

[트릭을 막아내셨습니다.]

[팀 점수 25점을 획득합니다.]

[개인 점수 10점을 획득합니다.]

그들의 행동에 따라 점수는 계속 오른다.

마법 공격이 튕겨져 날아갔다.

그 순간, 연달아서 민혁을 향해 갖가지 저주와 독들이 쏟아져 들어오기 시작했다.

[고대의 숨독]

[당신의 숨을 틀어막는 독이 뿜어집니다.]

[모든 상태 이상으로부터 버텨낼 수 있는 만독불침의 육체를 가지고 계십니다.]

[상태 이상으로부터 저항하셨습니다.]

[고대 마녀 파라마의 저주]

[환청과 공포가 당신을 엄습합니다.]

[모든 상태 이상으로부터 버텨낼 수 있는 만독불침의 육체를 가지고 계십니다.]

만독불침에 따라 그 어떠한 독과 저주도 민혁에게 해를 끼치지 못했다.

알리는 그 모습을 보며 경악할 수밖에 없었다.

'아…… 이래서……!'

그도 고레벨 랭커였다. 그는 자신이 해야 할 일이 뭔지 알았다.

민혁의 뒤를 노리고 강력한 트릭으로 설치된 장창이 그의 등을 노리고 날아갔다. 순간적으로 손을 뻗은 알리에게서 마법이 발현되었다.

[다크 실드]

[검은 실드가 적의 공격을 방어합니다.]

차차착- 쾅! 태애앵!

그리고 민혁은 또다시 자신에게 날아오는 마법을 프라이팬으로 방어했다.

쾅! 쾅쾅쾅쾅쾅쾅쾅쾅!

"다크 실드! 다크 실드! 다크 실드!"

탱탱탱탱!

환상의 호흡이었다. 민혁이 쳐내지 못하는 공격은 전부 알리가 빠르게 생성한 다크 실드가 보호한다.

앞에서 민혁이 달리며 트릭과 저주, 독들을 무효화시키며 그 뒤에서 손을 쭉 뻗으며 마법을 사용하는 알리가 그를 보호한다. 다른 유저들이 보았다면 경악할 만한 모습이었다.

일단 공격 속도에 반응하며 곧바로 마법을 시전한다는 것 자체가 말이 안 된다. 또한, 시전 시간도 시간이지만 저 정도 속도에 반응할 수 있는 반사 신경을 가진 게이머는 손에 꼽을 정도였다.

하지만 알리는 해내고 있었다. 심지어 민혁도 마찬가지였다. 국내 최고의 근접 유저 민혁과 국내 최고의 마법사 유저 알리가 만들어내는 환상의 호흡.

그들은 최고의 콤비이자 동료였다. 그리고 단 40초도 안 되는 시간에 모든 트릭과 독, 저주를 무효화시켰다.

잠시 후, 두 사람은 자신들에게 들리는 어마어마한 점수 알림을 들었다.

[수호자들의 탑이 강력하게 빛납니다.]

[고대의 군주가 있는 지점에 가장 빠르게 도착한 팀의 경우 특별 점수를 획득합니다.]

[이제부터 각 팀의 점수가 표기되기 시작합니다.]

알리와 민혁은 고개를 주억였다.

그들의 앞으로 산의 정상이 보였다. 저곳에 고대의 군주가 있을 것이다.

알리가 말했다.

"팀 이름 지을까요?"

"네, 하나 짓는 게 좋을 것 같아요."

"흐음, 아까 전에 저들이 우리를 무시했던 게 아직도 굉장히 화가 나네요."

알리의 말에 민혁이 쓰게 웃으며 끄덕이고는 말했다.

"그럼 팀 이름을 코리아 넘버원으로 하죠."

"아, 그거 좋네요."

알리가 씨이익 웃었다.

"우리 대한민국이 최고다."

그렇게 팀 코리아 넘버원이 결성되었다.

그리고 두 사람이 걸음을 옮겼다.

산 정상에 도착한 그들. 그들은 한 제단 위에 놓여 있는 세 개의 조각품 조각을 볼 수 있었다.

본래 기존에 이곳에 있던 조각은 머리였다. 한데, 두 개의 조각품이 추가되었다. 팔과 다리.

그리고 이어서 그 세 개의 조각품들이 허공에 두둥실 떠오르며 고대의 군주가 형상을 갖춰가기 시작했다.

갈기갈기 찢어진 붉은 망토, 그리고 황금빛으로 번쩍거리는 갑옷. 뿔 투구 안에서 빛나는 눈동자.

"나를…… 죽여다오…… 악마로부터 고통받는…… 나를 구해……."

형상을 갖춘 그가 다급하게 말했다. 하지만 곧 그의 눈동자가 검게 물들기 시작했다.

"죽어라아아아아!"

거대한 힘이 그의 검에서 쏘아져 올라갔다. 그리고 폭죽처럼 허공에서 터져 빛줄기가 되어 떨어져 내렸다.

[군주의 권능]

[베레스트 산맥을 지배하는 군주의 힘.]

콰콰콰콰콰콰콰콰콰콰쾅!

그 순간, 사방팔방에서 폭발 소리가 들려오고 알림이 들린다.

[수호자들의 탑의 빛이 미약해집니다.]
[1번 통로의 팀이 전멸합니다.]
[8번 통로의 팀이 전멸합니다.]
[6번 통로의 팀이 전멸합니다.]

말도 안 되는 강력함이었다.
알림은 거기서 그치지 않았다.

[매스 텔레포트]
[군주가 대항자들을 소환합니다.]

사방팔방에 빛이 번쩍이며 유저들이 나타나기 시작했다.
"쿨럭!"
"치료! 사제들 빨리, 힐 넣어!!"
"미친, ×발!! 뭐가 이렇게 강해!!"
"사제는 무슨! 지금 사제랑 마법사 다 죽었어!!"
"우리 팀 나 빼고 다 전멸이야?"
"이거 버그 아니야? 이걸 어떻게 깨!"
유저들은 혼란스러워하고 있었다.
입고 있는 갑옷이 넝마가 되어버린 켄타로도 두 개의 일본도를 X로 앞을 가로막아 보호한 자세 그대로 굳어 있었다.
'이걸…… 깨라고 만든 거야……?'

켄타로는 눈살을 찌푸렸다. 무언가 잘못되었다, 무언가가.

'현재로서는 사냥이 거의 불가능한 몹인 거 아냐?'

아테네의 유저들은 계속해서 레벨업을 한다. 갈수록 성장하고 더 강력해진다. 그에 따라 아테네 측에선 계속해서 새로운 업데이트를 통해서 유저들이 질리지 않게, 새로운 목표를 잡을 수 있게 한다.

하지만 고대의 군주는 그 범주를 넘어섰다. 최소한 랭커들도 6개월은 지나야 사냥할 수 있는 보스 몹으로 추정되었다.

이걸 아테네에서 집어넣었다?

'다 죽으라는 거잖아?'

지금 당장 주변을 둘러보면 그 일격에 의해 전투 불능 상태에 빠진 유저들이 대다수였다. 방어구 내구도가 다 하락한 이들이 대다수였고 심지어 상처 입은 유저들은 사제들의 로그아웃으로 포션에 연명해야 했다. 현재 살아남아 워프된 유저의 숫자는 스무 명이었다.

그리고 켄타로는 보았다. 아직 굳건한 두 사람, 바로 민혁과 알리였다.

처음, 군주의 권능의 경우 앞에 있던 두 사람이 아닌 다른 유저들만을 집중 타격했다는 거였다.

이어서 고대의 군주의 검이 또 한 번 휘둘러졌다.

"대항하는 어리석은 자들아, 죽음으로 사죄하라!"

콰콰콰콰콰콰콰쾅!

검을 휘두른 순간, 땅이 저절로 파이면서 유저들을 향해 쏘아져 갔다.

콰르르르르르!

“크흐윽!”

“크학!”

유저들이 비명을 토해냈다. 하지만 그렇다고 유저들이 밀리기만 하는 것은 아니었다. 그들은 빠르게 정신을 차렸다.

“켄타로! 명령을!”

“당신은 한번 사냥해 본 전력이 있지 않습니까? 당신의 오더를 믿겠습니다.”

팀은 달랐지만, 모두가 알아챘다. 지금은 누가 점수를 많이 먹고가 중요한 게 아니다. 강제 로그아웃 당하지 않고 생존해야 한다.

“궁수들은 후방으로 빠져 지속적인 대미지를 입히십시오. 탱커는 앞으로 나서고 딜러는 그 바로 옆에서 공격을 가합니다. 모두 스킬을 아끼지 마시기 바랍니다. 하나라도 아끼려고 하는 순간, 우리는 전멸입니다!”

“예!”

“예!”

유저들이 빠르게 움직였다.

[바람의 화살]

[꿰뚫는 화살]

[조준 샷]

[연사 샷]

퓨퓨퓨퓨퓨퓨퓻!

화살들이 강력한 힘을 머금고 고대의 군주를 향해 날아갔다. 그 순간, 생겨난 정체 모를 황금 검날이 나타나 그 화살들을 허공에서 갈라냈다.

그리고 고대의 군주가 달리기 시작했다.

"탱커들!"

켄타로가 다급하게 외쳤다. 그러자 탱커 세 사람이 달리기 시작했다.

"쿠오오오오!"

"으아아아아아!"

탱커들의 몸이 단단해졌다.

[골렘의 심장]

[온몸이 아이언 골렘처럼 단단해집니다.]

[맷집의 활약]

[HP가 180% 상승합니다.]

[골든 나이트]

[번쩍이는 황금 갑옷의 방어력이 상승합니다.]

콰아아앙!

유저 맥스가 커다란 사각 방패를 치켜들고 빠르게 고대의 군주와 충돌했다.

조금 전, 골렘의 심장이라는 능력을 사용해 온몸을 돌처럼 단단하게 만들어낸 맥스. 그는 희열했다.

'세계인들이 보는 앞에서 내가 이놈을 막아낸다면…… 나는 영웅이 될 것이다!'

맥스는 탱커로서 누구보다 자신 있었다. 방어력이 무지막지하게 높은 그는 심지어 아티팩트들마저도 화려했다.

콰아아앙!

고대의 군주의 검이 사각 방패와 충돌했다.

"크큭!"

맥스는 웃었다. 역시 이 사각 방패는 뚫지 못하는구나, 드워프에게 직접 제작을 의뢰해 만들어낸 마니르의 절대 방패!

하지만 그 순간 이변이 일어났다. 고대의 군주의 검과 직격한 맥스의 사각 방패로 기어오르는 무언가가 있었다.

"히이이익?"

맥스는 깜짝 놀랐다.

그것은 자세히 살펴보니 나무줄기였다. 그러고 보면 고대의 군주는 주변의 흙과 나무, 식물체 등을 자유자재로 부리는 능력자였다.

그리고 그 나무뿌리가 사각 방패를 조이기 시작했다.

콰드드드드득!

"……미, 미친!"

내구력이 무한인 아티팩트이기에 부서져도 24시간이 지나면 저절로 재생되겠지만 이런 경우는 처음 보는 맥스였다.

고대의 군주가 검을 휘둘렀다.

콰아아아아앙!

놈이 검을 휘두르자 검에서 모래가 쏟아졌다. 그리고 그 모래는 피부에 닿는 순간, 몸을 녹이기 시작했다.

"크아아아아악!"

맥스가 비명을 질렀다. 뒤에서 함께 고대의 군주를 막아내려던 두 유저도 깜짝 놀랐다. 땅속에서 촉수처럼 솟아난 나무줄기가 그들의 높은 방어력을 뚫고 몸 곳곳을 꿰뚫었기 때문이다.

끝이 아니었다.

콰콰콰쾅!

강력한 폭발이 일어나며 그들을 산산조각 냈다.

"이, 이런 ×발!"

"저, 저걸 어떻게 잡습니까!"

"로그아웃도 안 되고 미치겠네!"

유저들이 비명을 질렀다.

고렙들만 있는 그들은 로그아웃 당할 시 페널티가 다른 이들보다 훨씬 더 큰 편이었다. 심지어 드랍할 아티팩트를 생각하면 눈앞이 아찔했다.

달려오던 고대의 군주가 다시 한번 하늘을 향해 아까 전의 그 강력한 힘을 쏘아 올렸다.

쐐에에에엑-

하늘 높이 올라가는 그 강력한 힘. 그 힘을 보면서 켄타로는 절망했다.

'못 막아, 이건…….'

그는 강제 로그아웃을 직감했다. 다른 유저들도 마찬가지였다.

허공에 쏘아진 그 힘은 쪼개어져 사방팔방으로 유저들을 노리고 날아갔다. 바로 그때.

[압축]

[모든 유저를 한곳에 끌어옵니다.]

검은 마법사 알리가 스태프를 휘둘렀다. 그 순간, 모든 유저들의 몸이 자신들을 끌어당기는 힘에 의해 알리의 등 뒤로 밀집되었다.

그리고 알리의 스태프에서 뻗어 나간 강력한 힘이 둥그런 원의 보호막을 형성했다.

"배리어."

유저들이 경악했다.

배리어. 실드의 최상위급 진화 형태로, 실드의 10배는 더 단단한 방어막을 형성한다. 대신에 페널티로 사용 중에 마법사와 그 안의 보호 대상자들은 어떠한 능력도 사용할 수 없으며 심지어 시전 준비도 불가능하다. 그 배리어가 생존한 유저들을 중심으로 퍼져 나갔다.

콰콰콰콰콰콰콰쾅!

배리어를 중심으로 고대의 군주의 힘이 작렬했다. 하지만 놀랍게도 배리어에는 작은 실금조차 없었다.

배리어는 아직 세계 공식 마법사 랭킹 1위 마법사인 알렉스도 익히지 못한 8클래스 마법의 전유물이라고 알려져 있다. 때문에 유저들이 경악한 것이다.

알리가 말했다.

"당신들이 좋아서 살려둔 건 아닙니다. 단지, 우리도 숫자가 많아야 할 것 같아서요."

알리의 말에 켄타로는 마른침을 꿀꺽 삼켰다.

그리고 그 순간, 알리는 보았다. 한 사내가 배리어를 비집고 튀어나가는 것을.

"바람 같은."

배리어 안에 있다면 보호막의 보호를 받지만, 밖에 나간다면 받지 않는다. 그 대신 공격 불가 페널티가 사라진다.

단숨에 고대의 군주의 앞으로 이동한 그가 스킬을 사용했다.

"난무하는 검."

14초 동안 지속되는 난무하는 검!

민혁이 사용해 낸 난무하는 검이 수십 개의 검날을 만들어 무차별적으로 고대의 군주를 공격하기 시작했다.

픚픚픚픚픚픚-

[치명타가 터졌습니다.]

[무형검]

[방어력을 무시하는 검.]

푸쉭!

고대의 군주의 단단한 풀 플레이트 아머를 지나쳐 그의 피부가 베어졌다.

"크아아아악, 가소로운 애송이 놈아!"

쑤우우웅!

고대의 군주의 검이 휘둘러졌다. 가볍게 방어해 낸 민혁은 물러서지 않고 계속 고대의 군주를 몰아붙이기 시작했다.

켄타로는 말문을 잃었다.

"미친……!"

그것은 알리도 마찬가지였다. 알리도 민혁이 이 정도일 줄은 상상도 못 했던 거다.

다소 약한 상대와 싸울 때는 그 사람의 수준을 보기 다소 힘들다. 하지만 강한 존재와 싸울 때는 그 사람이 가진 여력을 알 수 있다.

콰아아아앙!

그 순간, 고대의 군주의 몸 곳곳에서 뻗어 나간 나무줄기가 민혁을 향해 쏘아졌다.

난무하는 검이 그 나무줄기를 쳐냈지만, 민혁의 몸 곳곳에 빈틈이 보였다.

그 순간, 콩이가 나타났다.

"꾸울!"

칼날의 뒤집개를 사용, 콩이는 빠른 속도로 나무줄기를 쳐냈다. 그리고 민혁의 팔을 잡고 빙글 한 바퀴 돌아 올라서

더니, 민혁의 팔을 박차고 앞으로 날아갔다.

"꾸우우우울!"

작은 몸집의 콩이가 고대의 군주의 몸 곳곳에서 뻗어져 나와 자신을 잡으려는 줄기들을 노련하게 피해내며 계속 공격을 가했다.

태애애앵!

그리고 민혁의 스피드가 한층 더 올라갔다. 콩이 덕분에 버프 효과를 받은 것이다.

그 순간, 배리어가 해제되었다.

"갑시다!"

"달려요!"

세계 유저들이 민혁을 선두로 달리기 시작했다.

켄타로가 양손을 모으고 검지 두 개를 붙였다.

퍼어어엉!

그 순간, 켄타로가 세 사람이 되어 고대의 군주를 향해 움직였다. 모든 유저들이 일격 필살을 준비하고 민혁은 그 앞에서 혼자 묵묵히 싸운다.

"나는…… 군주였다……! 세상을 손에 쥐고 흔든…… 군주였다. 나는 그 어떤 존재보다 강했고 위대했다…… 네깟 놈한테 지지 않는다!"

고대의 군주의 말이었다. 하지만 민혁은 답하지 않았다.

그 순간, 고대의 군주가 포효를 터뜨렸다.

"크아아아아아아!"

"큽!"
"악!"
"컥!"
모든 유저들이 일제히 비명을 터뜨렸다. 그들에게 한 가지 알림이 들려왔기 때문이다.

[군주의 포효]
[5분 동안 마법, 스킬을 사용할 수 없습니다.]

낭패였다.
고레벨 유저들의 경우 스텟과 아이템빨의 영향도 받지만, 그중에서 가장 큰 영향을 발휘하는 게 바로 스킬과 마법이다.
스킬과 마법은 레벨이 높을 때 함께 성장한다. 예를 들어 1클래스 마법사가 주먹만 한 파이어 볼을 소환하는 것과 알리가 헬파이어라는 거대한 지옥불을 소환하는 것이라고 할 수 있을 거다. 그런데, 스킬과 마법 자체가 통제받는다?
달려가던 켄타로의 분신 또한 모두 흩어져 사라졌다.
'저 사람도 이제 곧 죽겠군…….'
켄타로는 한숨을 쉬었다. 이번 고대의 군주 사냥은 대실패였다.
고대의 군주와 치열하게 붙는 사내를 거세게 쳐낸 군주. 그가 땅에 손을 박아 넣었다.
그 순간.

콰콰콰콰콰콰콰콰쾅!

강력한 폭발이 땅 곳곳에서 일어나며 유저들을 집어삼켰다.

"끄아하악!"

"끄아아아아악"

"큽!!"

그리고 알리는 켄타로가 몸을 던져서 구했다.

"목숨 빚진 건 한 번 갚았다."

알리는 켄타로와 눈을 맞췄다. 그리고 주변을 둘러봤다. 중국인 유저 한 명을 제외하고, 켄타로, 알리, 민혁, 네 사람만이 남았다.

남아 있는 중국인 유저는 미묘하게 웃고 있었다. 그는 바로 하우쉔 길드의 마스터 베드였다.

'모든 것이 계획대로 되어간다……!'

이제 여기 있는 세 사람과 자신이 자연스럽게 죽는다면 그들은 자신들이 저지른 행위조차 알지 못할 것이다. 그리고 아티팩트만 남기고 사라지겠지.

지금도 베드는 흐흐하고 웃었다.

주변에 널브러진 아티팩트들! 심지어 아까 전, 올라오다가 무수히 많은 팀이 전멸했으니, 왔던 길을 돌아가 줍는다면 말 그대로 대박이었다.

그러던 때였다.

"오만한 네놈을 처단하리라!"

고대의 군주가 또 한 번 광역 마법을 시전했다.

주변에 있는 나무들이 길어졌다. 그리고 땅이 뒤틀리며 그 안에서 튀어나온 나무줄기들이 남은 그들을 향해 쏘아져 오기 시작했다.

그때, 민혁이 외쳤다.

"능력도 별거 없네! 이게 끝이냐?"

"가소로운 놈!"

고대의 군주가 온 힘을 끌어올렸다.

쿠그그그그그-

세상이 진동한다. 나무에 앉은 새들이 모두 날아간다. 그리고 강력한 힘들이 유저들, 그리고 민혁을 향해 쇄도해 오기 시작했다.

"어쩌자고 저런 도발을!"

민혁은 '바람 같은'을 사용해 알리의 앞에 섰다. 그 옆에는 켄타로가 함께 있었고 그 뒤로 베드가 있었다.

그 순간 민혁이 한 가지 아티팩트를 꺼내 들었다.

알리와 켄타로, 베드가 동시에 어처구니없다는 표정을 지었다.

그가 꺼내 든 것. 그것은 바로 볼과 휘핑기였다.

볼은 재료를 담아낼 때 주로 사용되고, 휘핑기는 계란이나 반죽 등을 저을 때 사용한다. 그런데 민혁이 갑자기 빈 볼 안으로 휘핑기를 돌리기 시작했다.

'뭐야, 이 등신은?'

'미, 민혁 님…… 이, 이상해…….'

'이 사람 뭐야?'

그리고 고대의 군주도 황당했다.
“이런 머저리 같은 인간 놈아!!”
모든 힘이 그들과 직격하려는 순간, 휘핑기를 저을수록 볼 안으로 밀려들던 하얀 빛들. 그 빛이 터져 나갔다.
그리고.
샤샤샤샤샤샤샤샥- 쿠르르르르르르르-
솟아오른 줄기들이 땅속에 사라지고 날뛰던 땅들이 다시 가라앉았다.
주변의 나무들이 본래의 형태로 돌아갔으며 그 모든 것이 본래의 형태로 돌아갔다.

[캔슬]
[사용자를 중심으로 5m 안의 모든 스킬, 마법을 무효화시킵니다.]

민혁이 휘핑기를 다시 집어넣었다. 그리고 외쳤다.
“훼이크다, 이 자식아!!”
고대의 군주가 말했다.
“황당하도다……”
그는 군주둥절한 표정이었다.
그 자리에 있는 모든 사람이 경악했다.
‘모든 능력을 무효화시켰어……?’
‘무슨 이런 사기적인 능력이 있지?’
‘그것도 그거지만 볼에 휘핑기를 넣고 저으니 능력이 발현

되다니……?'

더 놀라운 것은 조금 전, 군주의 포효에 따라 5분 동안 모든 스킬과 마법이 무용지물이 되어야 했다. 한데, 앞의 민혁은 아니라는 거다.

거기서 끝나지 않았다. 그의 손가락에 있는 로베스의 반지가 빛을 발하며 높디높은 해일을 만들어냈다.

쏴아아아아아아-

해일이 뻗어 나가 고대의 군주를 집어삼켰다.

그리고 이번에 사내가 꺼내 든 것. 그것은 다름 아닌 맷돌이었다.

맷돌을 꺼내 든 민혁. 그가 돌리기 시작했다.

드르르르르륵-

"이, 이번엔 맷돌이냐……."

"하, 하하하……."

알리와 켄타로는 웃을 수밖에 없었다.

하지만 그들은 궁금했다. 과연 이 맷돌이 어떤 힘을 보여줄지.

쿠그그그그-

세 유저의 시선이 그 소리에 따라 허공으로 올라갔다. 그들은 똑똑히 보았다.

'먹구름?'

마른하늘에 날벼락이라는 말이 딱 어울릴 것이다. 해일에 빠져 허우적거리는 고대의 군주가 발버둥을 치다 어느덧 해일을 비집고 튀어나온 때였다.

콰!!

한 개의 낙뢰가 내리쳐 고대의 군주를 강타했다.

"크아아악!"

끝나지 않았다.

콰콰콰콰콰콰콰콰쾅!

수십 개의 낙뢰가 고대의 군주의 주변으로 떨어지거나 그를 가격하며 압박하기 시작했다.

하지만 놀랍게도 고대의 군주의 몸은 낙뢰가 떨어져도 빠른 속도로 회복되고 있었다.

"말도 안 되는 재생 능력……."

그리고 맷돌이 낙뢰지옥을 발현하는 때에, 민혁은 흩날리는 검을 사용했다.

쇄아아아아아아-

낙엽들이 허공에서 떨어져 내리기 시작했다, 돌가루들이 소용돌이치며 민혁의 몸 주위로 회전했다.

그 순간, 낙뢰지옥의 지속 시간이 끝났다.

"노옴!"

고대의 군주가 힘껏 검을 휘둘렀다. 그의 검에서 발현된 기다란 검기. 그 검기는 이제껏 살면서 보지 못했을 정도로 커다랬다.

쐐에에에에엑!

그때, 흩날리는 검의 지속 시간이 끝났다.

푸푸푸푸푸푸푸-

수백 개의 검기가 날아오는 검기와 부딪쳤다. 강력한 검기의 힘에 낙엽은 허공에 산산이 흩어져 사라졌다.

하지만 계속된 낙엽의 강타로 서서히 그 힘이 약해지기 시작해, 유저들의 바로 코앞에서 소멸되어 사라졌다.

"허억허억, 십 년 감수했군."

켄타로가 질색하며 말했다.

사실 지금 그들은 무용지물과 같았다. 마법사 유저인 알리는 말할 것도 없었고, 켄타로도 기본적인 스텟과 힘이 강하다고 해도 고대의 군주한테 덤벼들면 개죽음이 분명했다. 지금 켄타로는 자신이 얼마나 나약한 존재인지 깨닫고 있었다.

'아무것도 할 수 없어.'

그와 함께 앞에 있는 사내의 강함을 깨닫고 전율했다.

'나도 저 사람처럼 강해지고 싶다…….'

그리고 사내가 고대의 군주를 향해 달려들었다.

[분노하는 검]

[강한 찌르기에 공격력 100%가 추가되며 급소 찌르기에 성공할 시 총 140%의 힘으로 폭발하며 반경 2m 내의 적들까지도 추가 공격력 60%의 바람의 힘에 의해 갈가리 찢겨 나갑니다.]

붉게 물든 민혁의 검이 고대의 군주를 강하게 찌르고 들어갔다. 그 순간, 고대의 군주의 몸 주위로 땅속에서 솟아난 줄기들이 뻗어 나와 갑옷처럼 감싸기 시작했다.

콰드득!

민혁이 검을 힘껏 찌른 순간.

[분노하는 검의 효과가 사라집니다.]

말 그대로 캔슬 능력과 비슷했다. 줄기 갑옷과 충돌한 순간, 스킬이 무용지물이 된 것이다.

그때를 놓치지 않고 고대의 군주가 추가로 만들어낸 줄기들이 민혁의 몸을 속박했다.

"큽!"

[줄기 족쇄에 걸리셨습니다.]

[끊어내기 전까지 움직일 수 없습니다.]

콰지익!

고대의 군주의 검이 민혁의 몸을 횡으로 베어냈다. 그 순간, HP가 빠른 속도로 하락하기 시작했다.

[HP가 60% 미만으로 하락합니다.]

[HP가 40% 미만으로 하락합니다.]

[출혈에 따라 머리가 일시적으로 어지러워집니다.]

막 고대의 군주가 또 한 번 민혁을 공격하려던 찰나였다.

"꿀!"

콩이가 민혁의 앞을 막아서며 고대의 군주와 검격을 부딪쳤다.

탱! 탱탱탱!

"가소롭도다!"

"꿀!"

하지만 곧 얼마 버티지 못하고 콩이가 뒤로 물러났다.

또 한 번 고대의 군주의 검이 움직인 순간.

탓-

켄타로가 움직였다. 그리고 고대의 군주의 검이 그의 복부를 꿰뚫었다.

"크읍!"

켄타로는 애초에 강제 로그아웃 당할 것을 알고서도 몸을 던진 것이다.

"당신에게도 빚진 목숨 한 번 갚았습니다."

켄타로는 빠른 속도로 하락하는 HP를 보았다.

고대의 군주는 거슬린다는 듯이 발로 걷어찼다.

"컵!"

그리고 그때, 모두에게 알림이 들려왔다.

[군주의 포효의 페널티가 해제됩니다.]

"파이어!"

화르르르르륵!

알리가 사용한 강력한 화염이 민혁의 몸을 옭아매던 줄기들을 태워냈다. 민혁의 마법 방어력이 높기에 그 불의 힘에도 큰 영향은 없었다.

우두두둑-

민혁이 힘을 주어 불에 타 약해진 줄기들을 뜯어내고 뒤로 물러났다. 그리고 알리에게 귓속말했다.

[민혁: 혹시 필살 마법 같은 거 없어요? 한 번에 저놈을 죽일 마법 같은 거요. 제가 잠깐 저놈을 껴안고 있을 수 있습니다.]

[알리: 있긴 한데…… 민혁 님도 강제 로그아웃 당하실지도 몰라요.]

[민혁: 바로 가능해요?]

[알리: 네, 바로 가능합니다. 하지만 기회는 한 번밖에 없습니다.]

민혁은 답하지 않았다. 그저 고대의 군주에게 달려들었다.

놈은 무지막지한 재생력을 가졌다. 그 때문에 놈이 재생도 하지 못할 강력한 타격기가 필요하다. 일단 자신에게는 비산하는 검이 있긴 했지만 그 정도 타격을 입히진 못하리라.

'바람 같은'을 사용. 단숨에 고대의 군주와의 거리를 좁힌 민혁은 또 한 번 고대의 군주의 공격에 허용했다.

퍽!

"큽!"

[HP가 20% 미만으로 하락합니다.]

민혁은 있는 힘을 다해 고대의 군주를 꽉 껴안았다.

"이놈……!"

고대의 군주는 갑작스럽게 껴안자 당혹했다. 하지만 고대의 군주의 힘은 어마어마한 수준이었다. 그가 껴안자마자 곧바로 팔을 풀어내 검으로 또 한 번 그었다.

[HP가 10% 미만으로 하락합니다.]

하지만 바닥에 쓰러진 와중에도 민혁은 놈의 다리를 붙잡고 놔주지 않았다.

바로 그 순간, 시전을 준비하던 알리가 중얼거렸다.

"디스."

영웅의 무덤의 해방 퀘스트를 진행하고 얻었던 스킬북. 디스.

채에에에에에에-

하늘에서 커다란 빛의 창이 빠른 속도로 떨어지기 시작했다. 그는 빛보다 빠른 속도였다.

그리고 그 창은 단숨에 고대의 군주를 꿰뚫었다.

퍽!

"컥!"

고대의 군주가 빛의 창에 꿰뚫린 채 피를 토해냈다. 한 걸음 두 걸음 물러난 고대의 군주. 놈이 천천히 손을 뻗어 빛의 창의 창대를 쥐었다.

"미친……!"

알리는 경악했다. 디스는 마법 공격력 1,200%를 순간적으로 증가시켜 주는 엄청난 집중 공격 마법이다. 그런데, 아직도 살아 있다. 심지어 창대를 쥐고 뽑아내려 했다.

바로 그때였다. HP가 바닥까지 떨어진 민혁이 마지막 일격을 먹였다.

"비산하는 검."

기본 공격력 8배의 힘을 한 번에 담아내 타격하는 힘! 그 힘이 검에 넘실거리며 고대의 군주를 가격했다.

콰지이익!

"크아아아아악!"

고대의 군주가 끔찍한 비명을 질렀다. 그 순간, 그의 입에서 정체 모를 해골 모양의 형상 하나가 나왔다. 그는 악마에게 조종당한다고 하지 않던가.

그 해골 모양이 허공을 배회하다 날아간 곳은 다름 아닌, 베드가 있는 곳이었다.

베드는 당황했다.

[나의 힘을 깨운 자여…… 내게 더 힘을 다오…… 나의 힘을 깨운 자여……!]

곧이어 해골 형상은 허공에 흩어져 사라졌다. 하지만 베드의 얼굴이 천천히 일그러지기 시작했다.

'이런 ×발! NPC가 날 엿 먹이다니!!'

알리와 켄타로의 눈이 가늘어졌다.

'모든 원흉이 저자였군…….'

'저자가 조각품을 모아 깨운 게 분명해.'

어떤 이유에서인지는 중요하지 않았다. 하지만 그들은 직감한 것이다.

켄타로와 알리는 망설이지 않고 베드를 공격했다.

때마침 베드는 카오였고 아티팩트를 드랍하고 죽었다. 즉, 뿌린 대로 거둔 것이다.

그리고 그들에게 알림이 들리기 시작했다.

[수호자들의 탑이 강력하게 빛을 발현합니다.]

[모든 점수가 합산됩니다.]

[코리아 넘버원. 팀 점수 71,316.]

[5번 통로. 팀 점수 7,231.]

켄타로는 알았다. 완벽한 패배였다. 점수 차이가 자그마치 열 배나 나고 있었다.

심지어 개인 점수도 마찬가지였다.

[코리아 넘버원 민혁. 개인 점수 51,415.]

[코리아 넘버원 알리. 개인 점수 49,541.]

[팀 점수와 개인 점수가 합산된 군주의 보물 상자를 획득합니다.]

[고대의 군주를 도달 불가의 높은 점수로 클리어하셨습니다.]

민혁이 들은 알림이었다.

그리고 검은 마법사 알리. 그의 얼굴이 딱딱하게 굳어졌다. 그에게도 동일한 왕의 전당 알림이 들렸기 때문이었다.

도달 불가의 높은 점수 클리어! 두 사람이 동시에 왕의 전당에 오른 경우는 처음이었다.

[왕의 전당에 이름을 올립니다.]

[익명, 혹은 아이디로 이름을 올리실 수 있습니다.]

[왕의 전당에 따라 보상이 추가됩니다.]

[고대의 군주의 씨앗을 획득합니다.]

민혁은 역시나 이번에도 익명으로 선택했다. 그러자 알림이 울렸다.

[열두 번째 왕이 세상에 탄생했습니다.]

[대한민국의 '익명' 왕에 대해 세계 전체로 뻗어 나갑니다.]

켄타로는 그 알림을 들었다. 세계 전체로 뻗어 나가는 월드 메시지! 그리고 익명 왕!

'역시 이자가 얼마 전 대회에서 활약했던 그자구나!'

켄타로도 대한민국의 아테네:한국전의 영상을 보았었다.

그 유저가 바로 자신의 앞에 있었다.

이어서 알림이 추가로 들려왔다.

[열세 번째 왕이 세상에 탄생했습니다.]

[대한민국의 '검은 마법사 알리' 왕에 대해 세계 전체로 뻗어 나갑니다.]

켄타로는 또 한 번 놀랐다. 동시에 함께 왕의 전당에 유저가 오른 경우는 처음이었기 때문이다.

이로써 대한민국은 총 두 명의 왕을 보유하게 되었다. 또한, '익명'은 현재 신기록으로 3관왕에 오른 '켄라'와 동일한 점수를 가진 유일한 유저였다.

그때 민혁에게 추가적인 알림이 들려왔다.

[돌발 직업 퀘스트 '고대의 군주의 염원'을 완료했습니다.]

[고대의 군주의 찜닭 재료를 획득합니다.]

"아자!! 찜닭이라니!!"

그리고 알리와 켄타로는 볼 수 있었다. 왕의 전당 알림과 군주의 보물 상자 획득 알림을 들었을 때는 '아~ 뭘 얻었나 보네~' 하는 표정이었던 그가 눈에 띄게 기뻐하는걸.

알리는 서둘러 고대의 보물 상자를 열람했고, 그 안에서 나온 것을 보고 감격했다.

"미, 미친……."

자그마치 이천년설삼이었다. 마력량을 1.7배 영구적 상승시켜 주는 이천년설삼!

이 순간, 알리는 찜닭을 얻고 날아갈 듯 기뻐하는 민혁을 보면서 기대에 찬 목소리로 말했다.

"저 이천년설삼 나왔습니다. 민혁 님."

"오, 축하드려요. 잠깐만, 그러면 저도 먹을 거 나올 수도 있겠네요! 맛있는 거!"

"……그, 그러겠죠?"

알리는 당혹스러웠지만, 고개를 끄덕였다.

민혁은 서둘러서 군주의 보물 상자를 클릭했다.

드르르르르륵-

군주의 보물 상자가 격렬히 흔들리기 시작했다.

'맛있는 거 나와라, 맛있는 거!'

민혁은 간절히 바라고 또 바랐다.

그러나 민혁은 자신이 획득한 것을 확인하고는 시무룩해졌다.

"……저는 뽑기 운이 없나 봐요."

민혁이 시무룩해하자 의아한 알리가 말했다.

"뭐 나오셨는데 그래요? 혹시 공유 가능해요?"

아이템 정보는 사용자가 원한다면 공유해서 볼 수 있다.

민혁이 고개를 끄덕였다. 그리고 알리가 민혁의 아이템을 확인했다.

(반신 아티팩트 제작법)

특수 능력:

•사용자가 원하는 형태의 반신 아티팩트 제작법을 안내한다.

설명: 반신 아티팩트 제작법 중에서도 사용자가 원하는 아티팩트 제작법을 안내하는 것은 매우 희귀한 편이다.

그를 확인한 알리는 경악했다.

그리고 이해할 수 없었다.

"이, 이게 뽑기 운이 없다고요?"

옆에서 민혁이 입을 삐죽 내놓은 채 말했다.

"이런 명언 못 들어보셨어요? '인생은 치킨을 알기 전과 알고 난 후로 나뉜다' 크! 이 명언처럼 오늘 치킨 한 마리 딱 뜯어주면 하루의 피로가 날아갈 텐데……. 이런 먹지도 못하는 양피지 쪼가리라니……!"

치킨보다 못한 반신 아티팩트 제작법이었다.

그러던 때, 민혁에게 한 사내가 다가왔다. 그는 바로 켄타로였다.

"다음번엔 패배하지 않을 겁니다."

민혁은 대답하지 않았다. 그 또한 민혁의 목숨을 한 번 구해준 사람이었다.

그리고 켄타로의 입술이 달싹였다.

강해지고자 하는 욕구! 그것을 켄타로는 강하게 가지고 있었다.

그가 민혁에게 물었다.

"궁금한 게 있습니다."

자존심이 상하지만 어쩔 수 없이 그는 운을 뗐다.

"어떻게 하면 당신처럼 강해질 수 있습니까?"

그 질문에 민혁은 간단하게 대답해 줬다.

그 후 켄타로와 민혁, 알리는 곳곳에 드랍되어 있는 아티팩트를 전부 습득했다.

그리고 알리는 로그아웃하기 전 말했다.

"민혁 님이 저를 필요로 할 때, 언제든 한 번 발 벗고 달려가겠습니다."

"감사합니다. 알리 님!"

세계의 최강의 마법사 알리. 그의 도움을 한 번 언제든 받을 수 있다는 것은 정말이지 파격적인 것이었다.

그리고 그들이 떠난 후. 사령술사의 능력에 의해 부활한 하우쉔 길드원들은 자신들의 아티팩트뿐만이 아니라 모든 유저들의 아티팩트가 사라진 것을 알 수 있었다.

베아스 마을이 오픈되고 2개월 동안 입장 퀘스트만 진행해 왔다. 그런데, 심지어 자신들의 아티팩트까지 떨궜다. 물론 대부분 평소 들고 다니던 것보다 별로인 것들을 차고 있었지만, 그들은 막대한 피해를 입은 것이다.

"안 돼에에에에에에에에!"

깨어난 그들이 머리를 감싸 쥐고 비명을 질렀다. 새들이 허공으로 날아올랐다.

한편, 게임을 종료한 켄타로는 식당으로 갔다.

그에게 들은 강해지는 방법!

'그래, 그렇게 하면 나 또한 더 강해질 수 있다!'

그는 먼저는 밥을 세 공기를 뚝딱 하고 비워냈다. 그리고 부른 배를 문질렀다.

어느 정도 소화를 시킨 후에는 곧바로 마당으로 나갔다.

"하압! 하압! 하압!"

일본도를 힘껏 휘두르며 검을 연마하였다. 땀이 방울방울 떨어진다. 하지만 켄타로는 조금도 지치지 않았으며 가슴은 설렘에 떨려왔다.

그리고 밤 9시가 되자, 새 나라의 자라나는 어린아이처럼 이불 속에 쏘옥 들어갔다.

'밥 잘 먹고 운동 열심히 하고 잠 잘 자주면 됩니다!'

민혁의 말이 아른거렸다.

켄타로는 그의 말을 듣고 그 누구보다 감격했다.

아아아, 인생의 깨달음!! 밥 잘 먹고 운동 열심히 하고 잠을 잘 잔다! 이만큼 훌륭한 명언이 또 있을까?

그 말을 듣고 켄타로는 그에게 감격하고 또 감격했다. 그가 그토록 강한 이유를 알 수 있을 것 같았다.

'사람이 밥도 잘 먹고 운동도 열심히 하며 잠도 제때 잔다는 것은 정말 규칙적으로 자신을 갈고닦는다는 말을 의미한다.

그는 간단하게 말했지만, 그 말에는 심금을 울리는 명언밖에 없구나!'

그리고 켄타로는 결심했다.

자신도 할 수 있다. 밥 잘 먹고 운동 열심히 하고, 잠 잘 자기!

이불을 꼭 끌어온 켄타로. 그가 앞으로 강해질 자신을 상상하며 달콤한 꿈나라로 빠져들었다. 그의 입가엔 강해질 수 있다는 것에 대한 미소가 감돌고 있었다.

그리고 그는 몰랐다. 민혁은 그저 실제로 밥 잘 먹고 운동도 열심히 해주고 잠 잘 자주니까, 정말 강해졌기에 그런 말을 했다는 걸.

아테네 신전. 가상현실게임 아테네에서 존재하는 가장 크며 가장 많은 신도를 보유한 곳이었다.

또한, 아테네교는 현존하는 어떠한 신들의 '교'보다 가장 강력하였다. 세계 랭커 중 뛰어난 사제들과 성기사 등등은 대부분이 아테네교의 일원들이었기 때문이다.

실제로 아테네교의 일원이 되는 것은 무척이나 힘이 들었다. 깐깐한 규율은 물론이요, 필요로 하는 신성력 스텟이 무조건 500 이상인 자들만이 가능하였다. 하지만 아테네교에 든다면 그 유저의 게임 인생은 핀 것이나 마찬가지였다.

그런 아테네 신전에서 한 여인이 창가에 서서 먼 곳을 내려다보고 있었다.

그에 아테네 신전을 방문한 이방인들이 경악했다.

"서, 성녀 로이나다!"

"와……! 너, 너무도 아름다워! 세상에서 저렇게 아름다운 여인은 본 적이 없어!"

아테네라는 가상현실게임에서 가장 아름답다고 표현되는 NPC가 한 사람 존재했다. 그것이 바로 현재 모습을 드러낸 성녀 로이나.

아테네 신이 세상에 내려보냈다는 성녀 로이나는 그 누구보다 아름다웠다. 기다란 은빛 머리카락에 매혹적인 입술과 이쁘게 솟은 코, 심지어 새하얀 순백의 사제복에 가려진 육감적인 몸매까지.

성녀 로이나가 창가로 나온 이유는 간단했다.

"성자의 검을 움직이기 위해 이방인이 도전한다."

성자의 검! 아테네교에 내려져 오던 전설이었다. 땅속에 깊게 틀어박힌 성자의 검을 움직인 자는 영웅이 될 확률이 높다고.

하지만 아테네교가 만들어진 지 2천 년의 시간이 흘렀지만, 여전히 성자의 검은 항상 같은 자리에 박혀 있었다. 그 누구도 움직이지 못했다.

'높은 신성력을 필요로 하지. 또한, 보물 욕심, 성 욕심과 같은 욕심이 없는 순수한 자여야 한다고 했어.'

자그마치 2천 년이다. 그 2천 년이라는 시간 동안 그 누구도 뽑질 못했다.

그리고 바로 오늘 아테네교의 일원은 아니었지만 줄리안이라는 바베카교의 아이가 도전한다고 하였다.

그는 이방인이었다. 하지만 현존하는 이방인 중 가장 높은 신성력을 보유하고 있으며 가장 뛰어난 사제라고 하였다.

“와, 바베카의 줄리안!”

“모든 욕심을 게임 속에서마저 버린 사내!”

유저들이 웅성거렸다.

성자의 검은 아테네교의 사람들이 아니라고 할지라도 모두가 움직이게 할 수 있는 권한을 부여받았다. 그에 이방인들이 모여들었고 로이나는 기대감 어린 표정을 짓고 그 위에서 바라봤다.

곧 그녀는 볼 수 있었다.

줄리안이라는 자가 성자의 검의 황금빛으로 번쩍거리는 그립을 쥐었다. 그리고 양손으로 잡고 위로 끌어 올렸다.

“끄으으읍!”

하지만 들어 올려지지 않았다.

민망했던 것인지 줄리안은 더욱더 힘을 강하게 주었다.

“끄아아아아!”

이윽고.

뽀오오옹~

어찌나 힘을 줬던지 실수로 방귀까지 뀌어버린 줄리안은 얼굴이 붉어진 채 빠르게 그곳을 벗어났다.

그리고 몸을 돌린 로이나. 그녀가 입술을 질끈 깨물었다.

'요즘 악마 숭배자들의 움직임이 심상치 않아, 무언가 일이 벌어지려고 해, 무언가.'

모락모락 김을 피워 오르는 찜닭. 고대의 군주를 사냥하고 얻어낸 군주의 찜닭이었다.

민혁은 흐뭇한 미소를 지으며 앞에 놓인 밥 한 공기와 찜닭 한 마리를 보았다. 그리고 젓가락을 움직여 먼저 닭 다리를 집어 들었다.

닭 다리를 집어 든 민혁은 김을 모락모락 피워내는 그 녀석을 한 번 베어 물었다. 간장의 짭조름한 양념과 닭 다리 살의 부드러운 식감에 흐뭇한 미소가 감돈다.

닭 다리를 모두 먹어준 후엔 밥 한 숟가락을 먹어준다.

그 상태에서 이번엔 감자를 집어 든다. 잘 잘린 감자를 먼저는 그냥 먹어본다. 입안에서 보슬보슬하고 담백하면서도 짭조름한 감자의 맛이 퍼져 나간다.

그러다 이번엔 밥 위로 찜닭 국물 한 수저 정도를 뿌려준 후에 그 위로 감자를 올린 후에 수저로 감자를 꾹꾹 으깬 후에 한입 가득 퍼서 입에 넣는다.

"크! 예술이지, 예술이야."

이번엔 찜닭에 흔히 들어가는 납작 당면을 들어 올린다. 양념을 가득 머금은 납작 당면을 들어 입에 후루루룹 밀어 넣는다.

"아, 맛있어."

닭고기보다도 더 간장 양념이 가득 밴 납작 당면은 진리라고 할 수 있었다.

그리고 한 번씩 베어 무는 퍽퍽 살이나 혹은 다른 부위들의 맛!

닭고기를 먹을 때 자고로 프라이드치킨인지, 양념치킨인지 남이 봤을 때 모르게 먹으라는 명언이 존재한다. 민혁은 그처럼 깨끗하게 발라먹었다.

그러자 알림이 울렸다.

[고대 군주의 찜닭을 드셨습니다.]

[신성력 500을 획득합니다.]

[식신의 비기 음식에 따른 퀘스트를 획득합니다.]

"……어?"

민혁은 다소 놀랐다.

고대의 군주의 찜닭을 먹을 시에 식신의 비기를 얻는다는 이야기는 이미 알고 있었다. 하지만 실제로 요리를 확인해 봐도 비기가 무엇인지는 정확히 표기되어 있진 않았었다.

민혁은 음식에 따른 퀘스트를 확인해 봤다.

(음식에 따른 퀘스트)

식신의 비기

효과:

•음식을 먹을 시 간혹 그 음식과 연관된 퀘스트를 받을 수 있게 된다. 이는 오로지 식신만이 가능한, 식신의 비기이다.

"오……!"

민혁의 입가에 작은 미소가 감돌았다. 왠지 음식을 먹어서 얻는 퀘스트의 경우 맛있는 것이 나올 것 같은 냄새가 났기 때문이다.

"분명히 냄새가 나! 음~ 스멜~!"

민혁은 흡족한 미소를 짓다가 아차 했다.

얼마 전 고대의 군주를 사냥하고 얻었던 '군주의 씨앗'이 있었다. 이는 알리와 친구 추가를 한 후에 그에게 따로 물어봤는데, 민혁만이 얻었다고 한다. 아마도 민혁이 개인 점수가 더 높았기 때문인 듯싶었다.

민혁은 다시 한번 확인해 보았다.

(군주의 씨앗)

재료 등급: ?

특수 능력:

•?

설명: 오로지 교황이나 혹은 교황 후보만이 그 힘을 깨울 수 있을 것이다.

다시 확인해 봐도 의문이었다. 그리고 설명에 따른 것도 의문.

'아…… 왠지 이 씨앗을 키우면 맛있는 것이 나올 것 같은데.'

그렇다. 민혁은 오로지 맛있는 거라는 것에 크나큰 관심을 가지고 있었던 거다.

민혁은 그 때문에 오늘도 역시 아벨에게 귓속말을 보냈다.

[민혁: 아~벨~ 니이이이임~]

[아벨: 미~~혀억~니이이임~]

[민혁: 궁금한 게 있어서요.]

[아벨: 넵! 무엇이든 여쭤보세요.]

[민혁: 다름이 아니라 교황이나 혹은 교황 후보가 누가 있나요?]

[아벨: 교황 카루누는 21대 교황으로서 현존하는 교황 중 가장 강력한 힘을 가진 자라고 익히 알려져 있지요. 그리고 그 후보로는 단 한 명만이 존재합니다. 바로 성녀라고 불리는 로이나입니다. 로이나는 아테네 신이라는 절대적 신이 내린 여인이라고 유명하죠. 그런데, 로이나 모르세요?]

[민혁: 넵.]

[아벨: 아테네에서 현존하는 여인 중 가장 아름다운 로이나를 모르시다니…….]

[민혁: 그것보다 혹시 그들을 만나는 건 어려운가요?]

[아벨: 얼굴을 보는 건 한 십일 정도 아테네교에 있으시면 멀리서 보는 건 가능할 겁니다. 하지만 고위급 성직자들이 아니면 직접 알현하는 건 거의 불가능하다고 보면 됩니다.]

[민혁: 아, 그렇군요…….]

민혁은 아쉬운 표정을 지었다. 그리고 아벨에게 감사의 인사를 전했다.

하지만 곧 그는 생각했다.

'그렇다고 내가 포기할 것 같아?'

군주의 씨앗. 이는 분명히 범상치 않은 녀석일 것이었다.

'분명 맛있는 게 자라날 거야!'

로이나는 안으로 들어온 성기사 단장 코루를 보았다. 그녀는 아테네의 수정구를 보고 있었다.

아테네의 수정구는 지상에 나타난 마기를 측정해 낸다. 그리고 그녀의 얼굴이 일그러졌다.

'수정구가 더 많은 마기가 느껴진다고 알리고 있어…….'

분명히 악마 숭배자들과 악마 베로스가 움직이고 있는 것 같았다.

그러던 때에 단장 코루가 말했다.

"한 이방인이 약 15일 전부터 계속 로이나 님을 만나 뵙기를 청하고 있습니다."

"……그래요?"

"예."

"그런데 그걸 왜 저한테 보고하죠?"

로이나는 차갑게 웃었다.

그를 한 번이라도 가까이서 보고 싶어 하는 이방인들의 숫자는 넘쳐흐른다. 15일이 아니라 한 달가량 기다린 이들도 있다.

하지만 로이나는 성녀였으며 유일한 교황 후보이기도 하였다. 그런 그녀가 고작 이방인 한 명에게 신경 써야 하나? 또한, 성기사 단장 코루가 그까짓 일로 보고를 올리는 게 의아했다.

"독특한 이방인입니다. 벌써 아테네교의 모든 사제에게 사랑을 받고 있습니다."

"……그게 무슨 말이죠?"

로이나는 고개를 갸웃했다.

아테네교의 모든 사제로부터 사랑받고 있다? 그럴 리가 없다. 그들은 콧대 높은 이들이다. 다른 '교'보다 월등히 뛰어난 아테네였기에 그들은 웬만한 귀족들보다 더 콧대가 높았다.

"저도 그라는 사람에게 빠졌기에 이렇게 보고 올리는 겁니다. 그리고 그가 오늘 성자의 검을 뽑는 데 도전한다는군요."

로이나는 그 말에 미간을 구겼다.

뭔가 호기심이 생겼다. 모든 사제로부터 사랑받는 자라?

문을 열고 나간 그녀는 눈앞에 펼쳐진 모습에 말문을 잃었다. 주위로 가득 모인 사제들과 이방인들. 그리고 그 중심에 선 남성.

그가 두 손으로 검을 힘껏, 아니, 정확히 말하자면 가볍게 들어 올리자 쑤욱 뽑혀 올라왔다.

"얼래? 뽑혔네."

뽑히는 순간 성자의 검은 믿기지 않을 정도로 밝은 빛을 아테네 신전에 뿌렸다.

그녀는 벌벌 떨었다.

'저, 저자가 전설의 그 남자……!'

그녀는 너무 흥분해 자신도 모르게 소리쳤다.

"그걸 뽑으면 어떡해요!!"

그러자 남성이 깜짝 놀라 말했다.

"아, 맞네요! 움직이기만 하라고 했지, 참! 죄송해요!"

그리고 다시 쑥 하고 검을 꽂아 넣었다.

"아, 아니, 그렇다고 다시 집어넣으면 어떡해요!"

"아, 그렇네요!"

다시 쑤욱 하고 뽑아낸 사내.

"컥!"

로이나의 입에서 터져 나온 소리였다.

'무슨 성자의 검을 무 뽑듯이 뽑는 거야?'

to be continued

Wish Books
9클래스 소드 마스터
이형석 퓨전 판타지 장편소설
WISHBOOKS FUSION FANTASY STORY
검성(劍聖), 카릴 맥거번.
검으로 바꾸지 못한 미래를 다시 쓰기 위해
과거로 돌아오다.
이민족의 피로 인해 전생에 얻지 못한 힘.
'이번 생에 그걸 깨주겠다.'
오직 제국인들만이 사용할 수 있었던,
그 힘을!
'나는 마법을 익힐 것이다.'
이제, 검(劍)과 마법(魔法).
두 가지의 길 모두 정점에 서겠다.
9클래스 소드 마스터: 검의 구도자

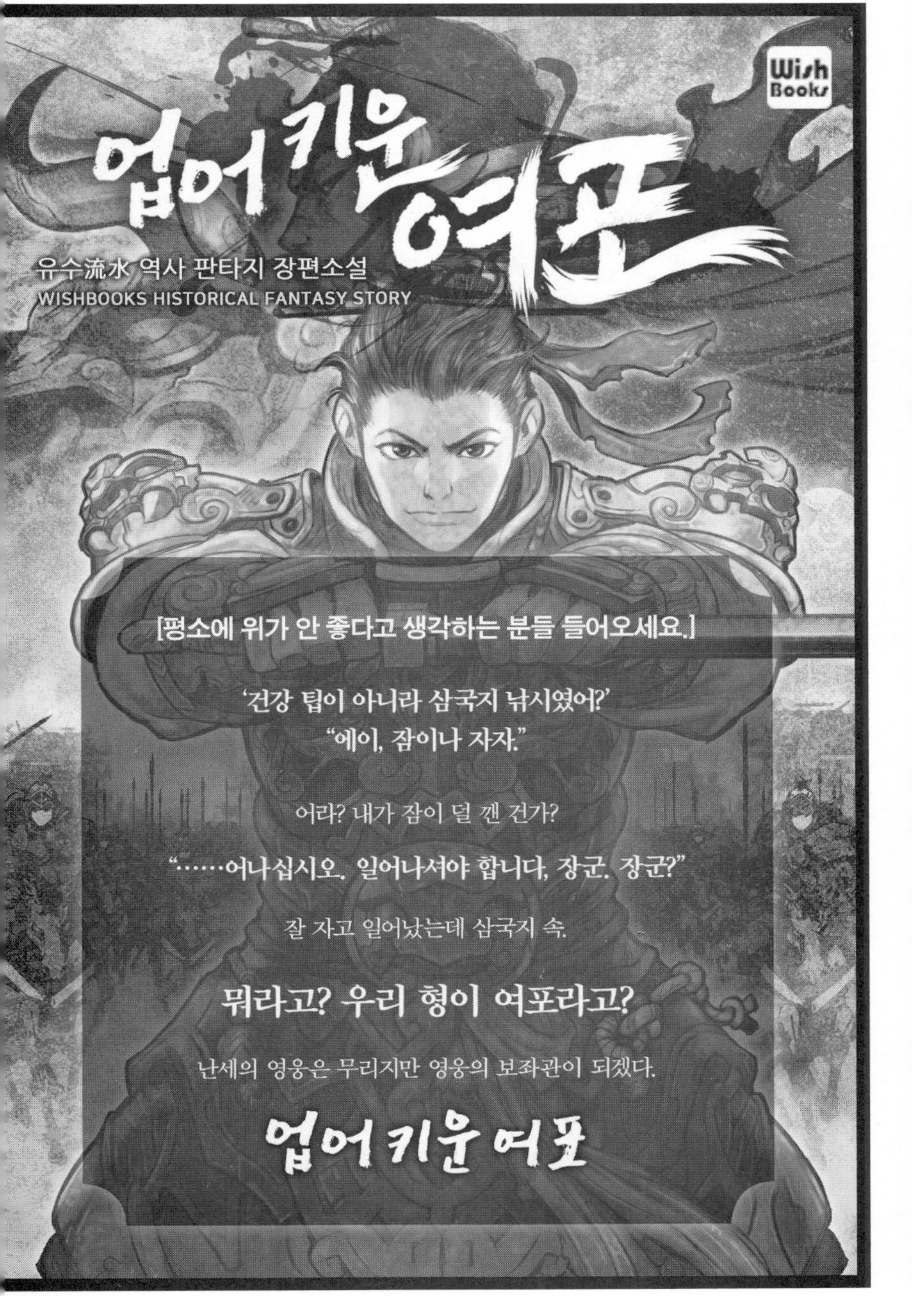
Wish Books
업어 키운 여포
유수流水 역사 판타지 장편소설
WISHBOOKS HISTORICAL FANTASY STORY
[평소에 위가 안 좋다고 생각하는 분들 들어오세요.]
'건강 팁이 아니라 삼국지 낚시였어?'
"에이, 잠이나 자자."
어라? 내가 잠이 덜 깬 건가?
"……어나십시오. 일어나셔야 합니다, 장군. 장군?"
잘 자고 일어났는데 삼국지 속.
뭐라고? 우리 형이 여포라고?
난세의 영웅은 무리지만 영웅의 보좌관이 되겠다.
업어 키운 여포

Wish Books
막장 악역이 되다
크레도 퓨전 판타지 장편소설
WISHBOOKS FUSION FANTASY STORY
자고 일어나니 소설속. 그런데……
[이진우]
재벌 3세, 안하무인, 호색남, 이상 성욕자, 변태.
가장 찌질했던 악역. 양판소에나 등장할 법한 전형적인 악인.
"잠깐, 설마…… 아니겠지."
소설대로 가면 끔찍하게 죽는다.
주인공을 방해하면 세계는 멸망한다.
막장 악역이 되다
흙수저 이진우의 티타늄수저 악역 생활!